台灣の讀者の皆さんへのコメント

海を越えて旅したことのない私の書いた小説が、
海を越えて多くの讀者の皆様のもとに屆いていることを、
心から嬉しく思っています。
この作品も、どうぞお樂しみいただけますように！

致親愛的台灣讀者

從未出國旅行的我，
這次很高興自己寫的小說能跨海與許多讀者見面，
希望這部作品能帶給您無上的閱讀樂趣。

まる

なつお

つのり

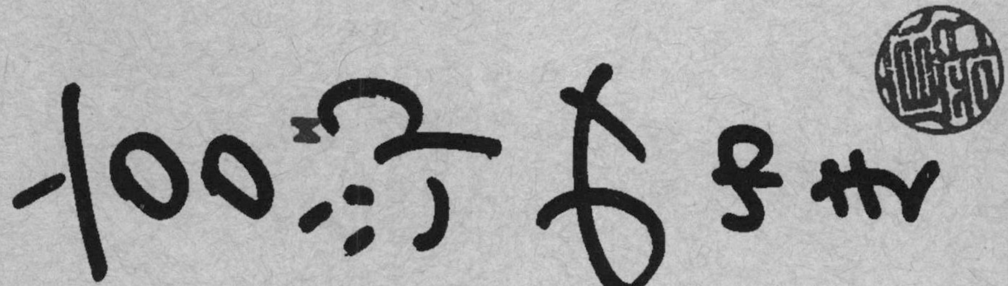

# 無止境的殺人

長い長い殺人

宮部美幸

王華懋——譯

宮部美幸

作品集／08
MIYABE MIYUKI

# 無止境的殺人

Contents

總導讀——傅博

# 宮部美幸的推理文學世界「增補版」

## 日本當代國民作家宮部美幸

近年來在日本的雜誌上，偶爾會看到尊稱宮部美幸爲國民作家。怎樣才能榮獲這個名譽呢？好像沒有確切的答案，然而綜觀過去被尊稱爲國民作家的作家生涯便不難看出國民作家的共同特徵。

明治維新（一八六八年）一百多年以來，被尊稱爲國民作家的爲數不多，夏目漱石和吉川英治是最早期的國民作家。夏目漱石是純文學大師，其作品具大眾性，一九一六年逝世至今，已歷九十年，其作品在書店仍然可見，代表作有《我是貓》、《少爺》等等。吉川英治是大眾文學大師，其作品有濃厚的思想性，對二次大戰戰敗的日本國民發揮了鼓舞的作用，其著作等身，代表作有《宮本武藏》、《新・平家物語》等等。

屬於戰後世代的國民作家有松本清張和司馬遼太郎。松本清張是社會派推理文學大師，其寫作範圍十分廣泛，除了推理小說之外，對日本古代史研究、挖掘昭和史等，留下不可磨滅的貢獻。司馬遼太郎是歷史文學大師，早期創作時代小說，之後撰寫歷史小說和文化論。這兩位作家的共同特徵是，著作豐富、作品領域廣泛、質與量兼俱。他們的思想對一九六〇年代後的日本文化發揮了影響力。

上述四位之外，日本推理小說之父江戶川亂步、時代小說大師山本周五郎，以及文學史上創作量最多、男女老少人人喜愛的赤川次郎也榮獲國民作家的尊稱。

綜觀以上的國民作家，其必備條件似乎是著作豐富、多傑作；作品具藝術性、思想性、社會性、娛樂性、普遍性；讀者不分男女，長期受到廣泛的老、中、青、少、勞動者以及知識分子的閱讀。

宮部美幸出道至今未滿二十年，共出版了四十三部作品，包括四十萬字以上的巨篇八部、長篇二十四部、中篇集四部、短篇集十三部，非小說類有繪本兩冊、隨筆一冊、對談集一冊。以平均每年出版兩冊的數量來說，在日本並非多產作家，但是令人佩服的是，其寫作題材廣泛、多樣，品質又高，幾乎沒有失敗之作。所獲得的文學獎與同世代作家相較，名列第一，該得的獎都拿光了。質的成功與量成比例，是宮部美幸文學的最大武器，也是獲得國民作家之稱的最大因素。

宮部美幸，本名矢部美幸，一九六〇年十二月二十三日生於東京都江東區深川。東京都立墨田川高中畢業之後，到速記學校學習速記，並在法律事務所上班，負責速記，吸收了很多法律知識。一九八四年四月起在講談社主辦的娛樂小說教室學習創作。

一九八七年，〈鄰人的犯罪〉獲第二十六屆《ＡＬＬ讀物》推理小說新人獎，〈鎌鼬〉獲第十二屆歷史文學獎佳作。一位新人，同年以不同領域的作品獲得兩種徵文比賽獎項實爲罕見。

前者是透過一名少年的觀點，以幽默輕鬆的筆調記述和舅舅、妹妹三人綁架小狗的計畫所引發的意外事件，是一篇以意外收場取勝的青春推理佳作，文風具有赤川次郎的味道。後者是以德川幕府時代的江戶（今東京）爲時空背景的時代推理小說。故事記述一名少女追查試刀殺人的凶手之經過，全篇洋溢懸疑、冒險的氣氛。

要認識一位作家的本質，最好的方法就是閱讀其全部的作品。當其著作豐厚，無暇全部閱讀時，則是先閱讀其處女作，因爲作家的原點就在處女作。以宮部美幸爲例，其作品裡的偵探，不管是系列偵探或個案偵探，很少是職業偵探，大多是基於好奇心，欲知發生在自己周遭的事件眞相，而做起偵探的業餘偵探，這些主角在推理小說是少年，在時代小說則是少女。其文體幽默輕鬆，故事收場不陰冷而十分溫馨，這些特徵在其雙線處女作之中已明顯呈現。

繼處女作之後的作品路線，即須視該作家的思惟了；有的一生堅持一條主線，不改作風，只追求同一主題，日本的推理小說家大多屬於這種單線作家——解謎、冷硬、懸疑、冒險、犯罪等各有專職作家。

另一種作家就不單純了，嘗試各種領域的小說，屬於這種複線型的推理作家不多，宮部美幸即是罕見的複線型全方位推理作家。她發表不同領域的處女作——推理小說和時代小說——同時獲得肯定，登龍推理文壇之後，此雙線成爲宮部美幸的創作主軸。

一九八九年，宮部美幸以《魔術的耳語》獲得第二屆日本推理懸疑小說大獎，拓寬了創作路線，由此確立推理作家的地位，並成爲暢銷作家。

## 宮部美幸作品的三大系統

這次宮部美幸授權獨步文化出版社，發行台灣版《宮部美幸作品集》二十七部（二十三部中有四部分為上下兩冊），筆者以這二十三部為主，按其類型分別簡介如下。

要完整歸類全方位作家宮部美幸的作品實非易事，然其作品主題是推理則毋庸置疑。筆者綜合故事的時空背景以及現實與非現實的題材，將它分為三大系統。第一類為推理小說，第二類時代小說，第三類奇幻小說，而每系統可再依其內容細分為幾種系列。

## 一、推理小說系統的作品

宮部美幸的出道與新本格派崛起（一九八七年）是同一時期，早期作品除可能受此影響之外，文體、人物設定、作品架構等，可就是受到赤川次郎的影響了。所以她早期的推理小說大多屬於青春解謎的推理小說；許多短篇沒有陰險的殺人事件登場，大多是以日常生活中的家庭糾紛為主題，屬於日常之謎系列的推理小說不少。屬於本系列的有：

1.《鄰人的犯罪》（短篇集，一九九〇年一月出版）收錄處女作以及之後發表的青春推理短篇四篇。早期推理短篇的代表作。

2.《完美的藍——阿正事件簿之一》（長篇，一九八九年二月出版／獨步文化版・宮部美幸作品集01——以下只記集號）「元警犬系列」第一集。透過一隻退休警犬「阿正」的觀點，描述牠與現在的主人——蓮見偵探事務所調查員加代子——的辦案過程。故事是阿正和加代子找到離家出走的少年，在將少年帶回家的途中，目睹高中棒球明星球員（少年的哥哥）被潑汽油燒死的過程。在搜查過程中浮現的製藥公司的陰謀是什麼？「完美的藍」是藥品名。具社會派氣氛。

3.《阿正當家——阿正事件簿之二》（連作短篇集，一九九七年十一月出版／16）「元警犬系列」第二集。收錄〈動人心弦〉等五個短篇，在第五篇〈阿正的辯白〉裡，宮部美幸以事件委託人登場。

4.《這一夜，誰能安睡？》（長篇，一九九二年二月出版／06）「島崎俊彥系列」第一集。透過中學一年級生緒方雅男的觀點，記述與同學島崎俊彥一同調查一名股市投機商贈與雅男的母親五億圓後，接獲恐嚇電話、父親離家出走等事件的眞相，事件意外展開、溫馨收場。

5.《少年島崎不思議事件簿》（長篇，一九九五年五月出版／13）「島崎俊彥系列」第二集。在秋天的某個晚上，雅男和俊男兩人參加白河公園的蟲鳴會，主要是因爲雅男想看所喜歡的工藤小姐一眼，但是到了公園門口，卻碰到殺人事件，被害人是工藤的表姊，於是兩人開始調查眞相，發現事件背後的賣春組織。具社會派氣氛。

6.《無止境的殺人》（長篇，一九九二年九月出版／08）將錢包擬人化，由十個錢包輪流講自己所見的主人行爲而構成一部解謎的推理小說。人的最大欲望是金錢，作者功力非凡，藉由放錢的錢包揭開十個不同的人格，而構成解謎之作，是一部由連作構成的異色作品。

7.《繼父》（連作短篇集，一九九三年三月出版／09）「繼父系列」第一集。一個行竊失風的小偷，摔落至一對十三歲雙胞胎兄弟家裡，這對兄弟的父母失和，留下孩子各自離家出走，於是兄弟倆要求小偷當他們的爸爸，否則就報警，將他送進監獄，小偷不得已，承諾兄弟倆當繼父。不久，在這奇妙的家庭裡，發生七件奇妙的事件，他們全力以赴解決這七件案件。典型的幽默推理小說集。

8.《寂寞獵人》（連作短篇集，一九九三年十月出版／11）「田邊書店系列」第一集。以第三人稱多觀點記述在田邊舊書店周遭所發生的與書有關的謎團六篇。各篇主題迥異，有命案、有日常之謎、有異常心理、有懸疑。解謎者是田邊舊書店店主岩永幸吉和孫子稔。文體幽默輕鬆，但是收場不一定明朗，有的很嚴肅。

9.《誰？》（長篇，二〇〇三年十一月出版／30）「杉村三郎系列」第一集。今多企業集團會長今多嘉親之司機梶田信夫被自行車撞死，信夫有兩個未出嫁的女兒，聰美與梨子。梨子向今多會長提議，要出版父親的傳記，以找出嫌犯。於是，今多要求在集團廣報室上班的女婿杉村三郎協助姊妹倆出書事務。聰美卻反對出書，杉村認為兩姊妹不睦，藏有玄機，他深入調查，果然……

10.《無名毒》（長篇，二〇〇六年八月出版／31）「杉村三郎系列」第二集。今多企業集團廣報室臨時僱用的女職員原田泉與總編吵架，寄出一封黑函後，即告失蹤。原田的性格原來就稍有異常，今多會長要求杉村三郎調查眞相。杉村到處尋找原田的過程中，認識曾經調查過原田的私家偵探北見一郎，之後杉村在北見家裡遇到「隨機連環毒殺案」第四名犧牲者的孫女古屋美知香，於是捲入毒殺事件的漩渦中。杉村探案的特徵是，在今多會長叫他處理公務上的糾紛過程中，因其正義感使他去解決另外的事件。

以上十部可歸類為解謎推理小說，而從文體和重要登場人物等來歸類則是屬於幽默推理、青春推理為多。屬於這個系列的另有以下兩部。

11.《地下街之雨》（短篇集，一九九四年四月出版）。

12.《人質卡濃》（短篇集，一九九六年一月出版）。

以下九部的題材、內容比較嚴肅，犯罪規模大，呈現作者的社會意識。有懸疑推理、有社會派推理、有報導文體的犯罪小說。

13.《魔術的耳語》（長篇，一九八九年十二月出版／02）獲第二屆日本推理懸疑小說大獎的社會派推理傑作。三起看似互不相干的年輕女性的死亡案件，和正在進行的第四起案件如何演變成連續殺人案。十六歲的少年日下守，爲了證實被逮捕的叔叔無罪，挑戰事件背後的魔術師的陰謀。宮部美幸早期代表作。

14.《Level 7》（長篇，一九九〇年九月出版／03）一對年輕男女在醒來之後失去記憶，手臂上被印上「Level 7」；一名高中女生在日記留下「到了 Level 7 會不會回不來」之後離奇失蹤。尋找自我的男女，和尋找失蹤女高中生的眞行寺悅子醫師相遇，一起追查 Level 7 的陰謀。兩個事件錯綜複雜，發展爲殺人事件。宮部後期的奇幻推理小說的先驅之作、早期代表作。

15.《獵捕史奈克》（長篇，一九九二年六月出版／07）持散彈槍闖入大飯店婚宴的年輕女子關沼慶子、欲利用慶子所持的槍犯案的中年男子織口邦男、欲阻止邦男陰謀的青年佐倉修治、欲去探望臥病妻子的優柔寡斷的神谷尙之、承辦本案的黑澤洋次刑警，這群各有不同目的的人相互交錯，故事向金澤之地收束。是一部上乘的懸疑推理小說。

16.《火車》（長篇，一九九二年七月出版）榮獲第六屆山本周五郎獎。停職中的刑警本間俊介受親戚栗坂和也之託，尋找失蹤的未婚妻關根彰子，在尋人的過程中，發現信用卡破產猶如地獄般的現實社會，是一部揭發社會黑暗的社會派推理傑作，宮部第二期的代表作。

17.《理由》（長篇，一九九八年六月出版）二〇〇一年榮獲第一百二十屆直木獎和第十七屆日本冒險小說協會大獎。東京荒川區的超高大樓的四十樓發生全家四人被殺害的事件。然而這被殺的四人並非此宅的住戶，而這四人也不是同一家族，沒有任何血緣關係。他們爲何僞裝成家人一起生活？他們到底是什麼人？又想做什麼？重重的謎團讓事件複雜化，事件的眞相是什麼？一部報導文學形式的社會派推理傑作。宮部第二期的代表作。

18.《模仿犯》（百萬字長篇，二〇〇一年四月出版）同時榮獲第五十五屆每日出版文化獎特別獎，二〇〇二年同時榮獲第五屆司馬遼太郎獎和二〇〇一年度藝術選獎文部科學大臣獎文學部門獎。在公園的垃圾堆裡，同時發現女性的右手腕與一名失蹤女性的皮包，不久凶手打電話到電視公司和失主家中，果然在凶手所指示的地點發現已經化爲白骨的女性屍體，是利用電視新聞的劇場型犯罪。不久，表面上連續殺人案一起終結，之後卻意外展開新局面。是一部揭發現代社會問題的犯罪小說，宮部文學截至目前爲止的最高傑作，推理文學史上的不朽名著。

19.《R．P．G》（長篇，二〇〇一年八月出版／22）在食品公司上班的所田良介於杉並區的建築工地被刺死，在他的屍體上找到三天前在澀谷區被絞殺的大學女生今井直子身上所發現的同樣纖維，於是兩個轄區的警察組成共同搜查總部，而曾經在《模仿犯》登場的武上悅郎則與在《十字火焰》登場的石津知佳子連袂登場。是一部現今在網路上流行的虛擬家族遊戲爲主題的社會派推理小說。

宮部美幸的社會派推理作品尚有：

20.《東京下町殺人暮色》（原題《東京殺人暮色》，長篇，一九九〇年四月出版）。

21.《不需要回答》（短篇集，一九九一年十月出版／37）。

## 二、時代小說系統的作品

時代小說是與現代小說和推理小說鼎足而立的三大大眾文學。凡是以明治維新之前為時代背景的小說，總稱為時代小說或歷史・時代小說。

時代小說視其題材、登場人物、主題等再細分為市井、人情、股旅（以浪子的流浪為主題）、劍豪、歷史（以歷史上的實際人物為主題）、忍法（以特殊工夫的武鬥為主題）、捕物等小說。

捕物小說又稱捕物帳、捕物帖、捕者帳等，近年推理小說的範疇不斷擴大，將捕物小說稱為時代推理小說，歸為推理小說的子領域之一。捕物小說的創作形式是日本獨有，其起源比日本推理小說早六年。一九一七年，岡本綺堂（劇作家、劇評家、小說家）發表《半七捕物帳》的首篇作〈阿文的魂魄〉，是公認的捕物小說原點。

據作者回憶，執筆《半七捕物帳》的動機是要塑造日本的福爾摩斯——半七，同時欲將故事背景的江戶的人情和風物以小說形式留給後世。之後，很多作家模仿《半七捕物帳》的形式，創作了很多捕物小說。

由此可知，捕物小說與推理小說的不同之處是以江戶的人情、風物為經，謎團、推理為緯而構成的小說。因此，捕物小說分為以人情、風物為主，與謎團、推理取勝的兩個系統。前者的代表作是野村胡堂的《錢形平次捕物帳》，後者即以《半七捕物帳》為代表。

宮部美幸的時代小說有十一部，大多屬於以人情、風物取勝的捕物小說。

22.《本所深川不可思議草紙》（連作短篇集，一九九一年四月出版／05）「茂七系列」第一集。榮獲第十三屆吉川英治文學新人獎。江戶的平民住宅區本所深川，有七件不可思議的事象，作者以此七事象爲題材，結合犯罪，構成七篇捕物小說。破案的是回向院捕吏茂七，但是他不是主角，每篇另有主角，大多是未滿二十歲的少女。以人情、風物取勝的時代推理佳作。

23.《幻色江戶曆》（連作短篇集，一九九四年八月出版／12）以江戶十二個月的風物詩爲題，結合犯罪、怪異構成十二篇故事。以人情、風物取勝的時代推理小說。

24.《最初物語》（連作短篇集，一九九五年七月出版，二〇〇一年六月出版珍藏版，增補一篇作品／21）「茂七系列」第二集。以茂七爲主角，記述七篇茂七與部下系吉和權三辦案的經過，作者在每篇另有記述與故事沒有直接關係的季節食物掌故，介紹江戶風物詩。人情、風物、謎團、推理並重的時代推理小說。

25.《顫動岩——通靈阿初捕物帳1》（長篇，一九九三年九月出版／10）「阿初系列」第一集。破案的主角是一名具有通靈能力的十六歲少女阿初，她看得見普通人看不見的東西，而且一般人聽不到的聲音也聽得到。某日，深川發生死人附身事件，幾乎與此同時，武士住宅裡的岩石開始顫動。這兩件靈異事件是否有關聯？背後有什麼陰謀？一部以怪異取勝的時代推理小說。

26.《天狗風——通靈阿初捕物帳2》（長篇，一九九七年十一月出版／15）「阿初系列」第二集。天亮颳起大風時，少女一個一個地消失，十七歲的阿初在追查少女連續失蹤案的過程中遇到邪惡的天狗。天狗的眞相是什麼？其陰謀是什麼？也是以怪異取勝的時代推理小說。

27.《糊塗蟲》（長篇，二〇〇〇年四月出版／19・20）「糊塗蟲系列」第一集。深川北町的鐵瓶大雜院發生殺人事件後，住民相繼失蹤，是連續殺人案？抑或另有陰謀？負責辦案的是怕麻煩的小官井筒平四郎，協助他破案的是聰明的美少年弓之助。本故事架構很特別，作者先在冒頭分別記述五則故事，然後以一篇長篇與之結合，構成完整的長篇小說。以人情、推理並重的時代推理傑作。

28.《終日》（長篇，二〇〇五年一月出版／26．27）「糊塗蟲系列」第二集。故事架構與第一集一樣，在冒頭先記述四則故事，然後與長篇結合。負責辦案的是糊塗蟲井筒平四郎，協助破案的除了弓之助之外，回向院茂七的部下政五郎也登場，作者企圖把本系列複雜化，或許將來作者會將幾個系列納爲一大系列。也是人情、推理並重的時代推理小說。

以上三系列都是屬於時代推理小說。案發地點都在深川，但是每系列各具特色，有以風情詩取勝，也有以人際關係取勝，也有怪異現象取勝，作者實爲用心良苦。宮部美幸另有四部不同風格的時代小說。

29.《扮鬼臉》（長篇，二〇〇二年三月出版／23）深川的料理店「舟屋」主人的獨生女阿鈴發燒病倒，某日一個小女孩來到其病榻旁，對她扮鬼臉，之後在阿鈴的病榻旁連續發生可怕又可笑的不可思議的事，於是阿鈴與他人看不見的靈異交流。一部令人感動的時代奇幻小說佳作。

30.《怪》（奇幻短篇集，二〇〇〇年七月出版）。

31.《鎌鼬》（人情短篇集，一九九二年一月出版）。

32.《忍耐箱》（人情短篇集，一九九六年十一月出版／41）。

33.《孤宿之人》（長篇，二〇〇五年出版／28．29）。

## 三、奇幻小說系統的作品

史蒂芬．金的恐怖小說和奇幻小說《哈利波特》成爲世界暢銷書後，原處於日本大眾文學邊緣的奇幻小說獲得成長發展的機會，漸漸確立其獨立地位，而宮部美幸的奇幻小說就在這欣欣向榮的機運中誕生。她的奇幻作品特徵是超越領域與推理小說結合。

34.《龍眠》（長篇，一九九一年二月出版／04）榮獲第四十五屆日本推理作家協會獎的長篇獎。週刊記者高坂昭吾在颱風夜駕車回東京的途中遇到十五歲的少年稻村愼司，少年告訴記者：「我具有超能力。」他能夠透視他人心理，愼司爲了證明自己的超能力，談起幾個鐘頭前發生的事件眞相，從此兩人被捲入陰謀。是一部以超能力爲題材的奇幻推理傑作，宮部早期代表作。

35.《十字火焰》（長篇，一九九八年十一月出版／17・18）青木淳子具有「念力放火」的超能力。有一天她撞見了四名年輕人欲殺害人，淳子手腕交叉從掌中噴出火焰殺害了其中的三個人，另一個逃走了。勘查現場的石津知佳子刑警，發現焚燒屍體的情況與去年的燒殺案十分類似。也是一部以超能力爲題材的奇幻推理大作。

36.《蒲生邸事件》（長篇，一九九六年十月出版／14）榮獲第十八屆日本ＳＦ大獎。尾崎孝史爲了應考升學補習班上京，其投宿的飯店發生火災，因而被一名具有「時間旅行」的超能力者平田次郎搭救到一九三六年二月二十六日的二・二六事件（近衛軍叛亂事件）現場，兩名來自未來的訪客能否阻止起義而改變歷史？也是一部以超能力爲題材的奇幻推理大作。

37.《勇者物語——Brave Story》（八十萬字長篇，二〇〇三年三月出版／24・25）念小學五年級的三谷亘的父母不和，正在鬧離婚，有一天他幻聽到少女的聲音，決心改變不幸的雙親命運，打開幽靈大廈的門，進入「幻界」到「命運之塔」。全書是記述三谷亘的冒險歷程。一部異界冒險小說大作。

除了以上四部大作之外，屬於奇幻小說的作品尚有以下四部：

38.《鴿笛草》（中篇集，一九九五年九月出版）。

39.《僞夢1》（中篇集，二〇〇一年十一月出版）。

40.《僞夢2》（中篇集，二〇〇三年三月出版）。

41.《ＩＣＯ——霧之城》（長篇，二〇〇四年六月出版）。

以上三十九部是小說。另有四部非小說類從略。

如此將宮部美幸自一九八六年出道以來，一直到二〇〇五年底所出版的作品，歸類爲三系統後，再按時序排列，便很容易看出作者二十年來的創作軌跡，也可預見今後的創作方向。請讀者欣賞現代，期待未來。

二〇〇七・十二・十二

## 本文作者簡介

### 傅博

文藝評論家。另有筆名島崎博、黃淮。一九三三年出生，台南市人。於早稻田大學研究所專攻金融經濟。在日二十五年以島崎博之名撰寫作家書誌、文化時評等。曾任推理雜誌《幻影城》總編輯。一九七九年底回台定居。主編「日本十大推理名著全集」、「日本推理名著大展」、「日本名探推理系列」以及「日本文學選集」（合計四十冊，希代出版）。二〇〇九年出版《謎詭・偵探・推理——日本推理作家與作品》（獨步文化），是台灣最具權威的日本推理小說評論文集。

1

# 第一章
# 刑警的錢包

1

我在深夜被吵醒。

首先，我聽到腳步聲——是主人沉重的腳步聲，踩著客廳的榻榻米走過來。

主人這陣子體重劇增，所以我不會聽錯。雖然有時我會把主人的腳步聲，跟瞞著主人偷偷來看我的太太的腳步聲弄錯。

主人拿起外套，穿過袖子，響起一陣「沙沙」聲，我微微搖晃一下，便理所當然地安坐在主人的胸前。

這裡是我的老位置，比我更接近主人心臟的，只有主人的警察手冊。我從未與他有過什麼交誼。他比我年長許多，總是很忙，或是裝成很忙的樣子，而且出於職業的關係，喜好沉默。

「要去哪裡？」

傳來太太的話聲，聽起來似乎很睏。

主人只回一句「都內」。夫妻倆的對話總是如此，這是某種儀式嗎？

「錢夠嗎？」

「暫時還夠，不夠再領就好。」

太太沒有回話。正如主人說的，不過，他甚至沒有掏出我看一眼。

我，是主人的錢包。

「路上小心。」

聽著太太的這句話，主人和我走出家門。外頭十二月的風吹拂，穿透主人的大衣。雖然我看不到，但依這種情況判斷，主人的大衣恐怕相當陳舊了。

主人緩步走著。他總是這樣，或許是提不起勁，或許是筋疲力盡。

據說主人爲了養胖我，從事逮捕犯人的工作。若有人問起，主人都是這麼回答的。

儘管這是主人獨樹一格的自我解嘲，我還是忍不住同情了一下。

我從未被養胖過。

我和主人認識已久。我沒仔細算過有多久，而且這也非我能力所及，但似乎是將近七年。

我之所以知道，是因剛才主人與太太有這麼一段對話。

「這個錢包滿舊了呢。」

「是嗎？」

當時，主人拿著我，似乎打算確認我肚腹的斤兩，旋即又要收進老位置。太太一走過來，就把我從主人手中拿走了。

「邊角的地方都磨破，褪成淡褐色了。」

「還能用很久的。」

「孩子的爸，記得這是什麼時候送你的禮物嗎？是你四十歲生日的當天。」

太太都稱主人爲「孩子的爸」。

「是嗎？我一直以爲是在父親節。」

太太笑出聲，「那一年我跟涼子商量，生日禮物和父親節禮物一併送，因爲這個錢包滿貴的。」

涼子是主人的女兒。主人的女兒認眞盯著陳列我和同伴的展示櫃，那張臉我印象深刻。當時，她還是個小女孩。如今這位涼子小姐，明年春天就要上大學了。

「那一年花了筆大錢哪！」主人低聲說。

太太回應：「嗯，這倒是眞的。」

買了我之後沒多久，主人購置房子。房屋貸款就是從那時候開始的。現在，支出有困難，到了難以應付的地步。或許這個家原本就是靠主人的力量無法支撐的昂貴商品。

服侍在主人的心臟一側，逐一看著金錢進出的我，非常瞭解這種狀況。所以，我很清楚這段對話在主人夫妻之間有多沉重。

夫妻倆在這一個月裡頻頻商量是否賣掉這個房子。

主人說沒有必要放手，太太則說賣掉。

「趁還來得及的時候。」太太解釋道。這件事不管他們怎麼談都沒有談出結果，往往都是主人要出門上班不了了之。

七年來，我有些耗損了。主人及主人的家計也耗損了。

「今年的生日就送你錢包吧！眞皮的、很好的那種。這個都用了七年，夠本了。」

太太把我放回主人的手裡。

「這個還能用。」主人應道。「或者，用舊錢包太丟臉，妳不喜歡？」

太太什麼也沒說。

「買了房子之後，窮得連錢包都買不起，實在教人笑不出來哪！」

半晌，太太悄聲低語：

「何必說得那麼尖酸？」

太太不止擔心錢而已。她也擔心主人，擔心主人身負繁重的工作，擔心主人的健康每況愈下。即使不擔心錢，刑警本來就是令人心力交瘁的職業。

她想，那樣的話，至少賣掉這幢房子，主人多少會輕鬆一點。

我想主人應該也瞭解她的心意。

同時我感受到主人的害怕，他在害怕自己。這種時候主人總會輕輕撫著擺放我的位置一帶，就是心臟的所在，嘆一口氣。

今晚，主人坐在計程車上重複好幾次相同的舉動。就在我想著主人日漸耗損的心臟時，主人下車了。

## 2

「刑事組長。」

傳來一道年輕的叫喚聲，主人停下腳步。
「啊，我來晚了。辛苦你了。」
「在這裡。很慘唷！」
主人加快腳步，風益發強勁地撲面而來。
傳來喧嚷的人聲——人很多。警車的無線通訊也被風扯斷似地斷斷續續傳來。
「肇事逃逸嗎？」
主人蹲了下來。我在胸袋裡大大傾斜。
「這還眞慘……」
「不是被撞飛，似乎是遭到拖行。」
主人站起，可能是在環視四周。
「身分呢？」主人問道，並取出筆記本。
「森元隆一，三十三歲。住址是……」
主人記了下來，他的手腕不停動著。
「他的錢包掉在後方十公尺左右的地方，裡面裝著駕照。錢沒有掉，共兩萬多圓。」
「和駕照上的照片比對，確定是他嗎？」
主人一頓，笑了起來。
「噯，別露出那種表情，也可能是發生事故前，不相關的人掉落的錢包啊。」
「有那麼巧的事嗎？」
「不能說絕對沒有。」

年輕的話聲變得有點沙啞，明顯不太高興：

「早就和照片比對過，確定是本人。」

「不好意思，是我來晚了。畢竟不比你們的值班宿舍，我家位在離都心單程一個半小時的地方。」

「反正有人認為拿死者生前的照片來比對也沒用，都撞得爛成一團了。」

主人隨即駁斥：「不許這麼說。」

年輕的話聲陷入沉默。

「家屬呢？」

「打電話到駕照上的住址，但是沒人接。」

「不是電話答錄機吧？」

「不是。」

「沒有通訊錄之類的嗎？」

「沒有。」

「錢包裡有名片嗎？」

「有。」

「是本人的嗎？」

「對，他是東洋工程公司的職員。」

「打電話過去，應該會有警衛之類的吧。請對方告訴我們緊急聯絡電話，找到同事或上司，就找得到家屬。」

接著主人四處徘徊，偶爾和別人交談。

途中，主人的腳步聲變得不太一樣，是一種「沙沙」聲。可能走到是未經鋪設、像草皮的地方。

傳來分派、查問工作的話聲，來來往往、靠近又遠去的眾多腳步聲；遠方傳來的機械雜音則是攝影組的拍攝聲。和主人朝夕相處，這些聲音我都聽慣了。

「好，抬出去。」一道粗嘎的聲音下達命令。主人開始和那個粗嘎的聲音交談。

「你的看法呢？」粗嘎的聲音問。

「還不能說什麼——詢問過發現的人了嗎？」

「不，還沒有。是一名路過的女子，醉得滿厲害的，通報一一〇後，就——」

粗嘎的聲音似乎比畫著手勢。從主人說「哎呀、哎呀」的樣子看來，可能是在比嘔吐的動作。

「她在休息。差不多該詢問她事情的經過了。」

「是年輕女孩嗎？」

「二十二、三歲左右吧。」

「喝得爛醉，而且在這種時間一個人走夜路？」

「聽說是和同行的男伴吵架了。」

「眞是個狠角色。」

「這就是時下的女孩啊……」

主人撫了一下我所在的胸口。應該是下意識的動作，可能是想起自己的女兒。

接著，主人把手放在腹部一帶，停頓片刻，開口：

「被害人沒有別領帶夾。」

粗嘎的聲音回道：「咦，是嗎？」

「嗯，我沒看到。那種東西，就算被車撞了，也不可能會掉到哪去，可能是本來就沒有吧……」

「你很在意嗎？」

「有點。」主人語帶笑意，「不過，我想應該沒什麼大不了的意義。」

粗嘎的聲音既未表示反對也未表示贊同，只是發出呻吟：

「這一帶可能沒辦法期待有目擊者。」

看來，這裡似乎是杳無人跡的寂寥之地。

「正適合殺人。」主人若無其事地說。

「你覺得是預謀？」

「還不能斷定。」

「因爲受害者遭到拖行嗎？」

「我不認爲是單純的意外。頭部遭到毆打，有給予致命一擊的跡象。」

粗嘎的聲音沉默半晌後說：

「來了，就是她。」

我相當愜意地聽著那名女子的嗓音。雖然有些低沉，卻非常清晰、嘹亮。是個狠角色。

她自稱三津田幸惠，在百貨公司上班。

「好多了嗎？」主人問。

「目擊那樣恐怖的情景，沒那麼快平復心情，而且好冷。」

「要不要戴上帽子？會很暖和。」主人建議。

「我一直以爲連帽外套的帽子不是拿來戴的，」幸惠小姐語帶驚訝，「是裝飾用的吧？不過，你說得也沒錯。」

她好像戴上了帽子。主人問道：

「妳是怎麼發現那具屍體的？」

「在我甩掉男人的時候……」

主人和粗嘎的聲音都沉默了。幸惠小姐的笑聲有些乾澀。

「對不起，我從頭開始說。」

幸惠小姐提到的「男人」，是她今晚在常去的小酒店裡剛認識的一個上班族。對方想送她回家，當然並非出於騎士精神。

「我不是那麼隨便的女人。我想有技巧地甩掉他，於是說自己喝醉了，在途中下車。這條路是回我住處的捷徑。」

「方便告訴我們下車後到這裡的路線嗎？」

主人在幸惠小姐的帶領下走著。我又聽到「沙沙」的腳步聲。

回到案發現場，聲音粗嘎的那個人似乎被誰喚走，只剩主人和幸惠小姐。主人馬上問起她去的小酒店的店名，及「男人」的名字。幸惠小姐表示不記得「男人」的名字。

「或許他還在那一帶徘徊。」她一臉不悅地說。

「發現屍體的時候妳是單獨一人嗎？」

「對，嚇壞我了。」

「有沒有聽到尖叫或任何聲響？」

「沒有，我發現的時候就是這樣了。」

「當然也沒有看見車子或其他人影吧？」

「嗯，什麼都沒看見，除了那具可憐的屍體。」

「一個人走在這種地方，妳不怕嗎？」

「比和意圖露骨的男人走在一起要安心許多，何況當時我滿腦子只想甩掉他。愈是這種時候愈是看不到警察的影子。」幸惠小姐表情嚴肅，「我並不喜歡走這條路，而且我跟這起意外無關。你們想知道的就是這一點吧？」

傳來我的主人闔上筆記本的聲響，接著他平板地問：

「妳爲什麼撒謊？」

一陣漫長的沉默。

「你說我撒謊？」幸惠小姐的話聲顫抖。

「沒錯。」

「你怎麼知道我撒謊——」

幸惠小姐說到一半，突然住嘴。不久，傳來接主人的腳步聲。

「我現在不能說，拜託你，請你諒解。」幸惠小姐走近一步。「這不止是我一個人的問題。請給我一些時間，我不會逃走。」

她壓低音量，「我不會虧待你，眞的。」

我感到憂慮，主人的心跳加快了。

「是眞的，我跟你約定。」

幸惠小姐再次低語，嗓音粗嘎的那個人說著什麼走回來。主人連忙開口：

「謝謝妳的協助。今後可能還會麻煩妳，但今晚這樣就行了。我派人送妳回家吧。」

這天晚上，終究沒能聯絡上被害人的家屬。森元隆一的上司趕到現場確認屍體。

「據那個上司說，死者已婚。」剛才那道年輕聲音報告：「他老婆去哪裡鬼混？老公都被殺了。」

我的主人沒有回答，靜靜撫著胸口。

## 3

翌日，將近中午，終於見到被害人森元隆一的妻子，森元法子。

主人一直和那道年輕的聲音在一起。兩人在森元家前等森元夫人一整晚。在某種意義上，或許可說他們在監視她是否會回家。丈夫陳屍在外，而且時值深夜，妻子卻行蹤不明。

法子夫人終於回家，但並不是單獨一個人。她和女性友人在一起，聽說她昨晚就住在那名朋友家。

主人與部下在例行的自我介紹後，表明來意。那當然是通知隆一死亡的噩耗。

「啊！」一聲驚叫後，許久都沒有聽到法子夫人的話聲，接著一陣騷動，好像是她昏倒了。

我只聽得到「太過分了」、「怎會這樣」、「振作一點」之類斷斷續續的對話。

主人幾乎沒有插手，完全交給法子夫人的朋友，及那個嗓音年輕的部下，我落得在一旁清閒。

不久後，狀況穩定下來，傳來主人和部下跟夫人的朋友的交談聲。

「她休息一下應該就會恢復。我可以陪她去認屍嗎？看她那樣子，實在令人擔心。」

主人允諾用警車送她們過去。

這名友人自報姓名，她叫美濃安江。

「我和法子以前在同一個地方上班。」

那是位在下町的保險代理公司。法子夫人——當時叫山岡法子——因結婚而離職，安江小姐也換了工作。

「恕我失禮，妳結婚了嗎？」主人問。

「不，我是單身。這一點都不失禮。」安江小姐笑答。

「法子女士常借住妳家嗎？」

「嗯。除了我和別人同居的時期之外，這是常有的事。」安江小姐爽快回道。

我感到不太對勁，安江小姐過於爽快。主人是否也有同感？

過一陣子，法子醒轉，走了出來。所有人都坐上車子，前往警署。

偵訊法子夫人約莫花了兩小時。

主人與部下再次誠懇致哀，便俐落問起話。法子夫人簡潔回答：是的，外子昨天預定晚歸，突然有內部稽查……外子是會計課的主任。所以我就去美濃小姐家玩。嗯，外子知道。他說就算回家也只是換個衣服，馬上會回公司，我不在沒關係——

「妳曉得誰會對妳丈夫懷恨在心嗎？」

主人這麼問，法子夫人大感意外地笑出聲。

「怎麼會？不可能。這只是一起意外吧？」

被害人的父母及法子夫人的母親抵達警署後，夫人才痛哭失聲。

之後，美濃安江小姐靠近我的主人這麼說：「唉，刑警先生，法子真的和我在一起。」

主人沉默不語，可能是注視著安江小姐吧。

「真的！所以她有不在場證明。」

「妳在意這件事嗎？」主人問。

「嗯，因爲法子好像被懷疑了嘛。」

安江小姐會故作爽快，是不是爲了自認被冠上殺夫嫌疑而害怕不已的朋友著想，希望讓她看看有利的一面？

主人並未對安江小姐說什麼，但事後他對那個嗓音年輕的部下這麼說：

「你不覺得奇怪嗎？」

「哪裡奇怪？」

「被害人的老婆。她接獲通知後，一次也沒問過我們。」

「問什麼？」

「撞了她丈夫的人呢？抓到了嗎？還是逃走了？我們什麼都還沒查到嗎？她居然對這些毫不在乎……」

第二天下午，森元隆一的死因查明，是頭蓋骨骨折及大範圍的腦出血。他應該是被車子撞倒並拖行，在瀕死的狀態下，遭人猛烈毆打頭部而斷氣——搜查會議上如此報告。

他是慘死。

森元先生在三家保險公司各有投保，總額高達八千萬圓的人壽險，受益人是法子夫人。

我又感覺到主人的心跳加快。主人在會議中想站起卻不支倒地時，心跳的速度依然沒變，直跳個不停。

## 4

「這樣下去，你遲早會因公殉職。」

是太太的話聲。此刻我在衣架上的外套口袋裡，主人好像躺在床上。

這裡是醫院。

「男人都是這樣，只會耍帥。」

太太心情極差，這是理所當然的。

「醫生說最好檢查一下循環功能。」

「哪有那種閒工夫？」

「等到化成骨灰就來不及了。」

「與其臥病在床，不如爽快死掉才是爲妳和涼子好。」主人粗魯地說完，莫名笑了。「這麼一提，要是我死了，房貸就能付清。因爲有保險嘛。」

一陣沉默後，太太開口：「欸，還是把房子賣了吧。」

這次換成主人沉默。

「有什麼關係？一生租房子住的人不也多得是嗎？」

「賣了又怎樣？」

「會有一筆錢。不用每個月付貸款，你便能放心休長假，不是嗎？」

「……」

「稍微休息一下吧，拜託你。」

「涼子上大學又要花錢，我這老公卻賺得這麼少。」

「不要說這種話。明知刑警的薪水微薄，我還是選擇和你在一起。」

「那是……」

「我沒有任何不滿，你不要勉強自己。」

「我不要緊。」

「再這麼說，你眞的會沒命，老公。」

太太只有說教的時候，才會叫主人「老公」。

「我老早以前就在擔心了，你總是一副胸口難受的表情。」

主人撫著我所在的位置時都露出那種神色嗎——我心想。

「警方不是靠你一個人獨撐的，就算休息……不，就算辭職也沒關係。」

「哪有說辭就辭的？」

「要奉公無私也行，但老公，你得爲自己想想。」
「我有啊。」
「那把房子賣了吧！讓自己輕鬆一些，好不好？」
「輕鬆下來，日子就過不下去了。」
「我會去工作。」
主人突然笑出來。
「妳能做什麼工作？別說養這個家，能賺點零用錢就該偷笑了。」
「所以把房子賣了吧！」
太太以前所未有的頑固窮追不捨。
「反正涼子遲早會嫁人，你和我用不著住那麼大的房子。」
「別說傻話了，那還是很久以後的事。」
爲了打住話題，主人似乎坐了起來。
「把錢包拿來，我要去打電話。」
太太走過來將我取出。一如往常，背著主人偷瞄我的懷裡。
我的內側有兩個夾層。其中一層裝著主人的提款卡等物品，另一層裝著厚紙般的東西。自從我來到主人身邊，它一直放在裡面。
那到底是什麼東西，對我來說，長久以來一直是個謎。主人從未將它取出，也沒有去觸碰。
然而，現在太太將它拿了出來。
「老公，你一直很寶貝地帶著這個吧？」

主人的話聲顯得有些狼狽：

「妳怎麼知道？」

「我有時候會偷看你的錢包。如果沒什麼錢，就放一些進去。你都沒發現嗎？」

主人粗魯地說：「把錢包拿來。」

太太把我遞過去，「你有這份心意就夠了，所以——」

後半句話被擋在門外，沒辦法聽見。

數日後，主人回到工作崗位。

## 5

一旦有案子，我的主人就得四處奔波。這次也不例外。

沙、沙、沙。主人是在案發現場附近走動，然後靜靜思考吧。

主人在想什麼呢？會不會是幸惠小姐的事？和她的約定，後來怎麼樣了？

主人不想事情的時候，是和嗓音年輕的部下在一起。部下以一種報告的語調說：

「法子夫人在鄰居之間的風評不太好。她十分招搖，愛尋歡作樂——」

「夫妻感情如何？」

「沒有爭吵的跡象。被害人似乎很疼老婆。」

「他老婆的交友情況如何？」

「有緋聞。」

主人撫著我所在的一帶。

「附近的主婦曾在森元家附近的路上，兩次看到森元法子從白色轎車下來。當然，那不是她丈夫的車，駕駛座上好像是個男的。」

「那當然不是她丈夫。」

「明擺著呢。」

主人拍了拍外套。

「然而，有不在場證明。」

「無懈可擊。」

不用提，這指的是森元法子，但我比較在意三津田幸惠。

「關於死者的衣著，」主人問道。「請東洋工程的人確認過嗎？」

年輕的嗓音立刻回答：「噢，領帶夾嗎？嗯，我問過了。案發當晚，他離開公司前都別著。是銀色的領帶夾。」

「這樣啊，一直別著……」主人重複道。

「但在案發現場沒找到。」

「怎會不見呢？」

年輕的嗓音不在乎地說：「那是小東西，會不會掉到其他地方？像是在車子撞擊時彈到草叢裡之類的。」

主人緩慢慎重地問：「可能嗎？」

「什麼？」

「別得好好的領帶夾，會輕易被彈開了嗎？鈕釦還說得過去，但那是領帶夾，可能嗎？」
年輕的嗓音沉默。不久，他以不滿的口吻說：「天曉得，我也不知道。那種東西不管怎樣都無所謂吧？我覺得跟案情應該沒關係。」
那狂妄的口氣讓人不敢領教，不過我認爲他說得有道理。該在意的不是什麼領帶夾，而是另有隱情的三津田幸惠。

接著，主人與她交談的機會終於到來。

這裡是咖啡廳，可是我不曉得確切的地點，也不曉得三津田幸惠和主人是何時約好的。但我知道主人的心裡在想什麼。主人的心臟怦怦跳個不停。主人打算讓她收買嗎？
「妳爲什麼撒謊？」主人毫不客套地直接問。
「當時我和別人在一起，」幸惠小姐低聲回答。「我和他的關係不能曝光。」
「我可以想像。」
「不，不是的，不是那種單純的外遇。」
幸惠小姐的話聲聽來像是在生氣。
「我們考慮結婚，可是他有老婆……要是不能順利離婚就糟了。不能讓他老婆知道我的存在，不然——」
「對方有意思要和妳結婚不就好了？用不著躲躲藏藏。」
「要是他老婆知道我的存在，就會意氣用事，不肯離婚。那樣我會非常爲難。」

「我不是很清楚，不過不是有上法庭或調停等方法嗎？」
「有責配偶是不能申請離婚的，這樣就得等上幾十年——」
「所以，妳才會隱瞞有兩個人在場？」
「是的。」
接著，幸惠小姐戰戰兢兢地問：「刑警先生，你怎麼知道我撒謊？」
「當時妳的鞋子一點都不髒。」
我想像幸惠小姐納悶不解的模樣。
「如果走過妳所說的那條路，鞋子應該會沾上污泥。」
沙、沙、沙——那是一條會發出這種腳步聲的路。
「但妳的鞋子像剛擦過的一樣。只是，由於發現屍體，妳不舒服到嘔吐了，所以鞋子上有污漬。不過，我認爲妳被捲入事故前是處於不會弄髒鞋子的狀況，應該是坐車子來的。」
「然後，在你的想法中，女人寧願撒謊也要隱瞞的事大多是爲了男人。」幸惠小姐低語。
「妳在那裡看到什麼？」主人直接問。
「什麼都沒看到。請當成我沒看到。」
主人並未回答。
「我們商量過，要支付你一筆錢，所以我才請你給我時間。做個交易吧！我說不會虧待你，指的就是這件事。你想必明白。」
主人的心跳加快。
「就是明白，你當時才沒告訴別人我撒謊，對吧？」

主人緩緩回答：「是啊。」
我想起太太的話「把房子賣了吧……」。
「這裡有一百萬圓。不夠的話，我可以再出一百萬圓。他相當有錢，擁有自己的事業，而且十分成功。」
響起一陣「卡沙卡沙」聲。
「你會收下吧？這樣一來，我們就什麼都沒看見，他也不在場，對吧？」
「妳看見什麼了嗎？」
「如果你願意收下錢，我就不能說。因爲我什麼也沒看見。」
「我會保密。」
「我不信任你。要是我吐露看到的情景，你就會呈報上去，說你取得目擊證詞吧。你們會根據證詞展開調查，而且不可能只有你一個人單獨調查吧？這麼一來，我們是目擊證人的事就會曝光。」
幸惠小姐的這番話，確實碰到主人的痛處。
「我們沒有好心到願意與他人扯上關係，葬送自身的幸福。再小的危機，我們都不想冒險，只要能夠避開就會不擇手段。即使是這麼一大筆錢，也在所不惜……你要收下錢接受我的謊言，還是當成沒這回事？哪一邊？」
我在心中默念。儘管不可能傳達得到，依然默念著。
主人啊，不可以收下那筆錢。不能用那筆錢養胖我。
森元隆一或許是因保險金被殺。幸惠小姐目擊的景象或許是破案的線索。

不能爲了錢就視而不見。

主人站了起來，大概是看著這一舉動，幸惠小姐「呵呵」地笑。主人駐足片刻，便跨步走出去。

兩人來到外頭。

「那麼，就這樣吧。」幸惠小姐話聲裡帶著共犯的笑意。

主人依舊無言。

我被背叛了。只希望主人不要讓我懷抱著那筆錢。

主人默默佇立原地。

半晌後，遠方傳來幸惠小姐的叫聲。

「可惡！」

她的的確確是這麼說的。主人噗哧一笑。

他笑了。

「我改變心意了。」

幸惠小姐跑回來，主人靜靜表示：

「我或許明天會前往拜訪偵訊。妳沒有試圖收買我，我也沒有聽到這樣的提議，對吧？這件事我們互不相欠，忘了吧。」

我感到莫名其妙，但主人腳步輕快地離開。然後，那天晚上主人回家了。

主人在演戲嗎？爲了確定幸惠小姐是不是目睹重要情景？

可是，他不是收下錢了嗎？

主人脫下放著我的外套，掛在衣架上，對太太這麼說：

「今天我差點被收買。」

「收買？」

「原本我是抱著這個打算出門的。」

我聽見太太的嘆息聲。

「在最後關頭，我改變主意。」

主人明明收了錢啊？

「幸好，對方穿的是連帽外套。」

聽到這裡，我終於明白。幸惠小姐以爲事情談妥，安心地與主人告別，待她轉過身，主人將整疊鈔票偷偷丟進她的外套帽子裡。

發現這件事的她大叫「可惡」……

「把房子賣了吧！」主人說。「我開始害怕自己，不曉得自己在想些什麼。」

「你是說眞的嗎？」

「我沒辦法爲家人做什麼，所以想著至少要給妳們一個家。」

「不是提過你有這份心意就夠了嗎？」

太太的話十分窩心。

「我告訴涼子，你把買這幢房子時三人在玄關拍的照片寶貝地收在錢包裡帶著，涼子說『爸爸眞是純情』。」

收在我的夾層裡，像厚紙般的東西，原來是張照片。

數日後，三津田幸惠在偵訊中全盤托出。當然，同行的男人也和她一起。

他們目擊一輛轎車從森元隆一倒臥的現場逃逸。

那是一輛白色轎車。

「可是，白色轎車到處都是啊。」

主人的同事呻吟道。

沒錯，儘管這不是決定性的證據，卻是一個開端。搜查將朝此一方向展開。搜查總部決定約談森元法子，將她列爲重要關係人。

不過，我的主人應該不會偵訊她。此刻，主人在車站，跟爲他準備住院必需品的太太約在這裡。

然而，我並未忘記主人離開搜查課辦公室時聽見的那道年輕聲音，主人應該也不會忘記。對方這麼說：

「組長，請好好休養，但請你早日回來。我總有種不祥的預感，這件案子不會就此結束——」

2

第二章

# 勒索者的錢包

## 1

我老是抽到下下籤。

可是剛被買走的時候，我也是新穎得光亮動人，非常漂亮。

「哦，讓人眼睛一亮的顏色！」不乏有人這麼稱讚，於是我心花怒放。

不過，那是個錯誤的開端。

我似乎是個非常花俏的錢包，外面裝飾著許多閃閃發光的亮片，還有巨大的金屬釦。每次我一進去手提包或口袋，其他傢伙就會抱怨「擠死了、擠死了」。例如，前任主人的眼鏡盒還說：「妳啊，太占空間啦！明明肚裡空空，外表卻誇張得跟什麼似的。」老是欺負我。哼！不曉得他以爲自己算老幾。

那傢伙啊，其實是老花眼鏡盒。前任主人是小酒店的媽媽桑，年齡整整短報十歲。雖然沒有被拆穿啦。

所以，老花眼鏡盒那傢伙是見不了人的，絕對不會在人前被拿出來。他的性格乖僻得要命，一張嘴巴囉嗦得要死。終於能和那傢伙分道揚鑣，我眞是爽斃了。可是，這次的主人總帶著大得過火的化妝包，而這傢伙的態度跟她的身材一樣，囂張到不行，老愛找我碴……

唉！討厭，我的口才實在很差呢！不好好從頭說起，大家不會瞭解我是個多麼不走運的錢包。

說起來，打從出廠我就是個落伍的錢包。

我去不了百貨公司，皮革製品的專賣店也看不上我。

他們嫌我「沒品」，但那不是我的責任，是製作我的人缺乏「品味」吧？雖然不曉得是不是這樣啦。

所以啊，願意陳列新品的我的店，我忘也忘不了。那是一家叫「一夜情」的店。

從看店的女孩講話的口氣，還有店長接電話給人的感覺等蛛絲馬跡，我就有不好的預感。那個時候，我還沒這麼刁猾，卻也覺得「有點粗俗」。

可是「一夜情」這個店名，我也不認爲有那麼糟啊。如果問我，我是滿喜歡的。不過，我實在笨透了。

終於瞭解自身的立場——這種狀況下，說是立場也可以吧？當然，我是沒辦法站立啦——是三個像國中生的女孩站在陳列我的展示櫃前哈哈大笑的時候。

「哎呀！」

「居然叫『一夜情』！」

「好下流！」

她們紅著臉，一邊笑鬧一邊跑開。

我得聲明一下，她們不是在笑我，而是在笑和我陳列在一起的什麼東西。

不久後，我才明白那是什麼東西。一個喝醉了的大叔，將我和那傢伙一起買走。

大叔帶著一名走路異常大聲的女人。她可能穿著三吋高跟鞋吧，偶爾會傳來鏘啷鏘啷聲。

「這個送給小紀。」大叔肉麻地說，然後買下我。

叫做小紀的花枝招展女說：「那人家買這個送你。」她買了我隔壁的一樣東西。大叔高興地應道：

「買多一點也沒關係，要是不夠就傷腦筋了。」

接著兩人咯咯笑起來。

那天是聖誕節，他們說要交換禮物。然後，買了什麼東西的「小紀」把自己當成禮物送給大叔。

「小紀」到底買什麼，大家瞭解了吧。

我陷入絕望，居然和那種東西擺在一起！這就是我沉淪的開始。

「小紀」用我不到三個月，當然大叔可能也步上相同的命運，眞是大快人心。

「小紀」雖然厭倦我，卻沒有丟掉。她把我送給認識的人，就是剛才提到的小酒店媽媽桑。

做那種生意，似乎不怎麼輕鬆。媽媽桑獨力打理整家店，手頭卻總是很緊……所以就算是用過的錢包，她也會收下。那個媽媽桑啊，不管別人給什麼都收，但即使是流出來的鼻血，她也不會給人。

會和媽媽桑分開，是因她把我弄丟。

她眞是個毫無財運的女人——當時我的懷裡裝著十二萬圓的大鈔。

客人帶她去洗溫泉，奢侈一番。「太幸運了！」她可能是興奮過頭，在途中把我弄丟了。

那是怎樣的地方，我並不曉得，只知道是在室外，有許多行人。

媽媽桑可能也不知道是在哪裡弄丟的吧。或許她回到家才發現錢包不見。眞是粗心大意的女人。我被撿到，送去派出所，但她終究沒有來領我回家。她現在過得如何？有時候我會想起她……

當時撿到我的，就是現任的主人。她在溫泉町當「女傭」，大家都喚她「路子」。

她非常珍惜我。這是當然的，託我的福，她平白得到十二萬圓。她叫我「萬寶槌」(註)。可是，「萬寶槌」是什麼東西呢？唉，隨便啦！

她當上我的主人沒多久就結婚，之後改名葛西路子。

她是和店裡的客人結婚，對方是個大嗓門的男人。結婚後，兩人立刻搬到「東京」這座城市。

可是，老公已不在她的身邊。只撐半年，主人就逃走。

我從一開始就知道會這樣。要是我能夠說話，眞想在結婚前告訴她：

「喂，等一下，爲了妳自己好，重新考慮吧。趁妳不在從我這裡偷錢的男人，不可能是什麼好對象。」

但她是個爛好人，在被吼著「拿錢來」、被打斷兩顆門牙前，根本一無所知。

她哭哭啼啼地去看牙醫，也把存款提出來。兩顆假牙花掉三十萬圓。我抱著要付給牙醫的錢待在她的懷裡時，覺得她有那麼一點點可憐。

恢復單身的她，在一家不怎麼高級的小酒店工作，拚命想養胖我。

「撿到這個錢包時裡面有十二萬圓，所以我到現在都非常珍惜，畢竟很吉利嘛。」她這麼說。明明從那次之後，她再也沒遇到半點好事。

有一天，她上美容院，把裝著我的手提包寄放在櫃檯。她走開後，櫃檯的兩個女孩偷偷地笑道：

「喂，看到剛才那位客人了嗎？」

「像把全家的飾品都戴在身上。」

「瞧瞧她戴了幾條項鍊！簡直可媲美從印度來當親善大使、盛裝打扮的大象印蒂拉。」

看來，我似乎和全身掛得叮叮噹噹、如水往低處流般的女人特別有緣……

## 2

過著不怎麼風光卻還算平靜的日子，我們卻突然和警察扯上關係。

起因是主人爲數不多的客人之一，似乎死於車禍。不是單純的肇事逃逸案，而是「殺人案」。

警方懷疑死者的太太可能就是兇手。她丈夫保了八千萬圓的人壽險。

很驚人吧！一生只要有那麼一次也就夠了，我眞想抱抱那麼多的鈔票。就算開口撐壞也無所謂。

被撞死的人叫森元隆一，三十三歲。他太太叫法子，二十八歲。法子婚前在保險代理公司上班，似乎對保險很熟悉。加上老公縱容，她相當招搖地在外頭遊玩，好像有別的男人。

這不是非常可疑嗎？如果我是刑警，也會起疑。

遺憾的是，她有不在場證明。丈夫遇害之際，她和女性友人在一起。

---

註：日本民間故事裡，只要敲打或晃動，就會變出想要的東西的小槌子。

於是警方認爲法子可能是請人——和我的主人談話的刑警說是「共謀」——殺害了丈夫。警察的腦筋眞好。

我會知道得這麼詳細，是因刑警先生約談我的主人。

我的主人可能推托在上班，不方便，不料刑警先生特地等她下班，在深夜營業的店裡一邊吃拉麵一邊談。所以，我能夠聽到他們的對話。

我是私人物品，主人在店裡工作的時候，都將我放在皮包裡，收進上鎖的寄物櫃。

所以我並不認識對方，只是透過主人的談話知道這麼一個人。這不是更令人感興趣了嗎？

況且，刑警本人的聲音不是隨隨便便就能聽到。

「森元先生來店裡的時候，有沒有提過他太太的事？像是懷疑太太外遇，或談及具體的人名之類的。」

換句話說，警察到處尋訪法子和隆一共同認識的人——不管是怎樣的交情——設法清查出和法子感情好到願意爲她殺害丈夫的男人。

哎，「清查」這個詞有點專門，對吧？來找我的主人的刑警先生，嗓音非常年輕，但我的主人提問，他盡是用一堆艱澀的字眼回答。

這件案子電視媒體大肆報導，法子以「重要關係人」的身分受到警方約談——這件事我的主人也知道。

「我以爲警方已查出那個太太就是凶手。」主人的口吻莫名客氣。

「所謂的關係人，既不是嫌疑犯也不是凶手。」

「只是『關係人』，或許是這樣吧，可是那個太太前面不是多出『重要』兩個字嗎？」我的主人說。「而且，我記得八卦節目上嚷嚷著，發現共犯男子的白色轎車。那件事怎麼樣了？」

我彷彿看見嗓音年輕的刑警吃不消的表情。我的主人啊，是個超級好奇寶寶，還是那種「你不告訴我想知道的事，我也不告訴你」的類型。

刑警先生似乎死了心，向她解釋：

「那是有人宣稱『曾目睹森元太太搭乘不是丈夫駕駛的白色轎車』，同時又有人表示『在隆一先生遇害的現場看到一輛白色轎車逃逸』——僅僅如此。」

刑警不甚愉快地從鼻子哼了哼氣。

「極有可能是單純的巧合。光是東京都內，白色轎車就多得數不清。會爲這種事吵翻天的只有媒體而已。」

雖然說得一副不在乎的樣子，但應該不是眞心話。其實白色轎車的這個發現警方也覺得「不得了嘍」，豈料實際調查，卻成不了證據或線索——應該是這樣吧？

誰要是吐出不服輸的逞強話，我馬上會察覺。那種話我聽得太多。

我的主人陷入沉默。

好稀奇……我正這麼想的時候，她不安地挪動身軀，開口問：

「哎呀，意思是，那位太太會被釋放？」

刑警先生嘆一口氣。

「聽好，森元法子並非被捕，沒有釋放不釋放的問題。所以偵訊結束，她只是回家而已。」

「那她現在閒閒地待在家裡？」

「這我就不清楚了。」

刑警先生到後來變成懇求的口吻。

「唉，森元隆一有沒有告訴妳什麼？任何瑣事都行。聽說他十分照顧妳，每次到店裡一定指名妳陪酒，不是嗎？」

我的主人笑一下。

「我什麼都不記得——與其這麼說，倒不如說森元先生本來就不會隨便提自家事。案發前，我連他太太的事，及他有沒有小孩都不知道。」

接著，她自言自語：

「他會特別照顧我，八成是我和他太太不同，又笨又俗氣，是個不起眼的女人。一定是這樣的。」

那天晚上，我的主人回家後，突然忙碌起來。

我聽到「啪沙啪沙」聲，或許是在翻報紙。接著，我也聽到「啪啦啪啦」聲，約莫是在看其他的——對，像是相簿之類的東西。

平常她一吃完宵夜馬上就去睡。我的老位置是門邊勾子上的手提包裡，不過，不管她在哪裡，我都聽得到說話聲和走動聲。畢竟這個住處很小。

她「啪沙啪沙」、「啪啦啪啦」地弄了好久，終於鑽進被窩。可是，她一次又一次地翻身。

然後，她如此呢喃：

「八千萬圓啊……」

## 3

「是，敝姓葛西。是、是，沒錯。之前承蒙您先生多方照顧……請節哀順變。」

翌日，我的主人不到中午就起床，打了通電話。

實在令人驚訝。平常這個時間，就算有人上門，她也會假裝不在，繼續倒頭大睡——我這麼想著，恍然大悟。

她說：之前承蒙您先生多方照顧。

對方是森元法子！我的主人昨晚翻閱報紙，挖出名片夾，就是在找森元家的電話號碼。

「晚了幾天，眞不好意思，不過，我能不能去上個香？我有些話想跟太太說……」

法子似乎答應了。我的主人比平常花更多時間打扮，出門的時候，意氣風發地抓起裝著我的皮包。

她一副精神抖擻的樣子。

森元法子的嗓音非常甜美。

該說是嬌滴滴嗎？我有點想起「小紀」。

我的主人發出誇張的難過語氣，上香後敲了敲小鍾，大聲擤鼻涕。我待在她膝蓋旁邊的皮包裡，聽著這些聲音。

法子一直很安靜，幾乎沒有開口——直到話題變得奇怪爲止。

我的主人突然冒出一句：

「那八千萬圓，妳要怎麼用？」
我嚇一跳。這個人在說什麼啊？
法子並未馬上回答。這是當然的。
「我還沒有想到這些。比起保險金，我更希望早日將殺害外子的凶手逮捕歸案——」
「哎呀，眞的假的？」
聽見主人如此過分的質問，法子依然冷靜。
「什麼眞的假的，當然是眞的。如果妳是我，一定也會這麼想吧？」
「這可難講。」
我的主人用假音笑道。我以爲她腦袋短路了——在聽到她下面這句話之前。
「我從妳丈夫那裡聽說了。」
「聽說什麼？」
「這陣子老婆看我的眼神很奇怪，是不是勾搭上別的男人，覺得我礙眼……」
沉默。沉默耶！
「那是什麼意思？」
法子冷冷地問。
「沒什麼特別的意思啊。他這麼說，大概是一年前的事吧。對了，他還說：『最近胃老是不舒服。我從學生時代腦袋就不好，胃腸是唯一傲人的地方……』」
「那又怎樣？」
「所以我提醒他：『很危險喔，或許老婆開始給你下毒了。』」

有一次，主人把一個很大的別針裝進我的零錢袋，我又痛又難過，覺得全身快撐破。我想起那種感受。當時我待在主人的皮包裡，如果可以，眞想渾身顫抖一番。

「無聊。」

法子似乎突然站起。

「請妳回去。」她丟下一句，接著傳來離開的腳步聲。

我的主人像要追上去似地扯開嗓門。那是她自從遭前夫毆打後，再也沒有發出過的巨大嗓音。

「少裝模作樣！老公死掉，妳明明暗爽在心！」

兩人在沉默中喘著氣。

「是妳殺的吧？跟男人聯手。」

我的主人吐出心裡的話。

「可疑得要命。警察是不會漏掉任何蛛絲馬跡的，連我這種只是妳老公常去的小酒家的酒女也來查問。他們在尋找揪出妳馬腳的東西。太太，要是妳露出一點狐狸尾巴就完了。」

「妳的意思是，抓到我的把柄？」

法子的嗓音自始至終都是那麼甜美。

「天曉得。是不是把柄，警方自有判斷。」

「妳剛才只是轉述外子的話，不過是狀況證據。妳知道嗎？」

她瞧不起我的主人。正因她的嗓音如此甜美，更令人覺得格外恐怖。

「哼，不是有人由於什麼狀況證據被逮捕、送上法庭嗎？就是那個——」

我的主人指的是之前在電視上鬧得沸沸揚揚的保險金殺人案。

「太太，妳知道『積沙成塔』這句成語嗎？警方正在做這個事，堆成夠高的山後，妳就會在上面被吊死。明白嗎？」
「太可笑了。妳說的根本是不足取的玩笑話罷了。」
「除了剛才告訴妳的之外，妳不認爲我還知道別的事嗎？太太，或許我已掐著妳的脖子。」
我以爲自己要爆開了。
眞的嗎？她眞的知道什麼嗎？
傳來法子跌坐在榻榻米上的聲響。
「妳知道什麼？外子跟妳說了什麼？」
我也想知道。
「沒人會笨得在拿到錢之前就把貨交出去。」
我的主人變成勒索的人。
「……妳要多少？」
「我想想，」我的主人咯咯笑著，「多少才好呢？太太，保險金幾時會下來？」
「告訴我妳知道的事，我就告訴妳。」
法子說完，和我的主人一樣咯咯地笑。
兩人一起笑著，簡直像在看「一夜情」的展示櫃捧腹大笑的女孩。人愈是束手無策愈會放聲大笑嗎？
「我不奢求太多。」
我的主人詭異地放下身段。

「我不勉強妳，就算不一次給也沒關係。」
「我們是命運共同體。」
「妳說什麼？」
「我們用的是同一個錢包。」
我不想變成法子的錢包，也開始不想再當現任主人的錢包。
「爲錢謀害親夫——只要有這種嫌疑，我就拿不到保險金。要是手邊沒錢，我也沒辦法給妳錢。事情就是這樣。」
法子壓低音量。
「所以，彼此謹言愼行吧！不能再加重我的嫌疑了。」
我當然沒看到，但法子似乎在嘴巴前豎起一根手指。
「就算抓不到凶手，只要我沒有嫌疑就行。」
「就算抓不到凶手啊……」
我的主人聲調平平地複述，思索片刻，接著說：
「太太，妳想讓我大意，再圖謀不軌，也是沒用的。」
「哎呀——」
「要是我出事，警方不會坐視不管。畢竟我是熟知妳丈夫的人。」
「這不必妳提我也知道。」
法子甜甜應一句。氣氛緩和後，我的主人試探般地說：
「唉，太太，我今天不想空手而回。」

「可是，我剛才不也說了嗎？錢還沒有下來。要是存款夠多，我不會想要保……」

法子閉上了嘴巴。我的主人在喉間低笑：

「不是錢也沒關係。」

法子沉默。

「我從剛才就一直想著，妳那條項鍊真漂亮。那是綠寶石吧？是不是也有鑽石？」

「……嗯，是啊。」

「我很喜歡項鍊，可是太貴了。我賺的錢，只買得起假貨。」

於是，我的主人得到那條項鍊。

「這是太太和我之間的協定訂金。」

臨走前，她想起來似地問：

「太太，和妳聯手的男人到底是誰？」

法子不慌不忙地回答：

「我說啊，守住祕密本身就是件難事。妳光是不把現在知道的事說出去就很不容易了，何必再增加非保密不可的事自找麻煩呢？」

她說這些話的嗓音也非常甜美。

回家的計程車上，我的主人吹著口哨。她心情很好，一直跟司機搭訕。

「司機先生，人啊，有時候還是得豪賭一把呢！」

「妳是中了賽馬的大冷門嗎？」

「是啊，沒錯。」

你問我這種時候在做什麼？

我在努力回想，撿到我和十二萬圓時，那個感激涕零的女人的聲音。那個女人消失到哪裡去了呢？

## 4

一成不變的日子持續了一段時間。

我的主人到店裡上班，然後回家，吃完茶泡飯或泡麵的宵夜後，便鑽進被窩。

我還是一樣瘦巴巴的，一點都胖不起來。變胖的只有主人的夢，而且還是骯髒的夢。

至於案情的發展，我完全不曉得。新聞不報導，刑警也不再出現。法子是否快要如願以償，拿到八千萬圓？

不會這樣的，警察加油啊！

我的主人偶爾會打電話給法子，有時候也會跟她要東西。

「什麼不要太常過去——我知道要是被警方盯上就麻煩了，可是，太太，我的日子眞的很難過啊！瓦斯費遲繳好幾個月，這個月再不繳就要被停了。三萬——五萬圓的話，妳應該拿得出來吧？拜託啦！我們都談妥了……」

明白了吧？我的主人在拿到巨款前，似乎就是靠這樣一點一點的敲詐來「度過」。雖然我沒看到，不過她八成戴著那條項鍊。

畢竟是戰利品嘛！

我的主人把敲詐來的錢裝進我的懷裡。
我逐漸變得漆黑。
就在翌日，發生恐怖的事。
我的主人遭到襲擊，她被車子追逐。
那天店裡公休。我的主人打掃完住處去購物，然後前往柏青哥店。
她一去柏青哥店，通常都會玩到打烊才走。那天晚上也不例外。
她離開柏青哥店，步行回家。四周非常安靜。我的主人住的那一帶一到夜裡就非常安靜。
我待在她穿的大衣口袋裡。她一跑起來，我便開始搖晃、搖晃、搖晃。
她跑啊跑，不停地跑。跑得氣喘如牛，途中差點跌倒，卻仍拚命跑，可是車子的引擎聲愈來愈近。
輪胎發出傾軋聲衝過來。
不行了！正當我這麼想，她奔上道路左側的住家樓梯。我「咚」地搖晃一下，聽見車子擦身而過的聲響。
「那個女人……是那個女人。」
我的主人一開口就這麼說。
「妳想謀殺我，對不對！」
「我謀殺妳？」
「別裝蒜了，妳想開車撞死我，不是嗎？」

「哦，發生這種事？有沒有受傷？」
「裝瘋賣傻……」
「哎呀，可是，那是什麼時候？」
「昨天晚上。後來我一直打電話給妳，妳都沒接。因爲妳接不了，是吧？」
「不曉得妳在說什麼，我昨天晚上在朋友家，有不在場證明。」
「哼，八成又是叫男人幹的吧？告訴妳，要是我現在死了，警方馬上會起疑，所以——」
「那輛車子是白色的嗎？白色的車子隨處可見，晚上飆車也不稀奇。」
「妳……！」
「欸，告訴妳一件好事吧。我和妳之間有圓滿的協定，我心滿意足，不可能殺害妳。可是，要是妳出車禍或瓦斯爆炸丟掉小命，不能怪到我頭上吧？」
「妳這個女人——」
「生什麼氣？莫名其妙。我不可能『謀殺』妳，只是提醒妳小心意外而已。」
「妳的意思是，和對付妳老公的手段不同，要布置成意外死亡，是吧？」
「這很難的，非常困難。要是引起絲毫懷疑就完了，得耐著性子，一次又一次挑戰，直到成功——」
法子笑了出來。
「我說啊，妳想從我手中勒索巨款，可是有『風險』這種利息的。是妳活著拿到錢，還是我贏了，在不受任何人懷疑的情況下除掉妳——就是這個風險。」
「……」

「若是害怕，不如去請求警方保護？我無所謂。如果妳打算放棄這筆錢，並且甘願被問罪，請便。明知凶手是誰，妳卻默不作聲，還想勒索凶手，這也是不折不扣的犯罪吧？」

「我……妳這種……」

「依我個人的看法，繼續我們之間的這場競賽比較好，放棄未免太可惜。」

叫出法子，想與她對決，卻落得如此下場。

我的主人當天便收拾行李搬家，不，是逃走。

逃到法子和她那個不曉得是誰的情夫的魔爪無法觸及的地方。

沒錯。我的主人利欲薰心，展開一場賭上性命的捉迷藏。

5

我的主人首先回到以前居住的小鎮，拜訪舊友，借了一些錢，然後搬到完全陌生的小鎮。

但她有時候會去東京，打探法子的情形。她通常是把法子叫到外頭，偷偷會面，又一點一點地勒索金錢，再小心地避免被跟蹤，偷偷摸摸返回。

簡直像白痴！根本是在逃亡。

不能讓法子寄錢來，也不能要她匯過來。以我的主人的頭腦，根本想不出其他方法，只能親自出馬。儘管如此，無論她再怎麼謹慎，都無法擺脫不安，只好又搬家。

不僅如此，她還僱人（用假名僱的，我的主人什麼時候變成這種人？）調查法子的生活，這當然是爲了知道保險金有沒有順利核發。

警方似乎尚未排除法子的嫌疑，保險公司比照警方，所以保險金似乎還有得等。

她的這些調查費用也是從法子那裡敲詐來的，這是不是就叫惡性循環？

「在我拿到保險金前，努力別死掉喔。」

法子說完便笑了……

眞是段冗長的話，大家一定聽累了吧？沒辦法，我口才不佳，可是，馬上就要來到結局。

這種情況不可能持續太久。捉迷藏總有一天會結束，我的想法是正確的。

現在，我待在主人外套的口袋裡，隨時可能掉落。

若問爲什麼，只因我的主人被扛在肩上。

她被鬼抓到了。她終於被找到，遊戲結束。

那個鬼是男的。想必就是和法子聯手做案的男人。

我的主人現在的住處沒有浴室，都去澡堂洗澡，一切就是發生在回家途中。她可能是遭到跟蹤，剛注意到一輛車子突然靠近，隨即被拖進裡面很快地……

車子行駛一陣，停了下來，男人抬出我的主人的屍體。

男人走著，而我隨時可能滑落。

我的主人最後一句話是這樣的：

「等一下！等一——」

僅僅如此，短促得可憐——

啊！

我掉到地上。男人逐漸遠離。我的主人披散的頭髮從男人肩膀上倒垂下來。
這是個荒涼的地方。放眼望去，一片黑暗，恐怕誰都找不到我和我的主人。
我的主人會被怎麼丟棄？會被怎麼布置成意外死亡？

第二天，有人撿走我。
撿到我的是一個相當年輕的女孩。不曉得是不是近視的關係，她拿起我後，湊近仔細端詳。她的臉頰有著細細的毛。
她似乎在慢跑。居然在鍛鍊身體耶！
她是個巴士導遊，還是新人，和許多同期生、學姊住在宿舍。
眞是可愛。這個女孩一點都不風騷招搖。我馬上決定，要叫她「我的乖女孩」。
可是，她並未把我送到派出所。同行的朋友勸她不必送去。
「可是，這是錢包——」我的乖女孩頗爲猶豫。
「反正裡面才兩千圓，而且是這麼俗的便宜貨，又是合成皮。錢拿走，錢包就丟了吧。這種東西送去派出所，警察也會嫌麻煩。」
我那遇害的主人，爲了繼續玩捉迷藏，這陣子一直都很窮困。
我的乖女孩開始搜我的懷裡。
然後，她找到了。
「欸，錢包的口袋裡有一條項鍊。」
沒錯。我的主人戴著項鍊去澡堂，在更衣區取下後，裝進我的懷裡。

是那條綠寶石項鍊。
「哎呀，好漂亮……」
「拿了吧！」朋友說。「裝在這種皮包裡的八成是假的。」
我的乖女孩聽從朋友的提議（一定是不想跟朋友起衝突吧）把我帶回宿舍。
「把錢包丟了啦！」
「我不想隨便丟在這裡。」
之後，我就待在我的乖女孩的房裡。我留意著電視新聞，卻沒有聽見我的主人意外死亡的屍體曝光的消息。
是被掩埋了嗎？想到這裡，我終於明白。
我的主人爲了玩捉迷藏四處躲，就算她突然不見，也不會有人覺得奇怪。
法子和那個男人沒有必要將我的主人布置成意外死亡，只要讓她突然消失就夠了。
所謂中了圈套，是不是就是這樣？
話說回來，我的乖女孩非常高興。她請熟知寶石的人鑑定後，確認那條項鍊是眞的。
「這個值三十萬圓嗎？那還是送去派出所——」起初她如此主張，但朋友提醒：「現在才送去，妳想私吞的意圖不就敗露了？」於是，她改變心意。
「當成我們共同的飾品吧。」她這麼向朋友提議。
然後，她笑著對我說：
「這個錢包要是丟掉，也挺可憐的。或許會有人喜歡它，先留著好了。」

「畢竟它是帶來三十萬圓項鍊的萬寶槌。」

萬寶槌。

沒錯！我的乖女孩。我正是個萬寶槌。一敲我，就會蹦出女人的屍體……

什麼時候才會有人來敲我？

我正等著呢。

# 第三章
# 少年的錢包

## 1

這一陣子，我的主人得了憂鬱症。

他每天看起來都有些悶悶不樂，既不會拿著我跑到附近的書店，也不會和朋友去買零食吃，因此我變得愈來愈胖。現在我懷裡有四千圓多一點，等於主人兩個月的零用錢全原封不動。

「雅樹，你這陣子很沒精神，怎麼啦？」

主人的媽媽擔心地問。主人的媽媽從事室內設計的工作，總是十分忙碌，有時甚至一個星期以上都沒辦法和兒子好好聊一聊，但不愧是當母親的，看得一清二楚。

「飯也吃得不多……在學校發生什麼事了嗎？」

「沒有。」雅樹答道。「沒什麼事啦，媽。」

我的主人叫小宮雅樹，是小學六年級生，擔任班長。成績優秀，跑步很快，平常根本沒有任何需要父母擔心的問題——除了偶爾沉迷打電動之外。

所以，雅樹最近消沉的模樣我也頗在意。

「你是怎麼啦？」我從提在他手中的書包裡問道。

「從我懷裡拿出錢，買點漫畫之類的再回家，或是去車站前買三球31冰淇淋吃吧！」

可是，他直接回家，馬上關進房裡，把裝著我的書包一丟，開始打電動。但他玩得不是很起勁，好幾次都只發出洩氣般的聲音，接著就聽見GAME OVER的音樂。以前根本不會出現這種情形。

「雅樹，你到底在煩惱什麼？」

我徒然喚道。聲音傳不進他的耳裡，因爲我是雅樹的錢包。我只能想像他茫然望著窗戶或天花板的模樣，悄悄地乾焦急。

我和雅樹是在他小學四年級的時候認識。

那一年起，雅樹的媽媽去上班了。那是在雅樹還小的時候便中斷的工作。

「孩子升上四年級，應該能處理自己的事情。與其等雅樹滿二十歲後，才懊悔沒辦法放開孩子，不如趁現在讓他獨立。尤其雅樹是獨生子，要培養他成爲一個獨立自主的孩子，一直陪在他身邊反倒會產生反效果。我認爲母親有自己的工作，不一定是壞事。」媽媽用這一番話說服爸爸。

「嗯，妳原本就打算結婚後也想繼續工作嘛。」爸爸死心地說。「只是，妳要好好跟雅樹溝通。我不希望那個孩子難過。」

「這樣的話，你得一起來。」媽媽斬釘截鐵地表示。「全推到我身上，未免太不公平。」

「可是，問題出在妳身上啊！無論如何都想去上班，妳就得跨越這道關卡才行。」

「你這個人總是這樣，每次都只會說跟你無關。」

氣氛變得有點不好，爸爸誇張地打了個呵欠，起身丟出一句：「我要去睡了。」

「眞是的，一點用都沒有。」
媽媽「砰」地拍一下桌子。
我會聽到這段對話，是因當時就待在那張桌子上。我似乎是被放在盒子裡，外面包裝一番，還綁上緞帶。
我是媽媽送給雅樹的禮物。隔天下午，我才被送到他的手上。
「媽媽覺得雅樹能擁有自己的錢包了。」
媽媽和雅樹面對面坐在桌前。雅樹目不轉睛，觀察似地盯著從盒子裡被取出的我。
「從今以後，零用錢不是每星期給，而是一個月給你一次。要好好規畫再用，自己記帳也可以——」
「媽媽，妳要去上班了嗎？」
雅樹若無其事地問。這一瞬間，我便喜歡上他。我喜歡聰明的小孩。
媽媽受到突襲，爲了扳回做母親的威嚴，她停頓一下。
「爲何你會這麼想？」
「這陣子，妳和爸爸老是在談這件事，不是嗎？」
「嗯……可是，那都是在深夜，你怎會知道？」
「我去尿尿的時候聽到的。」
雅樹打開我附拉鍊的口袋，窺看裡面。
「媽媽說，想讓我打理自己的事。第一個步驟就是讓我擁有自己的錢包，瞭解我已大到能管理自己的錢，再找機會告訴我要去上班的事。」

完全沒錯。

媽媽嘆一口氣。這種情況下，做母親的大概也只能如此反應吧。

「既然你知道這麼多，好吧……就像你說的，所以媽媽不能和以前一樣陪著你了。」

雅樹把我放在桌上，點點頭。

「即使媽媽去上班，我也不要緊。」

於是，我成為雅樹的所有物，之後便一直待在他身邊。

我的懷中裝著許多雅樹重要的東西。朋友給的卡片、紀念郵票、早苗阿姨去國外旅行帶回來的法國錢幣、電話卡，當然每個月的零用錢也好好地收在裡面。

除了零用錢以外，最裡面的口袋放著兩千圓，是媽媽交給雅樹的。

「聽著，這和零用錢不一樣，平常不可以花掉。」

這兩千圓是萬一有什麼急事，雅樹想趕到媽媽上班的地方時，用來付計程車錢的，所以媽媽的名片也放在一起。

「坐上計程車後，把這張名片給司機看，他就會載你過來。」

我不禁感到好笑。就算不這樣，雅樹也能一個人去到媽媽上班的地方。

我是個塑膠錢包，聽說是媽媽考慮到防水效果才選的，顏色是天空藍，旁邊大大印著「HAVE A NICE DAY」幾個字。平常我總是被放在雅樹的書包裡。

「好可愛的錢包！」

第一個這麼稱讚我的是早苗。

她是小媽媽五歲的妹妹，等於是雅樹的阿姨。聽說雅樹媽媽的父母早逝，和妹妹相依為命，所以姊妹倆感情極好，早苗也經常到小宮家。

連才認識早苗不久的我，都非常明白早苗多麼疼愛雅樹，而雅樹也喜歡這個阿姨。

媽媽注意到這一點，曾這麼說：

「雅樹還是嬰兒的時候，早苗幫忙洗過有便便的尿布，連我這個當母親的都提不起勁洗呢。」

聽著這番話，早苗開朗地笑了。無論什麼時候見到早苗，她都是一身健康的褐色肌膚，搭上和膚色相稱的嗓音，年輕活潑得讓人不忍心叫她「阿姨」。

「我也沒想到自己並不介意，眞是不可思議，外甥有這麼可愛嗎？」

「這樣嗎？哎，爲了讓我體驗和瞭解那種感覺，妳得趕快定下來啊。」

「也對，我會努力實現姊姊的心願。」

雖然這麼說，早苗卻遲遲不結婚。她在一家大貿易公司上班，每年固定出國一次，總是買一堆禮物送小宮一家。

今年，她趁年假去中國，買了精緻的刺繡桌巾回來。

「還有，這個給小樹。」

早苗都喚雅樹「小樹」。

「什麼東西？」

「打開瞧瞧。」

剛從學校回來的雅樹，顧不得去洗手、漱口，立刻打開阿姨給他的禮物。

「啊，好漂亮！」媽媽讚嘆。

「是鈴鐺！」雅樹說著，可能搖了一下，放在一旁椅子上的書包裡的我聽見「鈴鈴」聲。

「很美的藍色吧？雖然是陶器，聲音卻十分悅耳。」
「雅樹，掛在錢包上怎麼樣？」媽媽提議。
「錢包上掛個有聲音的東西比較好。」
雅樹從書包裡把我取出來，在釦子的地方綁上鈴鐺。雖然有點重，但雅樹一拿起我，就會發出清脆的聲響。
「阿姨，謝謝妳。」
「不客氣。這趟旅行眞的很棒，希望我的禮物能將幸福的感覺分享給大家。」
早苗的話語中透露一股幸福之情。
媽媽相當敏感。
「哦，遇到什麼好事了嗎？」
早苗「呵呵」地笑。
「不要賣關子，快點說。」
媽媽催促著，早苗反問：
「姊，妳遇到姊夫的時候，有沒有一種觸電的感覺？」
「咦，什麼意思？」
「就是『啊，我將來會成爲他的太太』的那種感覺。」
媽媽停頓一下，笑了出來。
「討厭，我以爲妳要說什麼，雅樹還在這裡呢。」
「哎呀，有什麼關係！反正小樹不是小孩了，對不對？」

我沒聽見雅樹的回答。他現在會是什麼表情？

「早苗……」媽媽緩緩開口，想必是盯著早苗。「難道妳——」

早苗難爲情地笑道：

「是啊。姊，我遇到那樣的人了。一看到他的臉，我馬上就知道。」

「是旅行團的成員？」

「嗯，是啊。快樂得像夢一樣。」早苗提高音調：「我會和那個人結婚，一定會的。」

早苗的直覺是正確的。兩人的婚事很快談妥，到了春天，婚期已確定。早苗如太陽般光輝閃耀，無論怎麼看，她的身上都毫無陰霾。

婚禮在六月舉行，早苗將是六月新娘。媽媽爲妹妹的婚事高興得歡欣鼓舞。

然而，雅樹卻得了憂鬱症。

## 7

距離早苗的婚禮只剩一週的星期六下午，雅樹生病的原因終於眞相大白。

梅雨放晴，微弱的陽光普照大地。放學的路上，我在書包裡聽見雅樹和朋友的對話。

「許久不見的太陽，實在刺眼。」

「好悶、好熱喔。」

「眞希望暑假快點來。」

我心想，要是早苗的婚禮當天也是這種天氣就好了。接著，我發現到目前爲止，雅樹連對摯友也沒提「我阿姨快結婚了」。男生之間不會聊這種話題嗎？

「我回來了。」

雅樹一開門，媽媽的聲音就迎上來。

「你回來了，有客人喔。」

緊接著傳來另一個聲音，是一種世故、俐落的聲音。

「午安，打擾了。才一陣子沒見，雅樹又長大了呢。」

誰啊？不曉得雅樹是不是和我一樣疑惑，他停下腳步，並未回答。媽媽笑著說：

「哎呀，你不記得了嗎？是保險公司的遠山先生。他來處理火險續保的事宜。」

「一年只見一次面，很快就忘了吧。」

姓遠山的保險員接過媽媽的話，但雅樹一語不發地走向房間。

「你不吃午餐嗎？」媽媽追問。

「現在不想吃。」雅樹爬著樓梯，悄聲回答。

他直接走進房間，丟下書包。傳來彈簧床的傾軋聲，他可能在床上躺平了。

半晌後，響起敲門聲。

「雅樹，是媽媽。可以進去嗎？」

門開了。

「你在睡覺嗎？」

沒聽見雅樹的回應。傳來媽媽走進房間，在雅樹的椅子坐下的聲響。

「我說啊，雅樹。」

媽媽可能是往床的方向探出身子，椅子發出「嘰」的聲響。
「你這陣子都無精打采，要不要和媽媽聊一聊？」
雅樹不吭一聲。
「媽媽想跟你談談這件事。我剛才和遠山先生聊天，提到你這陣子怪怪的，他就提醒了媽媽。他已當爺爺，或許很清楚這種狀況。」
媽媽在說什麼？
「雅樹，是不是早苗阿姨要嫁人，你覺得寂寞？你認爲阿姨被搶走了，對不對？所以才會無精打采，是嗎？」
不久後，傳來雅樹起身的動靜。
「遠山先生這麼說嗎？」
「嗯，他說小孩常會吃這種醋。媽媽連想都沒想到……」
雅樹一直保持沉默。
「是這樣嗎？小樹覺得塚田先生搶走早苗阿姨，心裡很難過嗎？」
塚田——塚田和彥，是早苗的結婚對象。
到目前爲止，他來拜訪過好幾次。在早苗眼中，雅樹的爸爸和媽媽等於是她的父母親，上門造訪是理所當然。可惜我沒看過他的長相，但塚田的口齒清晰，嗓音頗有男子氣概。
「媽媽……」
「什麼？」
「妳喜歡塚田先生嗎？」

媽媽沉默片刻，大概在想該怎麼回答。

「我覺得他人不錯。爲什麼這麼問？」

雅樹彷彿在告白「媽媽，我尿床了」，難爲情地低喃：

「我無論如何就是沒辦法喜歡那個人。」

「哦……」媽媽應道，椅子又嘰嘰作響。

「爲什麼沒辦法喜歡他？」

這次也隔了好久，才聽到雅樹的回答。

「總覺得那個人很恐怖，似乎在計畫著不好的事……」

「不好的事？比方怎樣的事？」

雅樹大概躺回床上了。不曉得他是不是蒙上被子，接下來的話聽得模模糊糊。

「我不清楚。雖然不清楚，可是我認爲早苗阿姨不能跟那個人結婚，絕對不行。我就是知道。我好怕。」

我好怕。這句話不是騙人的。

雅樹非常怕狗。他曾告訴朋友，小時候被附近人家養的狼狗咬過，後來只要一看到狗就忍不住想跑。

當時他的語氣嚴肅——我就是怕，眞的很怕。

他剛才說「我很怕」的語調和音色，和那個時候一模一樣。難道雅樹的內心某處有著成人缺少的敏感雷達，在塚田和彥身上感受到如同遭狗追咬的恐怖嗎？

「雅樹，」媽媽靜靜開口，話聲聽起來既悲傷又難過。「媽媽覺得，這就是吃醋……我明白你的心情，但莫名其妙怕一個人不太好。」

「我懂。可是，我就是不由自主，一見到那個人就怕得不得了。」

「你告訴早苗阿姨了嗎？」

沒聽見回答，但雅樹應該是搖頭吧。媽媽說：

「太好了。要是阿姨聽到你的話，一定會非常難過。雅樹，關於塚田先生，爸爸和媽媽仔細調查過。」

我是第一次聽到這件事。

「寶貝妹妹要出嫁，對方是怎樣的人，爸爸和媽媽都很擔心。經過調查，我們發現塚田先生十分正派。從一流大學畢業，在大公司工作存錢，再用那筆錢當資金——你知道什麼是資金吧？現在和朋友一起經營一家大餐廳。他的雙親也是正派的人，沒什麼可擔心的。別再這麼想了，好嗎？」

雅樹沒有回答，但媽媽離開了房間。

那天夜深後，爸爸和媽媽一起到雅樹的房間偷看。雅樹睡得頗熟。

「眞教人吃驚。」爸爸低語：「這小子在爲這種事煩惱？」

「快到青春期了吧。」

「是嗎？是不是前青春期？不過，倒也難怪，早苗一直很疼他。」

「你覺得他是在嫉妒塚田先生嗎？」

「嗯，這不是什麼不可思議的事，我以前有類似的經驗。那是在大我七歲的堂姊出嫁的時候。」

「哦！」媽媽調侃，爸爸急忙打斷她的話：

「不要發出那種怪聲，吵醒雅樹怎麼辦？」

「那個時候你有找誰商量嗎？」

「沒有。時間到了，自然就恢復精神。」

「我在想，要不要拜託早苗，請她跟雅樹談一談……」

「談？叫她跟雅樹說『結婚後，我也永遠是雅樹的阿姨』嗎？」

「嗯。」

「免了吧！」爸爸當下斷言。「那樣只會害早苗擔心，不會有任何幫助，唯有讓雅樹自己解決。別管他，就是最好的做法。不久他就會跟塚田先生混熟，忘掉這件事。」

「是嗎？」

兩人悄悄關上門，我和雅樹被留在黑暗中。

話雖如此，爸爸也是擔心雅樹的。

第二天他便約雅樹：「喂，偶爾一起去看棒球吧。」

「你們去外頭吃點好料吧！媽媽要一個人在家裡悠哉一下。」

於是，爸爸和雅樹一起出門，搭乘吵雜的地下鐵，來到一個叫神宮球場的地方。我待在雅樹的褲袋裡。

看完夜間球賽，爸爸買了附錦旗的帽子給雅樹。「我有零用錢。」「今天比較特別，爸爸送你。」接著兩個人一起進餐廳。

「比賽很精采呢。」爸爸點了牛排套餐，如此說道。「怎麼樣？心情有沒有舒暢一點？」

明明叫媽媽「別管他」，爸爸真是個愛偷跑的人。接下來的一小時左右，爸爸以自身的例子懇切地勸導雅樹。

「爸爸非常明白你的心情。可是，早苗不是你一個人的阿姨。她以後會變得很幸福，就算會有些寂寞，你也得忍耐才行。」

「我……不是感到寂寞才那樣說……我真的非常怕塚田先生。我覺得早苗阿姨跟那個人結婚根本是錯的。」

「嗯，這就是我難以解釋的地方。爸爸有過和你現在一樣的心情，當時也是這麼想：堂姊跟那種人結婚不會幸福，大家都不瞭解，只有我知道。」

「眞的嗎？」

「當然是眞的。雅樹，人啊，只會相信自己想相信的。」

爸爸的聲音十分溫柔。

「塚田先生不是什麼可疑的人，他是早苗阿姨喜歡上的人，是很棒的人。你不用擔心。」

許久一段時間，我待在雅樹的口袋聽著餐廳裡播放的音樂，之後雅樹小聲回答：

「嗯……我會試著這麼想。」

雅樹遵守這個約定。雖然夜裡有時會輾轉難眠，但我明白，他一點一點地努力轉換心情。

爸爸和媽媽似乎也感受到了。他們盡量聊比較開朗的話題，不去提週末的婚禮。

星期三，早苗來訪。

「今天沒跟塚田先生一起？」

「他有很多事要忙，畢竟是老闆嘛。」

「蜜月旅行的事怎麼樣了？」

塚田行程排不開，恐怕暫時無法去蜜月旅行。

「馬上去不太可能，但下個月初或許可以。他有朋友在旅行社上班，要請那個人幫忙安排。」

「打算去哪裡？」爸爸問。

「塞班。我們迷上潛水，想盡情玩一趟。」

這個時候，雅樹準備去上補習班，提著書包坐在客廳一角，而大人也都在客廳。正當他要出門，早苗來了，於是他猶豫著沒出門。

「雅樹，再不出門要遲到嘍。」

媽媽催促，雅樹終於站起，開口喚道：

「早苗阿姨。」

「嗯？」

「妳要變得幸福喔。」

接著，雅樹跑了出去。之後小宮家有什麼對話，我並不曉得，但早苗阿姨或許哭了。這一點要我打賭也行。

雅樹似乎也就這麼看開了。

## 3

今天就要舉行結婚典禮。

唯一令人擔心的天氣，也大大放晴，在休息室的親戚都高興地說：「這麼晴朗的日子，眞是太好了。」不久，準備好的新娘似乎走出來，掀起一陣蓋過那些對話的歡呼聲。

媽媽讓雅樹穿得很正式，他卻把我藏進褲袋。正確地說，雅樹應該是想帶我身上的鈴鐺來參加婚禮，而不是我。

我待在柔軟的口袋裡，傾聽婚禮和喜宴的情況。塚田的經歷基本上和媽媽提過的一樣，但司儀卻誇張地稱他是「難得一見的秀才」、「年輕的經營天才」。他第一次創業是在大學三年級，說他有商業頭腦也沒錯。

相較之下，現在和塚田共同經營「潔娜維芙」餐廳的合夥人畠中的祝賀詞一點都不起眼。他似乎比塚田年長許多，嗓音卻毫無威嚴，口齒不清又小聲。與其說他是在致詞，倒不如說是坐霸王車被逮時向車站人員辯解的乘客。

不過新娘很美，近乎完美。我聽見好幾次「哇，好美！」的讚嘆聲。

「眞是天造地設的一對！」司儀拉高聲調。新郎的朋友羨慕地發言：「塚田，你等到三十六歲是對的。」

點燭的儀式結束，雅樹離開座位。

「怎麼了？」媽媽問。

「去廁所。」

雅樹毫不遲疑地走著。可能是地毯厚，我沒聽見腳步聲。來到洗手間時，我終於聽到他的腳步聲。他穿著外出用的皮鞋。

從廁所出來，有人從背後叫住他。

「喂，小朋友。」

那是一道壓低的女聲，是個女的。雅樹轉過頭。

「你好。」那個聲音說。不曉得是不是對方靠過來，雅樹稍微退後。

「小朋友，你是來參加塚田先生的結婚典禮吧？」

雅樹沒有回答，對方語帶笑意。

「用不著那麼害怕。我是新郎的朋友。欸，能不能請你跑個腿？我想請你把這個交給塚田先生。乖孩子，你沒問題的，對吧？」

接著，她迅速塞什麼東西到雅樹手裡。雅樹吃驚得說不出話，呆立原地。

那個女的走遠。雖然鋪著地毯，我仍聽得見她的腳步聲，高跟鞋發出「蹬、蹬、蹬」的聲響。

雅樹一動也不動，之後他像藏起女孩親手送的情人節巧克力，將手中的東西塞進褲袋。那個東西滑到我的旁邊。

看樣子，那似乎是張名片。

那個女的是誰？這是怎麼回事？

我覺得莫名其妙，雅樹或許有同感。他頓時變得垂頭喪氣，直到喜宴結束，都一言不發。

然而，雅樹並未把那個奇怪女人委託的疑似名片的東西交給塚田。

他不是忘了。有時候他會把手伸進口袋，確定東西是不是還在，卻沒有交出去。

好奇怪！爲什麼呢？

回家前，雅樹又去廁所，將那張像名片的東西放進我的懷裡。那是個既不能丟也不能掉的東西，一直收在我的懷裡。名片般的奇怪東西，似有隱情的高跟鞋女——她自稱是塚田的朋友，爲什麼不直接向他道賀？

彷彿被那個奇怪的東西染上怪病，雅樹又變得悶悶不樂，跟成爲新婚夫婦，喜氣洋洋地拜訪小宮家的塚田和早苗迥然不同。

「又覺得寂寞了嗎？」媽媽對爸爸小聲說。

「再看看情況吧，他很快就會打起精神的。」

在爸爸和媽媽沒發現的最深沉的黑暗裡，雅樹又開始輾轉反側地度過無法成眠的夜晚……

4

「保險？」

「嗯。他說，去蜜月旅行前先投保比較好。」

結婚典禮一星期後，早苗到小宮家和媽媽聊天。

雅樹剛從學校回來。他一看到早苗，也不先將書包放到房間，就直接坐在兩人旁邊。他現在的表情如何呢？

想投保的是早苗。聽說塚田提議趁著結婚，一起投保人壽險。

「即使塚田本來就該投保，但妳應該不用吧？況且妳都辭掉工作了，保費不是筆小數目啊。」

媽媽這麼說，我也這麼認爲。可是，早苗笑著回答：

「不用擔心保費，我付得起。既然要保就保多一點，比較放心。就是那種不只單純的人壽險，包含住院給付和其他一些別的。不管怎樣，他是個老闆，萬一生病倒下會很傷腦筋，而且我也不想在自己萬一出事時，給他添麻煩。」

「不過，怎會這麼急？」

「想趕在蜜月旅行前啊。姊，這是買安心的。」

媽媽陷入沉思。半晌後，她可能是不想掃早苗的興，於是用一種像是說「天氣眞好」的語氣喃呢喃：

「剛結婚就提保險，我不太喜歡。」

早苗咯咯地笑。她原本就是很少生氣或鬧彆扭、粗聲粗氣的人。

「姊，討厭啦，妳電視劇看太多。提議投保的不是塚田，而是我。」

「妳？」

「嗯，對啊。他一點都不熟悉這方面的事，畠中先生也笑他從不投保。他甚至表示有健保就夠了。」

眞的嗎？聽到這裡，我不禁懷疑起早苗的話。我不認爲塚田對生命的態度那麼隨意，而且從早苗熱衷的樣子看來，與其說是在做自己想到的事，更像是無意中被人煽動。孩子對這種事十分敏感。由於孩子都是在大人的掌握中，所以會有自己的一套想法。

「他跟保險公司沒有往來，契約都交給我處理，於是我想到姊姊家的那位……就是——」

「遠山先生？」

「對、對，遠山先生。我想拜託他，方便介紹我們認識嗎？」

媽媽一副「唉，就是拿早苗沒轍」的樣子，笑著說：

「當然啊！我會聯絡他。他是個大忙人，不過大概下星期三可以請他過來吧。」

「謝謝，幫了我大忙。」

早苗說完，便向雅樹搭話：

「小樹，怎麼啦？肚子痛嗎？阿姨買的蛋糕不好吃？」

雅樹從剛剛就像忘記怎麼說話，悶不吭聲。即使是這個時候，也沒聽見他回答。氣氛變得有點尷尬。

可能是媽媽對早苗使眼色吧，早苗溫柔地勸道：「小樹別這樣嘛。」

雖然爸爸說「不要告訴早苗」，不過媽媽或許已偷偷跟早苗透露雅樹複雜的心境。

可是，她們都不曉得出現在婚禮會場上的奇怪女人，這才是問題所在啊！

對吧？雅樹。你會悶悶不樂，都是結婚典禮上，那個怪女人交給你的那張仍藏在我懷裡的名片吧？

當然，我得不到雅樹的回答，但這個謎團以更離奇、更令人意外的形式解開。

## 5

這個星期六下午，雅樹出門去了新宿。今天是新的電玩遊戲軟體的首賣日。

話雖如此，他本人沒什麼勁，可能是覺得現在不是做這種事的時候。但那款遊戲非常搶手，沒有號碼牌是買不到的，要放棄又覺得可惜，媽媽也關切道：

「雅樹，你不去買嗎？你不是一直存錢想買？你不是期待很久？所以媽媽才努力排隊幫你拿到號碼牌啊，真是個怪孩子。」被這麼酸了一下，雅樹決定出門。

由於有號碼牌，雅樹輕鬆穿越周圍的人群，買到遊戲軟體。離開店後，他沒像平常一樣去逛其他賣場，直接回到車站。雖然我看不到，不過他是不是低垂著頭？

他從新宿搭乘電車，在離家最近的車站下車。穿過剪票口後，雅樹猶豫片刻，便往傳來音樂的熱鬧地方走去。那是車站大樓，他似乎是要去上廁所。

接著，他在廁所裡被一群可怕的人捉住。

他們可能是從新宿一路跟蹤過來的，目標當然是剛剛買的遊戲軟體。

真的有這種人，我嚇了一跳。是拿不到號碼牌，還是一開始就打算搶別人的？總之，那群人圍住雅樹，好像有三個人。他們把雅樹按在廁所的牆上，喊一聲「拿來」，就搶走遊戲軟體。雖然語帶威脅，但聲音還是孩子，頂多是國中生吧。

「喂，錢包也交出來！」

這麼過分！來不及憤慨，我已落入其中一人手裡。

「不要！遊戲軟體給你們，錢包還我！」

他們不理會雅樹的叫喊，搶走我的傢伙愈跑愈遠。那傢伙一邊跑一邊大笑：「活該！」

那傢伙在回到家前都把我放在褲袋裡——口袋的角落黏著零食的碎屑，髒得要命。這傢伙的媽媽不像雅樹的媽媽愛乾淨，而且這傢伙回到家也不會說「我回來了」。他馬上跟朋友關在房裡，開始玩遊戲。他們用我懷裡的錢買了些什麼，狼吞虎嚥地吃著。

你問我在什麼地方？我在那個房間的垃圾桶裡。

那些人只拿錢，其他的都沒碰，所以我揣著雅樹媽媽的名片、那個怪女人給雅樹的疑似名片的東西，還有紀念郵票、電話卡等，掩沒在垃圾裡。

直到星期一早上，我才被救出來。大概是搶走我又丟棄的那傢伙母親走過來，把垃圾倒進塑膠袋。

若只是這樣，小小的我一定會混在紙屑裡，但我身上掛著早苗送的鈴鐺。

「鈴鈴」聲引起母親的注意。

之後便爆發一場大騷動——是一陣對罵。

「我問你，這是什麼？你又幹壞事了吧？」

「囉嗦，跟妳無關，死老太婆！」

「媽不記得把你養成小偷！」

喂、喂，這是什麼家庭？

只要從那傢伙口中問出事情的經過，調查我的懷裡，然後打雅樹媽媽名片上的電話不就好了？

我正這麼想，她把我塞進手提包，出門去了。

一時之間，我不曉得她到了哪裡。那個地方響起「歡迎光臨」的招呼聲，還播放著輕柔的音樂。

可是，爲什麼來找他？

「請問……這裡有一位塚田先生嗎？」

那傢伙的母親一開口，我嚇一跳。原來這是塚田經營的餐廳「潔娜維芙」。

「我明白妳的意思了。」塚田在一個安靜的地方——八成是他的辦公室吧，和那傢伙的母親談過後，他很快表示：「令公子偷走的這個錢包，的確是我外甥的東西。」

「哎呀，不是偷的啦！」那傢伙的母親厚臉皮地辯解。「畢竟是孩子嘛，只是玩得過火了些。喏，遊戲軟體也一併奉還。所以，這件事——」

「我知道。我不會張揚。」

那傢伙的母親發出噁心的笑聲。

「幸好有來拜訪你。總共有兩張名片，害我猶豫著到底該去哪邊。」

有兩張名片？一張是雅樹的媽媽，另一張呢？

當然是那個女人拜託雅樹交給塚田的東西。原來那是塚田的名片！

「可是，您這一張名片背面寫著不太尋常的內容，我才想是不是先讓您看看比較好。」

那傢伙的母親發出指甲抓過玻璃窗般的聲響——她在笑。

「喏，上面寫著『我沒有忘記約定　我愛你　N』吧？這到底是什麼？我一看就明白，要是被名片上的人的太太知道可不得了。我啊，對這種事最機靈。」

「這沒有特別的含意。」塚田生硬地笑道。

「哎呀，是嗎？我太雞婆了？提到錢，我不曉得帶著這個錢包的小朋友，在裡面放了多少錢。」

「不勞費心，我會處理。」

「眞不好意思呢。」

好過分。那傢伙的母親一開始就不打算歸還兒子從雅樹那裡搶走的錢。

不，不僅如此。特地跑來通知不說就沒人知道的事，也是奢望把我——正確地說，是裝在我懷裡的那張名片——送回來，搞不好能撈到一筆謝禮。

有這種母親，才會有那種兒子。

塚田保證絕對不會把這件事張揚出去，便將那傢伙纏人的母親趕出辦公室。剩他一個人時，他「砰」地拍桌，我跳了起來。

接著他撥打電話，但沒人接，似乎轉到是電話答錄機。塚田吼著留話：

「喂，妳幹麼做那種事？那張名片是怎樣？差點就把事情搞砸一切！聽好，我現在是新婚。照計畫進行，妳不要在我身邊阻撓，明白嗎？」

他砸也似地掛上話筒，然後調整呼吸，又打一通電話。

「喂，雅樹嗎？」

大約三十分鐘後，塚田說：「歡迎、歡迎。」

雅樹是被剛剛那通電話叫來這裡。與他再見面的喜悅，及不曉得事態會如何演變的不安，導致我的身體變得又塌又扁。

「這是你的錢包，還有遊戲軟體。眞是難爲你了。」

雅樹保持沉默，喉嚨深處彷彿塞了鉛垂。半晌後，他低聲問：

「爲什麼這些東西會在你這裡？」

「有人看到裝在裡面的我的名片，才送來的——是搶走你錢包的人的母親。她來道過歉了。」

雅樹包覆住我般，拿起在塚田辦公桌上的我。

「你沒告訴爸媽，錢包和遊戲軟體被搶嗎？」

雅樹點頭。

「不想讓他們擔心？你眞是乖孩子。」

雅樹像沉睡的看門犬突然抬起頭，尖銳反駁：

「才不是！」

「怎麼不是？」

「我沒有說出錢包被搶，是擔心萬一錢包被送去警署，或壞人被抓到，放在錢包裡的你的名片會被大家知道——尤其是早苗阿姨。」

塚田用貓被摸頭時發出的討好聲音說：

「你在爲我擔心嗎？」

「我只是不想讓早苗阿姨傷心。爸爸和媽媽都說你是好人、早苗阿姨很幸福，我也希望能這麼想，不願破壞這一切。可是剛結婚，就有別的女人寫那種留言給你——」

「你是什麼時候拿到的？是誰交給你的？」

雅樹說明經過，塚田誇張嘆息：

「等你長大就會明白，結婚是一場大事業，非常辛苦。」

塚田繞過桌子，走到雅樹身邊，雅樹退開了。

「早苗是妻子的最佳人選，感謝上天讓我與她邂逅。可是，在這之前，我並不是光坐著等待，我也曾與其他女性交往，你應該明白吧？當中有人嫉妒我和早苗獲得幸福。把這張名片交給你的，就是那樣的人。」

少騙人了！我想大叫。「N」是誰？約定又是什麼？

「可是，不要緊的，相信我吧！我和那個女人已無關係，只愛早苗一個人。當然，我不會讓任何人碰早苗一根寒毛，我發誓。我和你約定，所以你能忘掉這件事嗎？我也會燒掉這張名片，好不好？」

雅樹沒有回答，只點點頭。我瞭解他的意思，那表示：「裝出一副明白的樣子，但不是眞心的。」

證據就是，雅樹離開後，屏息站在走廊上好一陣子。我在他外套的胸袋裡，聽著他的心跳聲。

塚田辦公室裡的電話響起，雅樹迅速轉身，藏到什麼東西的後面。

辦公室的門打開，停了幾秒，「砰」地關上，想必是在確認走廊上有沒有人。

雅樹悄聲折返。他可能是把耳朵附在門上，整個身體緊貼著，所以他聽得到的，我也能聽見。

「妳到底在想什麼？那個小鬼是早苗的外甥，要是他到處亂說怎麼辦！」

接著是一陣沉默——電話的另一端可能也不服輸地頂回來。

對方就是「N」，那個女人。

「聽好，一切都很順利。早苗被我迷得死死的，她的姊姊和姊夫對我也相當滿意。妳不要隨便插手，我沒忘記約定——別胡扯，我怎麼可能愛上她？我的女人只有妳一個。」

如果可以，我眞想發抖。雅樹渾身顫抖。

「妳那邊怎麼樣？保險金核發了嗎？這樣啊，很好……不，我這邊還沒。剛結婚就出事，未免太冒險，可是……」

這樣就夠了，雅樹往大門跑去。

6

雅樹說出一切，然後皆大歡喜。

想聽這種話嗎？那麼，我可能要讓你失望了。

雅樹全盤托出。從頭到尾，包括婚禮會場的女人、塚田的名片、寫在名片上的文字、裝著名片的錢包——也就是我被搶的事、錢包失而復得的經過，及塚田與「N」的通話。

可是，沒人相信。

當然，一開始爸爸和媽媽嚇一跳。由於內容太具體，剛聽到的時候，他們甚至還說「如果是編的，不可能這麼詳細」。

只是，他們最後仍不相信。塚田和彥一出現，大家就被矇騙。這個黑心的騙子，像呼吸般自然地信口開河。

「對，雅樹到我店裡玩。他買了新的電玩軟體，要讓我看看。怎麼可能會遇到小偷？他怎會說那種話？」

情勢頓時變得不利。

沒有證據。雖然雅樹能辯解，卻無法證明任何事，所以——

「這陣子雅樹的情緒很不安定嘛。」

「而且電視的懸疑劇場之類的，常有為保險金殺人的劇情。這麼一提，遊戲軟體裡也有刑警破解殺人案件的內容，得要他節制一點才行。」

最後，結論只有一個——在雅樹提起精神前，隨他去吧。

早苗簽訂保險契約的那天，雅樹向學校請假。這是最後的手段，他要直接告訴早苗。

可是，他的企圖遭到防堵。早苗到家裡前，媽媽就帶雅樹去看醫生——是牙醫。

「早就該去了，今天媽媽已先幫你預約。」

世上沒有一個小孩逃得過看牙醫。

我被留在家裡，待在雅樹的房間，將注意力集中在偶爾傳來的女性交談聲。

「這樣就能放心去旅行。」

「可是妳要小心啊，外國的水很髒。」媽媽囑咐。

「保險這種東西，只要保了，就不會發生用得著它的意外。」遠山先生笑道。

這個週末，早苗就要去蜜月旅行。在她兩週後平安歸來前，雅樹沒一天睡得好。

（剛結婚就就出事，未免太冒險，可是——）

迎接兩人歸國時，雅樹是以怎樣的眼神注視塚田，而塚田又是如何回應，我無從得知。

我害怕知道。

現在的雅樹完全受一個信念驅使：我得採取行動，一定要找到，絕對要找到。

就是找出搶走遊戲軟體的人。他們只是國中生，不可能從太遠的地方過來。既然做出那種事，或許會再犯，總有一天會落網。

只要找到他們，就有了證據，證明「N」署名的名片確實存在。這樣一來，認爲雅樹是憑空捏造出那些話的大人，多少會重新考慮一下吧。

現在想想，雅樹的直覺是正確的——塚田是個恐怖的人。

孩子的眼光敏銳，連皮膚底下的頭蓋骨都能看穿——尤其是它全黑的時候。

唉，雖然不甘心，我也只能在雅樹的口袋裡祈禱。

加油，雅樹。你要加油，趁還來得及之前。

趁早苗還沒遇害之前……

4

第四章

# 偵探的錢包

## 1

「徵信調查？」我的偵探問。

「我想委託你。」我的偵探的委託人回答。

這是我聽慣了的對話。

委託人是名女性。從聲音推測，應該只有二十多歲。如果她是美女，那麼她待在這裡的這一段時間，我的偵探的事務所至少存在著一個美麗的事物。

我的偵探今天的聲音有點沙啞。他昨晚在事務所待到深夜，似乎在進行調查，大概是累了。

「妳怎麼知道這裡？是誰介紹的嗎？」

委託人並未馬上回答。她想撒謊嗎？還是，猶豫著吐露實話會給誰添麻煩？或者……

「是臨時起意。」委託人答道。「我在路上看到招牌，突然興起這個念頭才進來的。」

我的偵探輕咳幾聲。

「眞勇敢。」

委託人沒有回應。

「或是該稱爲衝動？」

我的偵探說道，他似乎站了起來。老舊的旋轉椅發出「嘰」的傾軋聲，這張椅子大約是半年前他承辦某家破產公司的債權回收工作時，從破產管理人手中以近乎免費的價格買回來的。不過，聽說原本是那家破產公司的經營者的東西，所以不是什麼吉利的玩意。

但我的偵探不吃那一套——偵探是不迷信的。因爲他面對的委託人都有著迷信、占卜、宗教無法解決的問題。

「請回去。」我的偵探下逐客令。「知道怎麼走吧？」

「可是——」

「請妳回去。」

然而，委託人沒有起身的意思。

「你不肯接嗎？」

話聲很微弱。她的話聲從剛才就極爲細微，有時甚至聽不清楚。或許是對自己說的內容感到難爲情吧。

「那你爲什麼要聽我說這些？」

我的偵探苦笑：「可是，我沒有問妳的名字。」

這是我的偵探的作風。他信任一開始先報上姓名，再說明來意的委託人。相反地，即使先說明委託的內容，卻在簽約前都不肯透露姓名的委託人，他則不予理會。

話雖如此，這陣子——過去兩年來，不管哪一類型的委託人，他經常都是回絕的。

我的偵探解釋：

「妳的委託非常司空見慣。看到那邊牆壁的櫃子了吧，我沒有數過，但我可以跟妳打賭，裡頭的檔案有一半和妳委託的一樣。」

我的偵探穿過狹小的事務所，似乎打開了窗戶，三樓底下的馬路喧囂聲傳進屋內。

「妳走出這家事務所的同時，我就會忘掉妳的事，包括妳的臉、聲音、穿著及妳說的話。所以，妳儘管放心回去。」

委託人依然沒有起身。

「可是，把對妳丈夫的懷疑化爲言語，告訴我這個偵探的內疚感，得由妳自行承擔。」

委託人似乎站了起來，訪客用的沙發彈簧發出聲響。

「你說話眞尖酸。」

「偵探都是尖酸的。」

「即使是騙人也好，既然都要拒絕，你不能說些『講出來就舒坦多了吧』，還是『有這種煩惱的太太不少，但大多數只是誤會或胡思亂想，沒有調查的必要』之類的話嗎？」

「我沒有安慰妳的義務，我也不是妳的朋友。」

委託人踩著腳步聲走遠，傳來開門聲。這間事務所的門，每當開關就會發出金屬摩擦般的聲響。

委託人的腳步聲停止，響起一句：

「無論如何你都不肯接嗎？」

我的偵探回答：

「只是路過瞥見偵探事務所的招牌就想要調查丈夫，這種女性我無法信任。」

委託人又將門弄出嘰嘰聲。她似乎沒有走出去，可能是靠在門上，停留原地。

「如果考慮一天後，我的心意依然沒變呢？那樣你肯接嗎？」

我的偵探保持沉默，但委託人冒出一句：「那麼，我會再打電話來。」換句話說，我的偵探剛才點了頭。

「不能用電話。」

「爲什麼？」

「太容易了。連再跑一趟都不肯，以爲像叫外送披薩，打通電話就能解決，不到三天妳就會後悔僱用我。」

委託人話聲微微顫抖：

「你怎麼這麼刻薄？」

然後她便走了。

即使只剩下他一個人，我的偵探許久都沒有回到座位上。半晌後，他踩著沉重的腳步走近，打開放著我的抽屜。

我的偵探好一陣子不動，接著取出我，掏幾枚零錢，再放回原來的地方，關上抽屜。

我在暗無天日的抽屜裡，與總是跟我放在一起的大拆信刀、舊手冊並排，聽著偵探離開的動靜。

我的偵探八成是爲了打破從我來到他身邊後，正確來說算是第二次的戒菸，前往樓下的自動販賣機。每當遇到心神不寧的事，我的偵探就會依賴香菸。

我的偵探第一次戒菸失敗，是因妻子逝世。他這次遇到什麼狀況？

我，是我的偵探的錢包。

我不知道我的偵探的實際年齡。

從他的聲音和容貌看來，大概正値四十大關，而且二、三十歲之間應該過得相當辛苦。

他總像大病初癒，嘴角老是微微下垂，連在正式場合，鬆垮的領帶也從未好好繫緊。

把我買來、帶到他身邊的，是他的妻子。買下我不久，她就在一場意外中過世。之後，我的偵探一直一個人生活，獨自經營事務所。

一個人若是身邊沒人，也就任憑年齡增長，不會去記自身的年齡。沒人幫忙記得生日，人是不會替自己妄加歲數的。所以，我的偵探忘了歲數，我也沒有機會知道。

我的偵探計算的是死亡後的年歲。妻子過世時，她也死了——他已死兩年，今後打算繼續死下去。我是懷抱著死人財物的錢包，神采奕奕揮霍金錢這種事，與我無緣。

我不知道他幾時當上偵探的，我不知道他的過去。他的過去，或許和妻子一起埋葬了。

他沒有孩子，也不曾見過像兄弟姊妹的人。我的偵探和孤單躺在棺材裡的妻子一樣，孤獨地活著。

我的偵探——我這麼稱呼他——似乎單純地認爲我是他的東西，實際上，他才是我的東西。

妻子逝世時，他把容易聯想起她的一切都處理掉，唯獨沒有丟棄我。我是她生前唯一觸摸過的遺物。我不認爲這麼做太娘娘腔，我只是像他的妻子那樣稱呼他而已——我的偵探。

# 2

到了黃昏，有客人來訪。

他是我的偵探少數的朋友之一。我的偵探叫他「佐佐木」，佐佐木則稱我的偵探「河野」。

他們交情有多好，我無法推測。兩人有時候會一起喝酒，也會聊天，但大都是佐佐木在說話，他是新聞記者。這是個情報出入頻繁的工作，沉默寡言的人是無法勝任的。

佐佐木在我的偵探死了妻子的時候，聽到他說「讓我一個人靜一靜」前都沒離開他身邊；在他還堅持「我一個人不要緊」的時候，一步也沒有離開他，所以我很信賴佐佐木。

「好清閒啊。」佐佐木一開門進來就吐出一句：「這樣居然開得起事務所。」

「沒在開，只是撐著。」

「勉勉強強哪！」

「沒辦法跟大報社比。」

佐佐木在訪客用的沙發坐下。

「那件事你考慮過了嗎？」

我的偵探沒有回答。

「我覺得不壞。對方也很有意願，他們想要一個能幹的調查員。」

「嘰」地弄響座椅後，我的偵探應道：「到今天還要看人臉色，當時就不會選擇獨立。」

停頓片刻，佐佐木說：「當時和現在的情況不一樣。」

「現在景氣比以前更好，一旦景氣好，這種生意就會興隆。」

「這我也曉得。」佐佐木笑道。「只是，最重要的是你變了，不是嗎？那個時候有薙子，但她已不在。」

薙子是我的偵探的妻子。

椅子又發出聲響。

「喂，你差不多該振作了。」佐佐木勸道。「她的死不是你的錯。」

「我明白。」

「你不明白，只會嘴巴上講講。你簡直像具殭屍。可是最近啊，殭屍只能當笑柄。」

佐佐木說完，一片沉默。

大約半個月前，他對我的偵探提起上班的事，一家相當大的保險調查事務所正需要人手。我無法確定，但從佐佐木的話聽來，我的偵探曾在那一類事務所工作，之後在某個時期離開，自力開了這家事務所。

「喂！」佐佐木喚道。

「幹麼？」

「失物。」

傳來有人起身走來的腳步聲。

「掉在沙發腳邊，是耳環。」

佐佐木的話聲稍稍柔和了些。

「女人嗎？」

我的偵探冷淡回答：「委託人。」

「把耳環掉在沙發旁的委託人？」

「是啊。她很激動，連耳環掉了都沒發現。」

「很激動？」

「是生氣的激動，因爲我拒絕她的委託。」

「又拒絕了？」佐佐木深深吐一口氣。「你根本沒有工作的意願。」

佐佐木可能走回沙發那裡了，響起腳步聲。

「再拒絕，不用多久你就等著喝西北風。所以我才要你去上班，拿人薪水，不願意也得工作。」

「就像你一樣？」

「隨你怎麼說。」佐佐木笑道。「爲什麼拒絕？女人委託的事，應該不怎麼棘手吧？」

許久一段時間，我的偵探都閉口不語。佐佐木可能習以爲常，靜靜等待回答。

「她長得很像薙子。」我的偵探回答。

佐佐木嘆息。

「我嚇一跳，長得非常像。當然，是像年輕的薙子。」

佐佐木稍微改變語氣：「她會回來拿耳環嗎？這不是便宜貨喔。」

「看那樣子，不會來吧。她的衣著高級，像是穿慣的樣子，不是挖出唯一的好衣服，肯定是有錢人。和這個耳環一樣的飾品，至少還有一打吧。」

「兩隻耳環都掉了就會死心，只掉了一邊會四處找，這就是女人。」

佐佐木說完，站了起來。

「一起去喝一杯吧，我發現一家好店。」他接著說：「那個收著吧，她會來拿的。」

我的偵探笑答：「跟你打賭也行，她不會來的。」

可是她來了。

## 3

那是隔天下午的事。

響起敲門聲，我的偵探說「請進」。門發出傾軋聲，接著傳來她的話聲。

「可以請你接受我的委託嗎？」

我的偵探好一會坐在椅子上沒動彈，可能是注視著她吧。我在抽屜的黑暗中，憶起過世的薙子長相，試著想像出一個與年輕的她肖似的女性。爲了不輸給我的偵探，我一副收起下巴、緊抿嘴唇站在那裡的模樣。

我的偵探把椅子輕輕弄響，咳了幾聲。

「你感冒了。」她說。「昨天聲音也啞啞的。」

「現在應該不是感冒的季節。」

「不，現在正流行。重感冒，從喉嚨開始發病，要是放著不管，會發高燒。我外甥就讀的學校，有些班級甚至因此停課。」

停頓片刻，她接著問：「我可以進去嗎？」

我的偵探死心似地嘆一口氣：

「請。只是——」

「只是？」

「或許會把感冒傳染給妳。」

委託人名爲塚田早苗，二十七歲。她的丈夫塚田和彥，三十六歲，是餐廳的老闆。兩人才剛結婚兩個月，住在鄰近都心的住宅區大廈。

「妳從什麼時候開始覺得丈夫有異狀？」

我的偵探可能坐在早苗對面，話聲音變得有點——事務所很小，所以只有一點點——遙遠。

「說是異狀……」

「那我換個說法。妳從什麼時候開始懷疑他有別的女人？」

早苗無力地笑，「好尖酸的說法。」

「是妳昨天自己這麼說的。」

傳來一聲嘆氣。「我知道了，沒關係。我發現他有別的女人，是在結婚典禮的三天後。」

我的偵探保持沉默。

「你不驚訝嗎？」

早苗似乎有些不滿。我的偵探之所以沉默，並不是驚訝得說不出話，而是可能在筆記的關係。

「三天後還算好的。我經手的委託案裡，也有在喜宴中，讓情婦在同一家飯店的客房等著的。

然後呢？妳會發現，是有什麼具體的證據嗎？」

早苗的話聲變小。
「他打電話……給女人。」
「結婚典禮的三天後？」
「對。六月的……二十七日。」
「從家裡？」
「不，從他開的餐廳辦公室。」
那家餐廳叫「潔娜維芙」，位於麻布。那天早苗和朋友約好見面，前往南青山，心想順路到丈夫工作的地方，給他一個驚喜。
「雖然很幼稚——我躡手躡腳來到辦公室門前，聽到他的聲音……我想他是在打電話，於是在走廊上等他講完。」
「嗯。」
「然後，妳聽到通話的內容？」
我的偵探又咳嗽了。
「辦公室是他專用的嗎？」
「是的。」
「他是獨立創業嗎？」
「不，是共同經營，和一個叫畠中的人——不對，是外子自稱共同經營。」
「什麼意思？」
「其實外子完全沒有出資。從這一點來看，『潔娜維芙』屬於畠中先生，外子只是口頭上說的

『我們是共同經營』而已。」

「妳怎麼知道？」

「我看到土地和建築物的登記謄本，全是畠中先生一個人的名字。他們是用這個抵押貸款，所以上面也列出一排抵押權人的名字，但都是金融機構，並無外子的名字。」

「『潔娜維芙』是採用公司組織嗎？」

「是的。」

「妳丈夫是經理？」

「對。」

「妳呢？」

「不，跟我沒有關係。」

我的偵探像在思考，沉默片刻後說：

「只看土地和建築物登記的名字，無法做判斷。他或許是以別的形式出資，或者說得極端一點，只是貢獻他的能力，當畠中先生的智囊。」

「這我知道。」

早苗說著，又露出欲言又止的樣子。我的偵探也像在等她繼續往下說。

「可是，我不認爲畠中先生信任外子。」

我的偵探在咳嗽，是乾咳。

「回到正題吧。關於妳丈夫的那通電話，他說了些什麼？」

早苗似乎難以啓齒。

「『我愛的只有妳，妳明白吧？』」
「然後呢？」
「『我會找時間去見妳。』」
「還有呢？」
關於這種事，像服務生接菜單一樣事務性地詢問比較好。
「『早苗沒有發現，不過還是小心點。』」
「只有這樣？」
「掛電話前，他又說：我愛妳。」
半晌後，我的偵探用有一點輕佻的口吻說：
「可是，不能證明對方是女性吧。」
早苗似乎瞭解這個問題的言外之意。
「外子是正常的。我們之間有夫妻生活，而且——」
「而且？」
「掛電話前，正確來講，他是這麼說的：『我愛妳，法子。』」
我的偵探話聲變得尖銳：
「『法子』這個名字，妳心裡有數嗎？」
「沒有。」
「一個都沒有？這還算是常見的名字。」
「我的朋友裡也有一個叫法子，但是她上個月才剛結婚。店裡的女服務生，及外子的朋友中，就我知道的，沒有叫『法子』的女性。」

除此之外，早苗還補充說明一些事，像是家裡頻繁地接到無聲電話、塚田和彥一星期大約會晚歸一次、和彥的襯衫衣領曾有與早苗使用的顏色不同的口紅印。

「就在最近，有女人打電話問：『和彥在嗎？』」

早苗的聲音透著疲憊。

「因為是白天，我告知他在店裡，那個女人就說：『這樣啊。那麼，妳就是早苗？』」

「然後呢？」

「我問她是誰，她回一句『妳很快就會知道』便掛電話。」

我的偵探語氣轉強，「她的確是說『妳就是早苗』嗎？不是『早苗女士』或『太太』？」

「沒錯，她直呼我的名字。那是前天的事。所以我才跑來這裡——」

早苗頓時沉默。半晌後，她低聲開口：

「其實，我是想回娘家才出門，可是……又不想讓家人擔心。我連站名都沒看就下車，四處徘徊，一回過神，就站在這棟大樓前，才看到了招牌……雖說是偶然，但我覺得在這裡看到偵探事務所的招牌，一定有什麼意義……」

我的偵探話聲中帶著未曾有過的柔和，幾乎可稱為溫柔：

「到目前為止的事，妳告訴過誰嗎？像是家人或朋友。」

早苗似乎在搖頭。我的偵探問：「一個都沒有？」

「是的，我沒有對任何人說。」

「妳居然能夠一個人承受這些！」

早苗出乎意料地說：「我很怕。」

相當久的一段時間，事務所裡靜悄悄的，只有空調偶爾會一邊喘息般吐出冷氣。

「我很怕。」早苗重複道。「我怕外子。」

語尾微微顫抖。

「一開始，我不願意相信，努力想忘記。明明清楚聽到他在電話裡那樣說，我還是不想相信，實在愚蠢。」

我的偵探靜靜地說：「我不認為哪裡愚蠢。」

「可是……我沒辦法再相信下去……」

「是什麼原因？」

早苗打起精神，繼續往下說。「是蜜月旅行。上個月初，我們去塞班島十天。剛結婚時他不方便休假，才晚了一些。」

「這種事常有。」

「在塞班島，我們一起去水肺潛水。他是老手，而且能指導別人。可是，我才開始玩潛水，不擅長耳壓平衡——你知道耳壓平衡嗎？」

「我沒經驗過，但知道是怎麼回事。是閉上嘴巴呼氣，防止水壓壓迫耳膜吧？」

「對，沒錯。要是不那樣做，水會流進耳朵，擾亂方向感，以為自己是往上浮，實際上卻不斷往深處潛去……」

不擅於耳壓平衡的早苗，在塞班潛水時就遇上這種情況。

「我陷入恐慌，腦袋一片暈眩，不曉得該怎麼辦，完全無法控制身體。所以我向就在旁邊潛水的他打手勢，要他救我。我一次又一次打手勢，可是……」

這次我的偵探沒有催促早苗。她不規則的喘息聲，連我都聽得見。回想和陳述，再度引發她的恐慌。

「他明明看著我，卻不肯幫我，完全沒有救我的意思，只是目不轉睛地盯著我，簡直像在觀察一樣。」

最後，在附近的潛水員救了早苗，將她引導到船上。然後，跟著上船的和彥表示完全沒發現早苗陷入危機。

「他一次又一次地說『對不起』，抱著我，撫著我的身體。可是，我無法相信他的話，我忘不了他在海裡注視著我滅頂的樣子。」

早苗一定全身發顫。

「我不停地想，可能是自己太多心，但還是沒辦法。」

我的偵探深深吐一口氣，他問：

「丈夫在塞班島想殺害妳——故意見死不救，妳這麼認為，是嗎？」

心中的不安被他人明白說出來，早苗似乎開始哭泣。

「對，就是這樣。而且不止是那個時候，之後，我一直……一直覺得受到監視。我覺得他在等待機會。我一回頭，總是發現他一臉凶惡地望著我，但一兩眼相對，他就急忙露出笑容。」

她深吸一口氣，接著說：

「後來，他還好幾次找我去潛水。結婚前，我們常常到處去潛水，如今我實在沒那種興致。」

「可是，除了塞班島的事故之外，妳沒遇到其他具體的危險吧？若不提潛水，平日的生活呢？」

早苗吐出發顫的嘆息。

「嗯，現在還沒有。不過，我始終提心吊膽。前天那個女人打來的電話，讓我忍無可忍。」

我的偵探沉默以對。事情似乎變得不止是單純的徵信調查。

「可以嗎？我們來整理一下。」我的偵探說：「妳懷疑丈夫有情婦，對吧？」

「嗯，沒錯。」

「然後，妳認為他曾打算見死不救。」

「確實是見死不救。如果沒有其他的潛水員，我早就死了。」

我的偵探並未受早苗激動的語氣影響。

「把兩件事放在一起看，妳推測丈夫有別的女人，妳成為絆腳石，所以他想殺掉妳，是嗎？」

早苗斬釘截鐵地回答：「沒錯。」

「那他為什麼要跟妳結婚？才新婚兩個月不是嗎？」

早苗輕聲抽噎：

「我一結婚就保了人壽險。」

屋內一片沉默。

「病故可領五千萬圓，意外死亡加倍，是一億圓。受益人是外子。」

我的偵探慎重地問：「他叫妳投保的嗎？」

早苗以哭聲回答：「不是。」

「是妳主動投保的？」

早苗盡是抽噎，沒有回答。我的偵探稍微加重語氣：

「是妳主動投保的嗎？」

「對！」

那是爆發般的叫聲，早苗明顯亂了分寸，話語如洪水般傾瀉而出。

「是他設計讓我那樣做的！一切都是！全都是！不管是誰，所有人都會被他籠絡。連我的親人也全被他騙了。不管我說什麼，他們一定不會相信。外子只要煞有其事地解釋『早苗累了』，所有人都會這麼認爲，根本沒人願意聽我說！」

她最後的那句話已接近尖叫。

早苗痛哭失聲，事務所裡充滿她痛苦的哭泣聲。我的偵探既未出聲，似乎也沒有任何動靜。

早苗恢復平靜。等她安靜下來後，我的偵探緩緩開口：

「妳說沒和任何人商量，是騙人的吧？」

早苗可能是點頭了。

「沒人相信妳，妳才想找偵探。」

早苗的話聲聽來有些鼻塞：

「如果是偵探，聽完我的話就不會說我是壓力太大導致神經衰弱，要我去看醫生。」

「在仔細調查、證實妳的懷疑是無中生有前，我不會那樣說。」

早苗微弱出聲：「謝謝。」然後，她以哀求般的聲音——令我許久難忘的聲音，補上一句：

「求求你，不要讓他殺了我……」

# 4

我的偵探緊盯塚田和彥一個星期。

理所當然，我和我的偵探形影不離。話雖如此，他看到什麼、寫些怎樣的報告，我無從得知，因爲跟蹤是無言的行動。我聽到的，唯有馬路上的聲音，及車子引擎的低吼聲。

除此之外，我的偵探採取的行動，只有拜託佐佐木靠關係調查塚田和彥有無前科。

「噯，小事一樁。」佐佐木說。「不過，上班的事考慮得怎麼樣？」

「敬謝不敏。」我的偵探回答。不是以曖昧的說詞蒙混過去，而是斬釘截鐵地拒絕。但在我看來，佐佐木似乎頗爲這個回答高興。

「怎麼啦？感覺有點恢復生氣了。膝蓋以下的血液又活絡起來，是嗎？」

我的偵探笑問：「你說呢？不曉得，我自己也不曉得。或許我只是遭到一個有被害妄想的委託人牽著鼻子走。」

「不過，也可能不是。」

「一半一半吧。」

然而，從我的偵探在深夜時分一個人在事務所的模樣看來，我不認爲他覺得機率是「一半一半」。

他來回走動，偶爾傳來紙張的翻閱聲。好久不見他這樣神經緊繃的模樣。

在給早苗第一次報告的前天晚上，我的偵探與佐佐木碰面。

「塚田和彥沒有前科。」佐佐木說。「不過，三年前曾被吊銷駕照，是酒後駕車，超速。」

我的偵探可能是在讀文件之類的東西，傳來翻頁聲。

「塚田和早苗結婚前，早苗的姊姊和姊夫曾委託徵信社，主要是調查『潔娜維芙』餐廳的經營狀況，及塚田個人的經濟能力。」

「有查出什麼嗎？」

「不，這方面沒有任何可疑的地方。那份調查報告早苗看過，她也拿給我看了……」

根據那份報告，和早苗指出的一樣，塚田和彥根本沒投資「潔娜維芙」。如字面所示，他只是人頭。

「畠中原本是塚田以前任職的公關公司的客戶。這似乎是家頗可疑的公司，暫且不管這一點，待在那家公司的期間，塚田順利籠絡畠中，成爲他的合夥人。」

「眞是討人厭的傢伙。」佐佐木繃起臉。「八成非常伶牙俐齒吧。」

「確實，塚田腦袋聰明現在也把畠中哄得乖乖的。實際上，塚田參與『潔娜維芙』的經營後，店的形象變得洗練脫俗，營業額蒸蒸日上。」

我的偵探苦笑。

「只是，塚田似乎不打算終其一生都屈就這種規模的餐廳老闆。他可能想擴展地盤，做更大的事業吧！他老是對『潔娜維芙』的職員這麼吹噓。」

佐佐木的眼神變得銳利，「這需要一大筆資金。」

爲了達成目的，殺害妻子取得保險金並非不可能。但我的偵探沒有回答，發出翻閱什麼的聲響，這麼說：

「我得到早苗的許可，重新調查塚田的親屬關係。」

「然後呢？」

「雖然他曾遷移戶口，情況有點複雜，但那傢伙不是第一次結婚。」

「你說什麼？」

我的偵探抬起頭，慢慢地說：「那傢伙結過一次婚，不到一年就離婚。」

「早苗她……」

「不知道這件事。」

「不過，之前的調查，不可能沒查到吧？」

「我一查就查到了，之前的調查員應該也一樣。」

「那……」佐佐木的語氣變得凝重，「是被壓下來？」

「恐怕是。」我的偵探說。「可能是被塚田收買了吧。」

「離過婚……這是非常根本的欺瞞，不過……」佐佐木吹一聲口哨，「我開始覺得早苗夫人的預感是對的。」

「憑這一點還不能評斷。」

「然後呢？跟蹤的結果如何？」

「什麼都沒有，畢竟才一星期而已。到目前爲止，和彥是隻傳信鴿，品性端正，也沒有打電話給女人。」

「外遇眞的是早苗的妄想嗎？」

「不曉得。」我的偵探嘆一口氣，「我不知道。只是，從塚田的反應看來，似乎察覺有人在盯他。有時候他走在路上會突然回過頭。」

「是你的跟蹤技巧太遜嗎？」

「不，或許他發現早苗委託進行調查。」

佐佐木哈哈一笑。

「難怪塚田會自重。本來想直接監聽，但對方有所防備就毫無意義。我想先把他擺一邊，等一段時間再看看。對了，我打算找塚田的前妻談一談。」

「這樣早苗不要緊嗎？萬一並非全是她的妄想，豈不危險？」

我的偵探低喃：「也是……」

「妳丈夫是不是發現了？」

早苗來訪的時候，我的偵探劈頭就這麼問。

「僱用你的事嗎？」

她在回答「對」前，大概說了兩次「那個……」。

「我告訴他，要找人商量關於我們兩個人的事。」

以她的個性來看，這種說法格外顯得不乾脆。

我的偵探雖然失望，卻沒說出心裡的感受來。

「那妳丈夫怎麼說？」

「他想知道我找誰商量，但我沒告訴他。不料他說：『妳這陣子似乎很累，好像有些煩躁，找人聊一聊，或許會舒服一些。』之後，他明顯溫柔許多。」

早苗的口吻有些辛辣。

「尤其是有人在的時候，更是溫柔到極點。」

我的偵探告訴她這一個星期的「成果」，並說明和彥離過婚的事。早苗似乎受到打擊，但並未亂了分寸。

「我得事先聲明，這並不是妳丈夫外遇的證據。只能說在這件事上，他對妳有所隱瞞。而他會說謊，或許是害怕萬一告訴妳事實，妳會離他而去。他可能只是不想失去妳才說謊。瞭解嗎？」

「我明白。」早苗回答。「接下來你準備怎麼做？」

「我打算去見他前妻。不過，這份除籍謄本上登錄她結婚前的戶籍地是北海道。要從那裡追查她現在的住址，或許得花一番工夫。」

我的偵探弄響椅子，似乎探出身子。

「妳丈夫目前似乎還頗自重，至少他不會去見那個女人。可能是妳告訴他已找人商量的緣故。」

「嗯，我明白。」

我的偵探慎選措辭，「如同妳說的，他想謀害妳的可能性不能完全排除，請務必小心。暫時回娘家怎麼樣？妳想回老家，應該不奇怪吧？」

「我會的。其實，上週末我在娘家住了一晚。不過我的雙親都已逝世，說是娘家，其實是姊姊和姊夫的家。」

此時，早苗突然想起般冒出一句「其實……」，接著說：

「我外甥——姊姊的兒子——似乎和我有一樣的感覺。」

「覺得塚田很危險？」

「嗯。我沒有明確問過他，不過每次我去借宿，他就一副鬆了一口氣的表情。等我要回去時，他總是用一種好像再也見不到面的難過眼神看著我。有時候，他會不自然地說『早苗阿姨，過馬路要小心車子』之類的話……」

「妳外甥多大？」

「十二歲，小學六年級。」

我的偵探似乎在沉思。早苗彷彿察覺到，補上一句：

「不過，或許是我的妄想感染了那孩子。」

我的偵探苦笑：「既然妳自己都這麼說了，我就不再多說。」

然後，他收起笑容。「接下來的調查約需一週，如果有急事找妳，要打電話到哪裡？」

「請打到我娘家。可以說是相馬牙科打來的嗎？那是我固定去看的牙醫，負責預約掛號的是個男的，以前也打過電話。」早苗說道，並告訴他號碼。

「嗳，不要想太多，泰然處之吧。」

聽到我的偵探這麼建議，早苗低語：

「我的姊姊也這麼說。」

「異地而處，妳不也會這麼勸告嗎？」

早苗終於輕輕笑了一下。「也是，畢竟尚未找到任何具體的證據。外子打電話給女人，還有潛水的事故，可能都是我想太多，或是幻覺罷了。」

「對，不無可能。」我的偵探應道。「只是，也可能不是幻覺或妄想，請盡量避免一個人獨處。」

早苗臨走前，我的偵探說：「對了，差點忘記。」

「妳第一次來的時候，掉落一隻耳環。」

那的確是早苗的飾品，但她不肯收下。

「能不能麻煩你保管？」

「爲什麼？」

「沒有特別的意思，只是……迷信。等事情解決，我的內心重新獲得平靜，再請妳還我。我期待可以笑著拿回那隻耳環的結果。」

早苗落寞地微笑，「縱使結果是我得戴著那隻耳環，去看精神科醫師也無妨。」

我的偵探答應了。

「家母她……」早苗自言自語：「曾在結婚十周年的時候，要家父買耳環送她。那副耳環便宜許多，不過也是鑲鑽的。第一次戴出門，家母拜託一起去的我和姊姊看著，不要讓耳環掉了。當時我才四歲，姊姊九歲。」

我的偵探靜靜聽著。

「姊姊對我說：『早苗，妳看著下面，姊姊看上面。』爲了看顧母親的耳環，外出的時候，我們像兩個笨蛋，緊緊貼靠著走路。」

停頓一下，她微微笑了。

「很好笑吧？可是，由於深知家母非常珍惜那副耳環，我們都非常認眞。」

「眞溫馨。」

「在我心中，丈夫送給我的東西裡，沒有任何一樣能讓我如此珍惜。」
我的偵探平靜地說：「畢竟才結婚兩個月。」
「應該是『明明才剛新婚兩個月』，不是嗎？」
我的偵探沒有回答，早苗說：
「請看看我的打扮，丈夫很捨得裝扮我。雖然他不肯告訴我眞正的經濟狀況，但看起來相當有錢。我明明沒說要，他卻什麼都願意買給我。」
早苗打開門，門發出傾軋聲。
「請你瞧瞧，我左手的無名指上不是戴著戒指嗎？」
早苗似乎伸出左手。
「但這不是外子送的婚戒。這次的事還沒有結果前，我不想穿戴他送的衣物，可是不戴婚戒，他會囉嗦地追問……所以，我找出以前用上班的第一筆薪水買的舊戒指來取代，假裝還戴著，和彥……他根本沒發現戒指不一樣。」
我的偵探一邊送她一邊關門：
「待在令姊身邊，放鬆身心，好好休息。」
早苗離開後，我的偵探坐進椅子裡一動也不動。他只是偶爾交換重疊的雙腿，沉思好長一段時間。

## 5

下個星期，我的偵探前往北海道。當然，我也同行。

回溯一個人的過去，這種工作靠的全是耐性，而找出塚田和彥的前妻的住處正是這樣的差事。我的偵探走得很勤，他與許多人交談，口吻有時候像在拜託，但也有強硬的時候。他似乎有朋友在北海道的偵探社和調查事務所，他也拜託他們送資料來。

大約到了星期三，他暫時回到東京，打電話給早苗。

早苗說她平安無事，過得很好，丈夫沒有什麼動靜。我的偵探勸她最好繼續待在娘家，便掛了電話。

就在這一週的星期五，找到塚田和彥前妻的住處，但我的偵探無法見到她本人。

若問爲什麼，因爲她死了。

她叫太田逸子。「太田」是她與塚田結婚前的本姓，換句話說，她和塚田離婚後沒再婚。

我的偵探見到她的父親，那是個嗓音沙啞又消沉的老人。或許孩子早死的人都會變成這樣吧。

「令嫒和塚田結婚不到一年就分手了，是嗎？」

逸子和塚田和彥是在東京結婚，婚後就住在那裡。逸子與他離婚後回到北海道。

「和彥有別的女人。」

逸子的父親唾棄地說。當初我的偵探告知「來調查有關塚田和彥的事」時，他非常配合，但一提到和彥的名字，他彷彿覺得髒，語氣充滿攻擊性。

「和彥察覺有人在調查他。」

「你的意思是……？」

「昨天他打電話來，用肉麻的語調吩咐：有人會去問我的事，不要亂說些有的沒的。」

我的偵探好一陣子說不出話。

我也吃了一驚，但不是不能理解——又是早苗，八成是她說出去的。

這種委託人也是有的——眞是敗給這種一時忍不住說出口的衝動型的人。

（我已在仔細調查，我都知道。我也找人去見你的前妻，就算你想瞞也沒用，想騙也騙不成了。）

我的偵探勉強打起精神，他問道：

「你知道塚田的女人是誰嗎？」

「我不知道她的詳細身分，不過，當時和彥叫那女人『法子』。」

我的偵探肩膀一震，待在襯衫口袋裡的我也感覺到了。

「你認得她嗎？」

「認得。我到東京找逸子談的時候，她給我看過那女人的照片。逸子和那女人以前在同一個地方上班。那女人害我女兒不幸，我不會忘記她的臉，而且——」

逸子的父親語氣益發激動。

「令人生氣的是，去年十一月小女去世，她竟跑來參加喪禮，還裝模作樣地包了奠儀。」

「逸子女士是怎麼死的？」

「是意外。」孤伶伶的老父如此回答。他語調急促，彷彿想盡量減少說出那句話帶來的痛苦。

「不，是殺人——肇事逃逸。晚間逸子走在路上就被車子撞死。」

「肇事者……」

「沒有抓到。」他憤恨地說：「太過分了。逸子被撞得血肉模糊，連大衣的釦子都掉落。」

我的偵探思忖片刻，有些難以啓齒地說：

「你的手邊——沒有那個『法子』的照片嗎？」

父親當下回答：「照片沒有，不過有錄影帶。」

「什麼？」

「我請業者拍攝逸子的喪禮，也拍到『法子』。」

## 6

由於逸子父親的好意，我的偵探得以當場看到錄影帶。

「就是這個女人。」父親指出「法子」。

「奇怪，」我的偵探說：「我覺得在哪裡見過。」

「你認識她嗎？」

「不，不是這個意思，是在電視或雜誌照片之類的見過她。你最近有沒有在什麼媒體上看過她？」

父親說：「我不怎麼看電視或報章雜誌，從逸子過世後就是如此。壞消息光是自己的就夠多了。」

我的偵探向逸子的父親借了錄影帶，離開後他立刻搭上計程車。

「這附近有沒有大的圖書館？」

「有，在車站附近。」

我的偵探在前往圖書館的途中，計程車裡的收音機傳來機場發生飛往東京的飛機起飛失敗，二十多名乘客受到輕重傷的新聞。

我的偵探在圖書館翻閱許多報紙、雜誌。大約三十分鐘後，他發出呻吟聲。

「大事不妙。」

接著，他快步離開，去打電話。可能是對方沒接，他用力甩下話筒，緊接著又打。這次接通了。

「佐佐木嗎？把你手邊的事放下，照我說的做。我告訴你住址，拜託你跑一趟塚田早苗的娘家。她沒接電話，拜託你確定她是否平安，直到我回去前都看著她，好嗎？」

佐佐木說了什麼，我的偵探像要打斷他的話：

「我知道塚田和彥的情婦『法子』是誰了，確有其人。聽好，那個人就是森元法子。」

佐佐木又說了什麼。

「沒錯，就是那個森元法子。去年底，她的丈夫森元隆一遇害，她也受到偵訊，就是那個法子。死了老公，領八千萬圓保險金的女人。我在電視上看過她太多次，才記得她的長相。那件案子，凶手還沒抓到吧？傳聞森元法子有情夫。是這樣沒錯吧？」

佐佐木在話筒另一頭吼叫，連我都聽見了。

「你趕快回來！」

然而，我的偵探回到東京後，等著他的卻是塚田早苗失蹤的消息。

第三天晚上，在羽田機場附近的倉庫停車場發現早苗的屍體，是毆打致死。據說她是遭人以疑似鈍器的東西猛烈毆打頭部。手表和手提包裡的東西都完好無缺，很明顯地並非搶匪所爲。然而，奇妙的是，她左手無名指上的婚戒——依據早苗告訴我的偵探，那只是冒充婚戒的戒指——被拿走了。

根據她姊姊的說法，早苗前天——也就是我的偵探發現「法子」的眞面目那天——就在我的偵探聯絡她前，被別人用電話叫出去。

「家妹說，她有事拜託的人遇上北海道機場發生的意外，受了重傷。」

（那個人得住院一陣子，可是他說有資料想馬上交給我——）

（早苗，妳打算怎麼辦？）

（打電話來的是那個人的同事，他說會幫那個人帶給我，叫我去羽田機場拿。）

「然後就完全沒有消息了。」

被騙了，她中了人家的圈套……

「被擺了一道。」佐佐木說。

這裡是我的偵探事務所。我似乎可看見他們抱著頭懊惱不已的模樣。

「被利用了。你的行動似乎都被看穿了。」佐佐木說道，語調變得柔和：「你沒想到早苗竟會那樣大嘴巴吧？」

「我應該要料想到的。」我的偵探低語。

「可是，敵人手腳夠快，毫無破綻。就算得知你去北海道，也能夠利用機場的突發事故把早苗叫出來……」

關於我的偵探，早苗到底告訴和彥多少？搞不好一僱用就馬上告訴他。

（我請人調查你了……）

這樣的話，和彥反過來跟蹤早苗——要法子跟蹤早苗——找出這家事務所，也是易如反掌的事。一定是這樣的。

不能責備早苗。她非常害怕。她可能忍不住要告訴丈夫：我有同伴，不會那麼輕易被你殺掉。

可是，和彥與法子比她棋高一著。

「不過，未免太鋌而走險。」

「對方也急了。」

「早苗被殺的時候，和彥有不在場證明。他和畠中去伊豆，兩天一夜。」佐佐木語帶安撫：「可是，這次警方不會輕易罷手。雖然只是狀況證據，但他和森元法子外遇——兩人有共犯關係，這一點曝光了。」

「森元隆一遇害時怎麼都查不到法子的『情夫』，現在知道就是和彥。」

「沒錯，會繼續偵辦下去。」

「可惜，沒有確切的證據。就算兩人有外遇關係，卻沒有半點他們殺害彼此的丈夫與妻子的證據。」

「目前是沒有。」
屋內一片沉默。
「你呢？要收手嗎？」
我的偵探啐一聲：「開玩笑。」
剩他一個人時，我的偵探站起身，以驚人的力道踢飛椅子。
接著，他拉開抽屜，沉思半晌後，將早苗留下的耳環放進我懷裡的小口袋。
它由我保管了，我的偵探——
早苗的偵探。

5

第五章

# 目擊者的錢包

## 1

我不知道「姊妹」是什麼意思，但不知道也不會有什麼困擾。因爲我沒有那種東西。

不過，這陣子我的主人經常把「姊妹」一詞掛在嘴邊。

像是「我們以前明明感情好得像姊妹」，或是「我一直以爲我們就像親姊妹一樣」。主人說完，難過得嘆氣。

我的主人今年才剛滿十九歲。她的鼻子四周長滿雀斑，臉頰圓潤，非常可愛。宿舍週年慶的時候，她和同室的女孩穿著水手服唱歌，大受好評。

我的主人是個巴士導遊。雖然不是東京出生，現在卻以介紹東京爲業。她穿著非常合身的迷你裙套裝，頭上戴一頂可愛的帽子，拿著旗子，帶隊到東京鐵塔、淺草雷門和皇居的二重橋。

此外，她的腳底長滿了硬繭，不過她沒有讓任何人看見。因爲到目前爲止，還沒出現喜歡到連她腳底的繭都覺得可愛的男性。

只有一次——對，大約是兩個月前吧，一名男性有機會和她發展到那樣的關係，卻不太順利。

她曾一邊聽音樂一邊哭泣。那是一個微帶鼻音的女歌手的曲子，是同室的女孩說「失戀的話，這個最適合當背景音樂」，介紹給她的。

人類的年輕女孩眞不可思議！爲了哭泣，居然需要音樂。總之，「哭」到底是怎麼回事？是自己變得空空的，所以需要用音樂來塡補嗎？

那一陣子，我的主人好幾次從我的懷裡拿出錢，去買那個歌手的「CD」。買衣服的時候，她總是愼重地考慮再三，卻只有那個時候亂買一通。她如果不是太傷心，就是對那個歌手的曲子中毒太深。

後來，她早就忘記失戀這回事，卻變得一聽到那首歌，淚水就不由自主湧上眼眶，實在有點好笑。

可是我沒笑她，因爲我是她的同伴。她隻身在東京這個地方過活，最重要的東西都是由我負責保管。

沒錯，我是她的錢包。我知道發薪日前夕，她不安地察看我的眼神。我知道在百貨公司或精品店看到喜歡的套裝或上衣的標價後，在洗手間偷偷數著我懷裡的數目時，那柔軟的手指觸感。她考慮未來的生活，盤算著可以花多少錢時，那細微的呢喃也聽在我的耳裡。

我是她的錢包——從想撂倒年輕女孩的世間寒風裡守護著她的、微渺的城塞。

可是，以我的力量無法守護到底的事，似乎即將要發生……

「人家說女人的友情不可靠，是眞的呢。」

我的主人感嘆道。現在是晚上，她在宿舍裡休息。剛洗完澡，她正在爲腳上的硬繭抹上乳液。同室的女孩在臉上塗抹著什麼白色的東西，似乎叫「面膜」，她每次弄成這樣，都會把我嚇一跳。

「是指妳那個朋友嗎？她叫美咲？」

「對，小咲。我們之前明明感情好得像姊妹。」

「沒辦法，」同室的女孩平板地應道。敷面膜的時候，臉好像不能動。「人家有男人了吧？那樣一來，哪有時間去管女性朋友？」

「可是，我跟小咲說很煩惱，想找她商量。」

「妳在煩惱什麼？」

「就是那個……」

同室的女孩像變魔術一樣，臉又恢復原貌，應該是把面膜剝掉了吧。

「呼，眞舒服。」她把像白皮一樣的東西扔進垃圾桶。「那個啊，妳說的是那個奇怪的男人吧？」

我的主人點頭，白皙的圓臉籠罩著不安。

「又看到他了，我好怕。」

同室的女孩有些吃不消地望著我的主人，「小雅，那件事我們不是談過很多次嗎？不是約好不要在意嗎？用不著再去找別人商量吧？」

大家都叫我的主人「小雅」。小雅望著手指甲，喃喃低語：「嗯，可是……」

「不要緊啦，那個男的不可能會做什麼。」

「可是，那個人一定是在找那條項鍊。」小雅一臉正經地在床上重新坐好。「他可能發現是被我們撿走的，才會在附近出現，想要我們把項鍊還他。」

「那種事哪有可能？」同室的女孩笑出聲。「小雅，妳想太多了，眞的有夠膽小。」

小雅頓時沉默。

她的確不算是堅強的人。在研修期間，她是同期女孩裡最愛哭的一個。連我都擔心得要命，懷疑她眞的能夠當上導遊嗎？

可是，她絕對不是笨女孩（有計畫地使用金錢這一點，就是最好的證明）。而且，特別是在這件事上面，小雅的不安應驗。所以，我才感到害怕，也才覺得只靠我一個是無法完全保護她的。

事情大約發生在半個月前，小雅在每天早上的慢跑途中撿到一個錢包。

小雅把那個錢包帶回來的時候，一開始我還以爲自己的縫線要綻開了。那個錢包既俗氣又龐大，刺眼的鮮紅色，上面縫滿琳瑯滿目的裝飾，一看就知道是便宜貨，不用說，一定是合成皮。雖然我不是多昂貴的錢包，不過也是眞皮。

那個錢包裡沒什麼錢，不過兩千多圓而已。即使是這樣，小雅還是想送去派出所，但室友阻止了她。

（這種東西送去派出所，警察也會嫌麻煩。拿走裡頭的玩意後就丟了吧。）

軟弱的小雅拗不過室友，便照著她的話做了。換句話說，據爲己有。我覺得無妨，只是希望盡早遠離那個錢包。

然而，那個鮮紅的錢包裡，還裝著錢以外的物品，是一條項鍊。

小雅她們一開始認爲八成是仿冒品。可是、可是，居然是眞品！十八K金加上綠寶石和鑲鑽，據說相當於時價三十萬圓！

（這麼貴的東西，還是送去派出所比較——）

（事到如今，太遲了啦。裝作不知道就好了嘛。）

於是，綠寶石項鍊成爲小雅和室友的共同財產，是她們盛裝打扮時才會戴在身上的珍貴寶物。

（這是爲我們帶來美麗項鍊的錢包，還是別丟吧！）

個性單純的小雅這麼說著，將錢包收進抽屜。我擔心極了，深怕哪天她會一時興起，用那個錢包取代我。

可是，認識後才知道，那個錢包其實不是壞傢伙。雖然確實有些沒品的地方，不過比我成熟得多，不多久，我們就會變得很熟絡，好得像交心摯友一般。

然後，她——沒錯，那個錢包也是「女的」——告訴我一件不得了的大事。

她上一任的女主人遭人殺害，埋在這棟宿舍的附近。

## 2

起因是一宗保險金謀殺案。遇害的是「森元隆一」，凶手是他的太太「法子」。當然，不是她一個人幹的，有男人涉案。一定是情夫吧。他們共謀，不僅收拾礙事的丈夫，還計畫海撈一筆保險金。

而這個花俏錢包的主人，就是被殺害的「隆一」常去的酒店的小姐，她手上似乎握有這個案件關鍵的「什麼」——至少她是聲稱「我知道什麼」，才跑去威脅「法子」。換句話說，就是勒索。

「就是幹這種蠢事才會被殺。」花俏的錢包說。

我啊，是在她的屍體被搬到某處的途中掉下來。

（『法子』和共犯還沒被捕吧？）

（當然！有一段時期，警方非常懷疑她，拚命地查，卻找不到決定性的證據。）

光是這樣就夠恐怖了，還有下文。

（我懷裡的項鍊，是上一任主人從『法子』那裡勒索來的。）

聽到這件事，我嚇得幾乎連拉鍊都要錯開。我的小雅居然戴著那種東西。

花俏的錢包似乎也打心底為這件事擔憂。她很喜歡小雅。

（她好可愛！我啊，到目前為止，從沒讓這麼乖巧的女孩擁有過。）

你問她現在怎麼了？她不在這裡。同室的女孩說沒必要一直留著，在上星期的垃圾回收日，擅自把她丟了。

最後的最後，她這麼說：

（妳啊，要多留心點，別讓恐怖的事情發生在妳那可愛的女孩身上，拜託妳了。）

可是，我到底能夠做什麼？

儘管如此，我還是想了許多。例如，只要一次就好，只要小雅解下那條項鍊收進我的懷裡——雖然和小雅分開，我會很寂寞，但在這個節骨眼，我就咬牙忍耐吧！我會忍耐，努力從她的包包裡跳出來，掉到路邊。

然而，目前為止，一直沒有這種機會，而且花俏錢包擔心的事也逐漸發生。

前天早上，慢跑回來的小雅和朋友聊起這件事。

「怎麼辦？我對人家說謊了。」

「有什麼關係！不會被拆穿的啦！」

看樣子，她們似乎在慢跑途中——就是撿到那個錢包的地方，被一個陌生的年輕男子搭訕：大概兩星期以前，有沒有人在這附近撿到錢包？或是聽說有人撿到錢包？

他一定是在說那個花俏錢包。我渾身顫抖，連裝在懷裡的零錢都鏘鏘響起。

既然在找那個錢包，這個男的一定是殺害她上一任主人的凶手，而他八成也在找那條項鍊——「法子」的項鍊。

聽說那個男人外表頗為瀟灑，身上的衣服似乎很昂貴。可是，他戴著全黑的墨鏡，雖然講話彬彬有禮，卻像可疑的推銷員，給人一種不能大意的印象。

這是當然的，小雅，那傢伙是殺人犯哪！

解決勒索自己的女人後，「法子」和她的情夫為了拿回交給勒索者的項鍊，可能翻遍女人的家，卻找不到項鍊，也找不到錢包。所以，他們猜想八成是搬運屍體的時候掉了，才會回到現場吧。

啊！大事不妙。

小雅是個謹慎的女孩，就算被男人搭訕，也不會輕易敞開心房，可是她很不擅長說謊，要是被問：「妳有沒有撿到錢包？」我實在不認為她能夠裝出一副若無其事的樣子，她一定會狼狽不堪，露出馬腳。

我的直覺應驗了。從那天早上到今天為止，她已在宿舍附近看到那個男人兩次。

遭到監視了——小雅這麼想。

所以她很煩惱，很害怕。同室的女孩笑著不當一回事，但小雅感到恐懼是正確的。

隔天早上，出勤前的短暫時刻，小雅又打電話給小咲。小咲是她「情如姊妹」的好朋友。

「我有事想找妳商量。嗯，我昨天也說過了呀！這樣嗎……」

可是，對方的回答似乎相當冷淡。小雅一臉失望地說「噢，那就沒辦法了」放下話筒。她拿起裝著我的皮包，出門開始一天的工作。

小雅，這種時候不能依靠小咲那種人，去找更可靠的對象商量吧！我在皮包裡祈禱，畢竟我別無他法……

3

這天黃昏，我和小雅來到一個吵得要命的地方。

我待在皮包裡，沒辦法看到四周，完全不曉得這是什麼地方，感覺上是從未經驗過的氣氛。人的腳步聲、電話鈴聲、俐落應對的聲音，一旁有人客氣地詢問：「請問……我接到通知說車子找到了……」

這究竟是什麼地方？

此時，另一個聲音說：「小姐，有什麼事嗎？」

小雅嚇得幾乎跳起來。

「啊，沒有、沒事！」

她飛奔出去。直到接近車站的喧囂聲之前，她都快步疾走。

到了夜裡，有人打電話到宿舍。是小咲打來的。

「現在嗎?妳在哪裡?」

小雅回答「我馬上過去」，便忙著準備出門。她連皮包都沒帶，拿著我就跑過去。

那是一家位在宿舍附近的咖啡廳，小雅有時候會去吃蛋糕。

小咲坐在裡面的包廂。她的表情不太高興，但打扮得相當時髦。鮮紅迷你裙配上短外套，碩大的耳環襯托出她的小臉。

「約會泡湯了。」她鼓著腮幫子說。「眞不該交什麼忙碌的男朋友。」

所以才有時間和小雅見面，是吧?

小咲和小雅是同鄉。她們直到高中都在一起，之後就分開了。小雅就職，小咲現下是短期大學的學生。兩人沒有聊過大學的事，所以小咲在念些什麼書，小雅似乎也不清楚。

「妳說要找我商量，是什麼事?」

小咲嘴上這麼說，卻心不在焉——一副都是小雅太囉嗦，才心不甘情不願來見她的樣子。

大約兩個月前，她開始有此轉變。

小雅的室友斷定那純粹是「有了男人」，但我不認爲只是這樣。目前爲止，小咲交往過好幾個男朋友，她都會把他們的事告訴小雅——小雅知道，跟別人炫耀男朋友是小咲的樂趣之一。

然而，唯獨這次不同。小咲雖然說她「交了男朋友」，卻不肯告訴小雅對方的事，也不像以前那樣介紹給小雅認識，或向她吹噓。

更不可思議的是，明知小雅失戀，小咲卻不聞不問。

我並不清楚小雅爲誰失戀。

他們是在小咲的公寓裡認識的，算是雙對約會嗎?小咲招待男朋友吃飯，對方說要帶朋友去，所以小咲找來小雅，湊成二對二。

當時，裝著我的皮包放在別的房間，我只聽到偶爾傳來的愉快笑聲，至於小雅如何與他變得親近，我一點都不清楚。只是，之後有兩、三次打來宿舍的電話，接聽的小雅眞的非常開心。我暗想：喔，很順利！

然而，兩人卻突然告吹，我完全不曉得原因。中間發生什麼事，實在是個謎，我只知道小雅似乎曾找小咲商量。兩人講了很久的電話。

言歸正傳。對，現下小雅坐在最近變了個人似的小咲對面。

小雅戰戰兢兢地向小咲詳述整件事的經過。小咲抽著細長的菸，靜靜聽著。

然後，小咲開口：「是妳想太多了吧？」

「是嗎？」

「是啊。一個大男人不可能執意要那種便宜的錢包。」

我心想，一般是這樣沒錯——可是，那個男的是殺人犯，一點都不尋常。

「可是，項鍊……」

「三十萬圓的綠寶石，不算什麼。用不著在意。」

哎呀，小咲是有錢人呢！

最後變得不曉得為什麼要找她商量，事情就這麼不了了之。雖然我早料到會這樣，但小雅似乎打心底感到失望。

可是，她是個溫柔的女孩，從不忘爲朋友著想。

「對不起，找妳說這種事。」

「不會啦。說出來就舒服多了吧?」

「嗯,是啊。」

這可不是那麼悠哉的事!我有一種想喊叫的衝動。

「小咲和男朋友感覺很順利。」

「還好啦。」小咲答得頗曖昧。

「你們……考慮結婚嗎?」

這時小咲才難爲情地笑出來。「嗯。跟他的話,我覺得可以考慮。」

「不覺得還太年輕嗎?」

「一點都不。我不想等到變成沒人要的老姑婆。」

「噢……他是怎樣的人?是做什麼的?」

小咲以快得不自然的口氣回答:「怎樣都好吧,跟妳無關。」

小雅吃了一驚,我則驚慌失措得近乎可憐。

「是啊……要說沒關係,確實是沒關係……對不起,下次妳要是願意,再介紹給我認識吧。」

小咲沒有回答。

回宿舍的路上,小雅踩著輕快的腳步。

四周一片漆黑。小雅上班的觀光巴士公司的宿舍和車庫離都內有些遠,這裡還有不少平緩山丘和樹林。

就算棄屍在這裡也不容易被發現。

我逐漸感到不安，很想催促：小雅，走快一點！

該不會是我們心意相通吧，但她的腳步愈來愈快。沒錯，小雅開始覺得恐怖。

快點、快點。

沒多久，小雅跑了起來，氣喘吁吁。我滿腦子想著怎麼還沒看到宿舍的燈光？

小雅突然停下。然後我注意到，慢了她一些的另一個人，腳步聲也停歇。

林子裡枝葉搖曳，響起沙沙聲，也聽得到小雅的喘氣聲。

她在發抖，拿著我的手全是汗水。

遠處傳來什麼東西「啪」地折斷聲。小雅彈也似地飛奔出去，速度愈來愈快。她拚命跑，一路不停地跑。衝進宿舍的正面玄關，在背後關上門之前，她完全沒停下腳步。

她好不容易回過頭，隔著玻璃門凝視外面。黑暗而寂靜的夜幕裡，一盞路燈眨著眼睛。梳子狀的月亮勾在樹梢似地浮在半空。

當然沒人追上來，但小雅不會再出去確認。

## 4

第二天黃昏，小雅又去了那個嘈雜的地方。

這次她不再猶豫。不過，這似乎需要相當大的勇氣，當她走近聚集許多人的地方時，她的聲音比第一次獨自爲客人導覽時更沙啞。

「那個——對不起，請問保安課的澤井先生在嗎？」

「澤井嗎？」對方確認道。那是一名女性，但聲音非常俐落。

「有約嗎？」

「不，沒有。只是，有件事想找他商量……」

對方似乎猶豫了一下，靜默片刻，然後她問：「請問妳的大名是？」

「我叫佐藤雅子，以前見過澤井先生。」

小雅在原地等了一會。這段期間，聽著經過旁邊的人們的談話，我吃了一驚。

「眞糟糕，好不容易緩刑了事，下次再被抓，可就免不了要坐牢了吧？」

「那個刑警也覺得受不了吧！」

這裡是警署。

「抱歉，讓妳久等了。」澤井刑警說道。他是個年輕男子，不曉得是不是有做什麼運動鍛鍊，聲音洪亮。

小雅把裝著我的皮包放在膝上，所以，她打開皮包拿手帕的時候，我可以瞄到他們的臉。

小雅很緊張，可是看起來很漂亮。小雅的長相平凡，但現在臉頰有些泛紅，眼睛熠熠發光。

咦？我感到詫異。

「突然來訪，給你添麻煩了。」

小雅可能是低頭鞠躬，膝蓋晃了一下。

「沒關係，不要客氣。怎麼了嗎？」

澤井刑警平靜地問，溫柔得像摸著對方的頭說話。用這種聲音說話的年輕男人，除了他之外，我只知道一個。那是以前小雅同室的女孩胃痙攣，半夜坐計程車去急診醫院時，爲她看診的醫生。

小雅說明事情原委，又打開皮包，拿出另一條手帕。

「就是那條項鍊。」

她把項鍊用手帕包著帶來。

「抱歉，讓我看一下。」

「我……做了丟臉的事。」小雅泫然欲泣。「我偷別人的東西。」

停頓片刻後，澤井刑警說：「確實，撿到東西沒送來警署，是觸犯法律的，不過……」他咳了一聲，壓低聲音：「雖然不能大聲張揚，但這是常有的事。」

「可是，這是犯法的吧？」

「還不能斷定。」澤井刑警笑道。「搞不好是不值錢的假貨。」

「我請人鑑定過，說是眞貨……」

「噓！」澤井刑警說。他一定是將手指豎在嘴巴前。

「這件事妳現在不必想起來。我不是以職務上的立場，而是以朋友的身分聽妳說話。」

小雅的膝蓋可能放鬆下來，皮包微微晃動。

「先不管這個，請告訴我疑似在監視妳的男人的事。」

小雅原原本本地盡量詳細說明。

「如果再看到他，妳認得出來嗎？」

「嗯，應該可以。」

「這樣啊……」澤井刑警思索片刻，回答：「今後再看到那個男人，請留意他的服裝、開什麼車，在哪裡看到他的也記下來，然後立刻通知我。但不可以跟對方搭訕，要裝成沒發現，一副若無其事的樣子。知道嗎？」

「我知道了。」

「還有，夜裡不要一個人外出。妳住的宿舍附近，不是很熱鬧的地方吧？」

咦？眞清楚呢！這個人是小雅的什麼「朋友」？

想到這裡，我赫然一驚，難道澤井刑警就是害小雅失戀的人？

可是，我實在不認爲，內向的小雅會特地跑來見甩掉自己的男人……

「這條項鍊上有刻印。」澤井刑警說。「喏，在這個釦子的地方。上面有號碼，還有某種記號。」

「是店家的記號嗎？」

「或許。有的珠寶店會在商品上打上流水號，做爲顧客管理之用。」

「這會是找出失主的線索嗎？」

「有可能。」

我漸漸興奮起來。這個刑警似乎相當聰明，如果他查出這條項鍊的主人是「森元法子」……功勞一件！「森元法子」有殺害丈夫的嫌疑，而那件案子到現在還沒破案，一定會掀起一陣大騷動。搞不好會因此發現，埋在宿舍附近的那具勒索法子的女人屍體。

「這個暫時由我保管，我會寫張保管收據給妳。這完全是私人的，不會當成案件處理。我會抽空調查，看能不能找出失主。」

澤井刑警要對方安心地說。他會不會想得太簡單？雖然我有點疑惑，不過既然他對我的小雅這麼溫柔，就原諒他好了。

「沒想到妳居然會想到我。」他有些靦腆，「以爲妳早就把我忘了。」

小雅沉默。哎，這種時候得說點機靈的話啊。

「在美咲小姐家見面是什麼時候的事？很久以前了呢。」

咦，我眞的吃了一驚。他就是當時雙對約會的那個人嗎？

那麼，他就是甩掉小雅的人？還是，小咲的男朋友？

如果他是甩掉小雅的人，剛才的話太沒神經。可是，如果他是小咲的男朋友，小雅來之前，不是應該會跟小咲說一聲「我想去找澤井先生商量看看」嗎？

我完全搞不懂。

「要小心，知道嗎？不能一個人走夜路，慢跑和朋友一起比較好。可以的話，最好暫時別跑了。」

澤井刑警說完，便讓小雅回去。

小雅回家的腳步不怎麼輕盈。她彷彿沉浸在思緒裡，偶爾會停下腳步。

小雅，妳到底怎麼了……

## 5

兩、三天後，我像平常一樣被收進皮包裡，和小雅一起去上班。她的精神似乎好一些。

觀光巴士導遊的工作是從出發前迎接客人開始的，導遊要站在車門邊，開朗地招呼「早安」。這一天的旅程是東京名勝一日遊，但對象並不是來自鄉下的旅遊團。今天的團是湊合個人報名的客人組成。

愈是住在東京的人，愈不瞭解東京，這是常有的事。東京這個城市就像一頭巨象，住在背上就沒機會好好瞭解耳朵和鼻子或腳和尾巴的模樣，所以才會興起「來個東京觀光吧」的念頭。

「早安！」小雅以悅耳的話聲跟客人打招呼，我愉快地聽著。

然而，到了某個地方，她的聲音突然變調，彷彿倒抽一口氣，招呼聲冷不防中斷。

怎麼了？我感到詫異，傳來客人踩著階梯上車的腳步聲，重新振作的小雅，又開始打招呼。

可是，她的嗓音失去光彩。

不僅如此，她這天的工作表現慘不忍睹。她一再出錯、結巴忘詞。她將眾議院和參議院的介紹搞混了，還被客人糾正，眞是令人難以想像。

但那天的工作一結束，她便迫不及待跑去打電話給澤井刑警，而我也終於明白她今天爲什麼會這樣。

「那個男人出現了。」小雅語帶哽咽。「他裝成客人，搭上巴士。」

澤井刑警特地趕到宿舍。

「他對妳做了什麼嗎？」

「什麼都沒有。可是，他一直盯著我。我好怕。」

「他跟妳說話了嗎？」

「沒有，只是一直看著我而已。」

「妳有沒有旅遊申請書的副本？」

刑警收下副本，從大廳的公共電話撥打上面填寫的電話號碼。

「沒這個號碼。」他放下話筒。「語音系統說這是空號。」

我打心底感到恐怖。那個男人究竟是誰？

不，我知道他是誰。我知道的。

他是個殺人犯，是殺害「森元法子」的丈夫的那個情夫。

「名字也是假的吧……」

澤井刑警的聲音變得有些嚴肅。

「明天能麻煩妳再跑一趟警署嗎？可以的話，請一天假。事情的發展讓人覺得有些不安。我會向上司報告，商量看看。我們一起想想，該怎麼做才是最好的。」

第二天，小雅依照澤井刑警的吩咐前往警署。澤井刑警的上司是個上了年紀、聲音乾啞的人。對於撿到錢包卻沒有送交警署的事，他略略斥責一下，但沒囉嗦地挖苦個沒完。

他們拿了許多照片給小雅看，這是爲了找出那個男人。好幾個小時裡，我一直聽著翻閱紙張的聲音。可是，最後還是沒能聽到小雅說：「啊，就是這個人！」

「目前還不能採取任何行動。」澤井刑警的上司話聲乾啞。

「可是，不覺得奇怪嗎？」澤井刑警問。「如果那麼在意遺失的錢包，根本不需要監視，直接問她就行。何況，那個錢包又是個花俏的女用錢包。」

「噯，用不著這麼激動。」上司笑道。「不是立刻就會發生什麼事吧？而且，小雅小姐住宿舍，這一點很讓人放心。」

總之，下次再看到那個男人，立刻通知警方，還有不要單獨外出。被叮嚀這兩件事後，小雅離開警署。

「如果能夠從那個刻印，查出項鍊的主人，是最好不過。」

（就是啊！）聽到澤井刑警的話，我這麼叫道。「那條項鍊的背後隱藏著一個大案子啊！」

小雅開始了只能夠等待的日子，但是澤井刑警幾乎每天都會打電話來。有一次，他和上司一起過來，要小雅帶他們前往撿到錢包的現場。雖然我沒跟去，不過聽見回到宿舍的澤井刑警說：

「那個地方很荒涼，暫時別再去！」

小雅順從地答應。「那個……或許是我神經過敏……」

「怎麼了嗎？」

「今天去那裡的時候，你有沒有覺得誰在看？」

兩名刑警都說沒有那種感覺。

「不要太鑽牛角尖比較好。」

捲入這個案件，小雅只告訴室友，但那女孩是超級長舌婦，又對這種事特別敏感，澤井刑警對小雅超出「公務」的關照，立刻成爲話題。

「刑警啊，滿不錯的。」

「而且是本地的警察，也不會調去別的地方吧？」

「小雅，幹得太好了！」

就算聽到朋友們這麼說，小雅的回應依然無精打采。

過了幾個表面上平靜的日子。颱風的餘波帶來大雨，預定的旅程臨時取消，小雅得以好好休息。我鬆一口氣。

這天夜裡，突然變得寒冷許多。許久沒聯絡的小咲打電話來。她在那家咖啡廳，問小雅能不能馬上過去。

小雅沒把後來的事告訴她。我認爲沒必要告訴小咲，但小雅以前不管什麼芝麻小事都會告訴小咲，所以小雅現在的態度十分不可思議。對小咲也有些疏遠，這點頗令人在意。

「對不起，我現在要洗澡，今天就不出去了。」

小雅只說了這些，找時機掛電話。她謹守著夜裡不要出門的忠告。而且，她說要去洗澡也是眞的。

然而，就在她踏入浴室的時候，電話又響起。室友接了電話，從她通話的樣子來看，似乎是澤井刑警。

她對走回來的小雅說：「澤井先生有急事，想馬上見妳。」

就約在那家咖啡廳。這一帶夜裡還營業的只有那家咖啡廳，所以沒什麼不自然的地方。但澤井之前一再叮嚀小雅不要在夜裡外出，倒是令人有些訝異。

小雅似乎也在猶豫。

「不好意思，妳可不可以跟我一起去？」

她拜託室友，卻被笑了。「才不要，我不想去當電燈泡。」

明明不是計較這種問題的時候，這個女孩眞是一點都不能依靠。

「妳一個人去啦，不要緊的。這一陣子都沒見到妳口中的那個男人，不是嗎？不會有事啦！」

於是，小雅一個人出門，攜帶裝著我的一個小提袋。

然而，咖啡廳裡不見澤井刑警的人影。

小雅等了一會。喝光一杯咖啡，澤井刑警仍沒出現，她只好離開咖啡廳。

不好的預感折騰著我。雖然太遲了，但我現在才想到同室的女孩根本沒聽過澤井刑警的話聲。所以，只要電話另一頭自稱「我是澤井」，她就會信以爲眞……

小雅快步走著，偶爾停下腳步。雖然沒有尾隨的腳步聲，或慢半拍才停下來的動靜，但她的腳步還是愈來愈快。

小雅，用跑的，用跑的比較好。

轉個彎，筆直走去，再轉個彎，爬上坡道，就看得到宿舍的燈光。我感覺著她的腳步，數著她的腳步。

然而，彎過下一個轉角時，小雅發出短促的尖叫，猛然撲倒似地停下。手提袋搖晃得厲害，我知道有人抓住她的胳臂！

小雅！

令人難以置信的是，她低聲喃喃：「小咲……妳在這裡做什麼？妳不是回去了嗎？」

在那裡的是小咲？是小咲抓住小雅的手臂嗎？

不久，傳來小咲的嗓音——冰冷而尖銳。

「妳被他叫出來，是吧？」

他？小咲在說誰？

「什麼意思？」

「少裝蒜了，明明就瞞著我偷偷跟澤井見面。」

我吃了一驚。

小咲的男朋友，那個忙碌的男朋友就是澤井嗎？

「這陣子他老是推說沒時間約會，我覺得奇怪，才留意他。沒想到，他居然跟妳這種……跟妳這種……」

「小咲……」

令人驚訝的是，小雅道歉了。

「對不起。可是，我並不是無視於妳的忠告。妳說澤井先生有女朋友，所以我當時放棄了，現在也是。我這陣子和他見面完全是因爲別的事。」

小咲什麼也沒說。不，我察覺她是沒辦法說。

「澤井先生的女朋友是小咲的朋友，如果我去搶人家的男朋友，小咲會很爲難吧？我考慮到這些——」

「從沒見過像妳這麼白痴的人。」

小咲嘲諷道。小雅，就是啊，妳實在太單純了！

「我就是他的女朋友，知道了嗎？他的女朋友就是我。剛才叫妳出來的電話，也是我拜託店裡的客人打的。」

小雅啞口無言，只是呆站著。

「可是……妳不是有別的男朋友……帶澤井先生來的那個人……」

小雅好不容易反問，小咲拉高音調說：

「比起那種人，澤井好得多。我也是在那個時候第一次見到澤井。我馬上就喜歡上他。可是，沒想到比起我，他竟對妳更有興趣。所以我才騙妳——對，跟妳說澤井有女朋友了。然後我跟澤井說，妳有男朋友了，打電話給妳會造成妳的麻煩，叫他還是跟我交往比較好。」

「好過分……」小雅喃喃地說。

「哪裡過分了？妳這種人，撿我用剩的就夠了！妳這種垃圾，沒有搶先在我前面的權利！」

響起輕脆的「啪」一聲，小雅逃走了。發現是小雅被打時，我因爲恐懼和憤怒都快寒毛直豎了。

小雅逃開，小咲似乎追了上來。小雅之所以逃走，並不是害怕，而是醒悟到她一直被背叛：發現小咲雖然裝出一副好朋友的模樣，但她和小雅做朋友，只是爲了沉浸在優越感當中、以取笑小雅爲樂——僅僅是這樣而已。

小咲跑得很快，好幾次差點抓到小雅。逃跑的小雅離回宿舍的路愈來愈遠。那樣更危險啊！小雅，妳要去哪裡？

小雅被推倒，跌落坡道。她在林子裡站起來，拚命逃。現在連我都覺得小咲可怕。渾身充滿驕傲與自滿的她，不想承認輸給小雅，很可能讓小雅遭殃——甚至殺了她！

兩個人扭打在一起，小雅被按倒，往下滾落。是斜坡，危險！就在我這麼想的同時，手提袋可能是彈出去，我轉呀轉地，「咚」地摔落到地面。

就在這個時候，小雅突然瘋了似地，發出淒厲的尖叫。

我從手提袋裡彈了出去，掉落在枯草上。遠處傳來車子駛近的聲響，接著車燈刺眼地照射過來，照亮在我上方的廣大樹林。一道又一道的光。在這些車燈中，浮現出小咲跌坐在地上的身影。

幾個人的聲音呼喊著小雅的名字。裡頭也有澤井刑警的聲音。我才這麼想，他的鞋子就掠過我身邊，跑向小雅掉下去的地方。

啊，太好了。小雅停止尖叫，但這次怎麼換成澤井先生在大喊「組長」呢？

「手露出來了！」

誰的手啊？正在納悶時，我突然想到了。小雅就是在這片斜坡附近撿到錢包。

這次她看到的，是那個錢包的前任主人的屍體！

「地盤因爲大雨鬆動，這才露了出來吧。」

成爲臨時搜查總部的宿舍接待室裡，那個聲音乾啞的刑警爲一臉蒼白的小雅如此說明。

「可是，眞是嚇我一跳！來宿舍找妳，卻說妳被澤井叫出去。一時之間，還眞不曉得會變成怎樣。」

「對不起。」

「不會、不會。不過，妳平安無事，眞是太好了。澤井的壽命可能也被嚇短幾年吧！」

澤井被派去外面勘查，暫時逃過臉紅的場面。

「只是，警方爲什麼會來找我？」

刑警嚴肅地回答：

「我們從項鍊的刻印查出在珠寶店的買主身分了。」

查到了森元法子，對吧！

刑警扼要地告訴小雅經過，說明法子與什麼案子有關。

「現在，不止是森元隆一的案子，她還牽涉到另一起殺人案。疑似她的情夫的妻子被殺害了，目前雖然只有狀況證據，但殺人詐領保險金的嫌疑很大。」

小雅雙手掩面。

「這些人不曉得會做出什麼事，所以我們研判最好立刻保護妳。沒想到，居然是從完全不同的人手中救出妳。」

那樣猙獰的小咲，被注射鎮靜劑後睡著了。

「而且發現了屍體。」

「這和保險金謀殺案有關嗎？」

「應該錯不了。那個疑似法子的情夫、共犯的男子叫塚田和彥，等一下麻煩妳指認照片。他應該就是那個尋找錢包、監視妳的人。」

此時，一名制服褲角沾滿泥濘的警察走過來。

「我們搜索現場時發現一個錢包，這個——」

他們問那是不是小雅的錢包，但我明明就在這裡。

可是，那個錢包長得和我一模一樣。

「那是小咲的，是她掉的。」小雅悲傷地搖著頭。「我們一起到東京時，買了一樣的錢包。」

沒錯，就是這樣。曾有過那樣的時光呢，小雅。

我注視著我的雙胞胎錢包、小雅摯友的錢包。渾身泥濘的她，看起來和我一點都不像。

# 6

第六章

# 死者的錢包

## 1

至今我仍會想起——那激烈的撞毀聲，及骨頭的碎裂聲。

我不想再聽第二次。可是，當時發生的一切，一如字面，浸染我的全身。

意外發生時，我在儀表板的置物箱裡。由於衝撞，我彈了出來，猛烈撞上副駕駛座，掉到底下。

事後，根據從那些警官口中聽來的訊息，整個車子的引擎蓋都撞扁了，活像漫畫裡的豬鼻子。

車子是馬自達的FAMILIA，一如我的主人的人品，樸素實在，是輛容易上手的車子，主人也十分愛惜。他不是見異思遷，動不動就想換新車的人。

一年前，他死在成爲棺材的車子裡，而且是不偏不倚地正面撞上立體停車場的水泥牆。

他開車時打瞌睡。車禍發生在深夜，他從女友住處回家的途中。

（是不是在女人那裡奮戰太久，勞累過度？）

我記得一個中年警官一邊勘驗現場一邊這麼說。

沒錯，他的確奮戰了，但並非警官說的那樣。他在女友的住處時，費盡口舌安撫她。

（你不喜歡我了，對不對？我就知道。最近，你變了……）

她淚流滿面地說著這些話，無論我的主人怎麼否認、發誓，她似乎都聽不進去。

（妳想太多了。眞的啦，我沒有別的女人，我只有妳一個啊！）

我的主人一副快和她一起哭出來的樣子，拚命說服她。

不知是否終於奏效，女友總算止住淚水，擦乾臉，與他四目相對。只是，面對我的主人「我今晚住這裡好嗎」的要求，卻不肯允諾。

（我想拿你的話當賭注。今晚讓我一個人靜靜，我會好好想一想。）

接著她說「外頭似乎很冷」，要他喝一杯熱咖啡，便讓他回去了。

借用老式的說法，這成爲今生的永別。

記得在撞上水泥牆的瞬間，我的主人用睡昏頭的聲音喃喃念著她的名字。

在周圍變成一片空白的衝擊瞬間過後，我掉落在座椅上時，他的手就垂在我旁邊。那隻手以人類不可能有的角度從肩膀突出。

接著，從我貼著座椅的那一側，溫熱的液體一點一滴浸染上來。

那是主人的血。

如今我的身上依然殘留著他的血跡，在紅褐色的絨革上形成一個醒目的形狀。有人看到時曾說：「哎呀，這個痕跡好像心臟。」

此刻我在他的女友手中。她把我帶在身邊。我不禁想，是我會先變得破爛，還是她對主人的回憶會先變得淡薄？

她叫雨宮杏子。

而我是她過去的男友——死者——的錢包。

## 2

「是妳多心了吧？」

秋山課長首先這麼說。

這是公司附近的咖啡廳，杏子有時候會來吃午餐。

但現在不是午餐時間，而是下班的六點過後，杏子特地和直屬上司一起來這家店。

她有事找上司商量。

我待在她膝旁的手提包裡，也是頭一次聽到商量的內容——真教人瞠目結舌。

秋山課長是個五十多歲、個性溫和的一般人，絕不是那種會對屬下女職員送秋波的人。跟一臉想不開的杏子相對而坐，他似乎相當抗拒。「是不能在公司裡談的事嗎？」他這麼確認後，才不甚情願地一起過來。

正因如此，聽到杏子的話，他彷彿打心底驚訝不已。不曉得是不是把喝到一半的冷飲潑到膝上，他連忙拿出手帕。

然後，他說了前面那句話——是妳多心了吧？

我也想跟杏子這麼說。唉，是妳想太多。別這樣，忘掉這件事吧！

但她毫不猶豫地回答：

「不，這不是我多心。」

「妳有證據嗎？」秋山課長問，語氣轉為擔心。「相模跟那個……叫什麼來著？」

「塚田，塚田和彥。」

「對、對，沒錯。妳說他和那個塚田和彥認識，可是馬上做這樣的聯想，是不是太唐突？」

相模佳夫是我過世的前任主人。他和杏子是在公司裡認識、相戀，兩人的關係，身為上司的秋山課長非常清楚。

「我整夜沒睡，想了很久，就是無法釋懷，覺得不能丟著不管。」

杏子的話聲微弱，卻堅定無比。

確實，她這陣子晚上都沒怎麼睡。我知道她總是翻來覆去，床單上老是發出摩擦的聲響。但我萬萬沒想到，她竟然在思考這樣的事。

塚田和彥是現今社會上最熱門的話題人物。他上八卦節目的次數，搞不好比某個時期的松田聖子頻繁。

他才三十六歲，便是一家高級餐廳的老闆，而且身材高大，屬於運動員體格，一張臉晒得黝黑。他的愛車是豐田CELSIOR，儘管喜好流行，卻不會跟著一窩蜂地追求外國車，這一點似乎是他與時下趕時髦的年輕人有所區隔的特點。

不過，他之所以成名，並不是樂善好施，也不是遭逢什麼悲劇。他是傳聞中的嫌疑犯。

塚田和彥疑似與情婦森元法子共謀，為了保險金殺害彼此的配偶。由於缺乏證據，目前僅僅是「有嫌疑」，最近社會上到處都在談論這件事。

在此稍微說明一連串命案的經過。整起案件共分為四個部分——或者說，躺了四具屍體比較恰當。

1　塚田和彥的前妻

太田逸子案

逸子在去年十一月，於當時居住的札幌市郊馬路遭人駕車撞死，肇事者逃逸，尚未逮捕到案。這起車禍原本被當成無關的獨立案件處理，但從逸子喪禮的錄影帶裡發現森元法子的身影後，立即受到矚目。另外，逸子意外身亡一個月後，森元法子的丈夫遭人殺害，這一點也啓人疑竇。一說認爲，逸子發現離異的丈夫企圖詐領保險金並殺人，遭到滅口。逸子死亡當時，塚田和彥與森元法子並無明確的不在場證明。

2　森元法子的丈夫

森元隆一案

去年十二月十五日深夜，於東京都足立區的公園預定地外的馬路上，同樣遭人開車撞死，肇事者逃逸。推定死亡時間爲十五日晚上十一點到十六日凌晨兩點左右。這段期間法子在朋友家，不在場證明成立。塚田的不在場證明尚未確立，本人也交代不清。

由於隆一的死亡，法子獲得八千萬圓的保險金理賠。

3　塚田和彥的妻子

塚田早苗案

今年八月二十六日晚間，早苗被人發現陳屍在羽田機場附近的倉庫停車場，死因爲毆打致死。前天晚上早苗被人用電話叫出去後，隨即遇害。推定死亡時間爲二十五日傍晚六點至晚上十點左右。

在二十五日早上到二十六日晚間，直到接獲發現妻子的屍體通報爲止，塚田和彥與「潔娜維芙」餐廳的另一名老闆畠中一起到伊豆釣魚，不在場證明成立。法子的不在場證明則不明確。

4　森元隆一常去的那家酒店的小姐

葛西路子案

今年九月底，路子被人發現陳屍於都內的樹林裡，死因爲勒斃。據推測，應爲今年四月中旬左右遇害。由於無法得知正確的死亡時間，在這件案子裡，調查不在場證明並無意義。

此外，警方掌握到葛西路子手上有應該是屬於森元法子的綠寶石項鍊。

她爲什麼遇害？

媒體如此斷定——這個女人握有重要的線索，想藉此勒索法子等人，於是遭到殺害。綠寶石項鍊是她從法子那裡拿到的戰利品。

如果可以，警方也想這樣斷定吧，但找不到證據。

「嗯，那個小姐我認識。她曾到家裡給外子上香。項鍊嗎？那是我請她買下來的。殺害外子的凶手一直沒抓到，我又蒙上不白之冤，保險金遲遲不核發，我窮得發慌，才試著拜託她，沒想到她爽快地買下。」

森元法子這麼回答，還溫順地低頭作態。至於塚田和彥，他召集一窩蜂前來採訪的媒體，發表什麼「憤怒的辯白」後，甚至熱烈地談起媒體論，讓偵辦當局顏面盡失。

以上的說明冗長了些。總之，塚田和彥這個名字，現在充滿負面的意思。

塚田和我已逝的主人認識——光聽到這件事就讓我大爲吃驚。據說他們在大學時代是青年漂鳥社的學長學弟關係。

杏子在相模佳夫死後，從他的雙親手中分得一些遺物——我也是其中之一，當中包括一本大學時代的相簿。

杏子現在仍會翻閱那本相簿。有一次，她在漂鳥社成員的合照裡發現塚田和彥。

秋山課長啜飲一口咖啡，放下杯子，響起笨拙的「喀鏘」聲。

「可是大學畢業後，他們就沒往來了吧？妳見過那個叫塚田的人嗎？」

杏子回答：「不，沒有。」

這倒也是。我懷抱著相模佳夫的軍餉，與他共同行動，相當明確地掌握他的交友關係。連我都不記得有這回事。

「所以，是妳太多心了吧？雨宮，我明白妳的心情，但相模是死於意外。如果不接受事實，妳永遠沒辦法重新振作。」

杏子沉默以對。我想像著她的手指在膝蓋上一開一闔的模樣。

這是她的老毛病。責問生前的佳夫根本不存在的「別的女人」時，她也總是這樣，彷彿動著手指，拉扯看不見的絲線，緊緊綁住佳夫。

「我……覺得他不是死於意外。」

又來了。主人死後的這一年裡，相同的話我不曉得聽過多少次。

「他非常小心謹慎，不可能在開車的時候東張西望或打瞌睡。何況他在離開我的住處前，還喝一杯濃濃的黑咖啡，不可能睡著。」

「所以呢？」秋山課長以安慰的口吻說：「妳的意思是——那不是意外，相模是被人殺害，是嗎？而且殺他的人是塚田和彥。」

「對，沒錯。」

「爲什麼會扯上塚田和彥？的確，他現在嫌疑重大，但那是和保險金有關的謀殺案，與相模的情況不同。塚田殺害大學時代的學弟有什麼好處？他根本沒必要這麼做啊。」

就是啊，杏子。不要再說這種話，回家去吧，好嗎？

分配遺物時，她把我拿走，我不安極了。因爲我覺得她的精神已失衡。

我沾染相模佳夫的血，他化成永不消失的痕跡留存在我身上。

說實在的，儘管是男友的遺物，但沾血的錢包眞的不是什麼讓人愉快的東西。我是絨革製的，不能防水，吸了相當多血。剛開始，我身上應該散發出有些討人厭的味道。

可是，她想要那樣的我。

我很不願意，心想：杏子，不可以這麼做。最好把我丟了，我是不在人間的佳夫的碎片——只是碎片而已。這個碎片再也不會孕育出任何東西。

若要當做回憶保存，吸收他的血的我，太過活生生、血淋淋。

但她沒將我丟掉。雖然沒當錢包使用，但她總是隨身攜帶，片刻不離。

「課長，」杏子低聲喚道。「我們公司是汽車零件的製造商吧。」

秋山課長耐著性子回答：「是啊。怎麼了嗎？」

「他死的時候，恰巧是塚田和彥第一任妻子被撞死的時候——也就是去年十一月。」

課長沉默不語。

「我是這麼想的，佳夫對車子的車種或年代之類的不是那麼清楚，但他對機械方面很行。若是有人向他請教，他都能對答如流，不明白的地方，也會立刻查，非常盡責。他就是那樣的人。」

「妳想說什麼？」

杏子幽幽地繼續道：「據說肇事逃逸的破案率相當高。現在的鑑識技術非常發達，從一塊小小的塗料碎片就能鎖定車種……可是，也有因應之道吧？像是把保險桿換成別的車種的，或是重新塗裝……」

課長大大咳一聲。

「妳是想問，相模建議塚田和彥要怎麼做，才能夠僞裝成太太被人開車撞死，並且不被警方逮捕嗎？」

杏子不假思索地應道：「當然，我認爲佳夫並不曉得塚田的目的——至少那個時候不曉得。要是知道，他不可能告訴塚田。他被利用了，一定是這樣。」

塚田的前妻遭到殺害後，相模恍然大悟，因此被滅口——杏子想這麼主張。

佳夫浸染在我體內的血，讓我覺得沉重難受。喂，你爲什麼留下她一個人，獨自死掉？

秋山課長靜靜告誡：

「雨宮，妳還是休假一陣子吧。妳說的話，我覺得只是妄想。妳太想不開，漸漸搞不清楚幻想和現實的界限。我不說難聽的話，妳請個假，去好好旅行吧！」

杏子默不作聲。直到課長束手無策地站起，她才打開皮包，輕輕觸摸我。

她的手指冰冷，像死人一樣。

# 3

第二天，杏子請了一個星期的有薪休假，這無異是被課長的強力勸告給說動了。

休假第一天，她去替相模佳夫掃墓。每個月的忌日，她都不忘去掃墓，這也讓我感到不安。

我認爲溫柔的心是很棒的，但主人已死，而她還活著，應該盡快尋找新的人生。然而，她卻蹲在墳前，對著不可能回應的死人說話，一點一點地消耗自己。

杏子在墓地待得比平常更久。我待在她肩上的皮包裡，聽著呼嘯而過的北風聲。或許那是蜷縮在杏子體內的冰冷靈魂的哭泣聲。

不久後，她低聲呢喃。

她說的是「警察」。

當天晚上，她回到公寓，在被子裡輾轉反側，又重複一次。

「警察……」

杏子原本就愛鑽牛角尖。

我不曉得她從什麼時候開始變成這樣。但和佳夫成爲男女朋友前，她在職場裡就是出名的神經質，又有潔癖，而且容易激動。

佳夫和同事一起喝酒時曾聊起杏子。她是不錯的女孩，工作也很認眞——雖然同事嘴巴上這麼說，但他們似乎對杏子抱著不怎麼正面的看法。

「怎麼說……有點那種一觸即發的感覺。」

只是傳票上忘記蓋章的小事，她都會臉色大變，甚至吐出「你是故意不蓋章，想妨礙我的工作吧」之類的話。儘管她不是大哭大叫，嗓門也小，但明顯氣憤難耐，卻硬壓抑著，弄得渾身顫抖。

「不久後，又沒事一樣笑嘻嘻的。唉，平常是很溫和啦，我不討厭。可是，那一型的總覺得十分難搞。」

然而，佳夫會對杏子感興趣、受她吸引，似乎正是她的那種不安定，讓他產生「不能丟下她一個人」的心情。

其實相模佳夫對杏子而言，更像是她的監護人。杏子完全依賴佳夫，而且能夠在他的羽翼之下，她就不再那麼容易激動。

取而代之的，是強烈的嫉妒。

吃醋，是沒有自信，同時也是心裡不安。杏子這個女人彷彿只在體內培養不安，成天都在瞎操心。她在意佳夫的一舉一動，佳夫只是在走道上和其他女職員稍稍談笑，她就會哭號著指責。

「你喜歡上別人了，對不對？」這是她的口頭禪，接下來是：「你不在乎我了，對不對？」她每回發作，只能讓她盡情傾吐（雖然說的話都一樣），直到發洩完畢，否則根本無法進行任何有建設性的對話。

佳夫眞的非常有耐性地陪著她。佳夫也是個不起眼的男人，我不認爲他有什麼強烈吸引異性的魅力。正因如此，被杏子需要，對他或許也是一種快感。

況且，只要杏子不鑽牛角尖地胡亂說話，其實是深情的奉獻型女性。她相當會做菜，很快就記住佳夫的喜好。

即使是小事，她也總是很注意。例如，她經常頭痛，有習慣服用的止痛藥，但一得知佳夫不適合那個牌子，就準備了他說不錯的牌子的止痛藥。

佳夫也一樣，明明還年輕，卻有老古板的一面。

有一次，杏子要在晚上剪指甲，他委婉勸阻，認爲不吉利。杏子一開始雖然取笑他，之後卻一本正經地聽話，從此不在晚上剪指甲。

還有許多其他的例子。例如，在牆上釘圖釘或釘子，要先說「如果這裡是鬼門，請多包涵」；加水時不可順序顚倒（不能用熱水加冷水來調整溫度）；茶壺不可沒蓋蓋子就倒茶……

現在想想，佳夫說起這些迷信的舉動時，應該十分樂在其中吧。杏子對這種事一無所知，佳夫可享受到教導他人的樂趣。而且對方是杏子，不但不會嘲笑他「像老頭子」，還會正經八百地聆聽，依循吩咐。

對了，說到這裡，我又想起一件事。

我是個沾染相模佳夫的血的錢包，但懷裡還放著別的東西，不過我不曉得到底是什麼，一直是個謎。

那應該是佳夫過世前兩、三天的事。他因外務經過工商區，走進地下鐵人形町站附近的咖啡廳。

在座位坐下時，佳夫好像在那裡撿到上一個客人遺忘的東西。我只能說是「好像」，因爲我被放在他的外套內袋裡無法看見。

佳夫撿起它，思索片刻。

「嗯，怎麼辦呢？」他甚至這麼喃喃自語。

不過，他似乎把撿到的東西放在桌角，並沒有什麼進一步的動作，靜靜喝著咖啡。此時，呼叫器響起。他急忙去打電話，很快就回來，匆忙收拾準備離開，可能是有急事吧。

接著，他又想了一下。他似乎是停下動作，俯視著桌子。

「算了，下次再找時間奉還。」

他這麼說著，將撿到的東西收進我裝鈔票的地方。

那個東西包著一張白紙，像是將鈔票摺小再用紙包住，但我無法確定那是什麼。

我一直帶著這個莫名其妙的東西。發生意外的那晚，佳夫去杏子的公寓時也是這樣。看來佳夫似乎忘記他把那個東西放進我懷裡了。

他去洗澡的時候，杏子用刷子清理外套，順便檢查一下我的懷裡。又不是夫妻，這樣似乎稍嫌太過，但杏子並無惡意。她應該是想到，如果清楚佳夫的手頭情況，就不會勉強他。

她發現收在我懷裡的那個失物。她沒拿出來，只是默默盯著一會，然後將我闔上，放回原位，僅僅如此。

記得是接近半夜的時候，她又發起司空見慣的牢騷「你喜歡上別人了……」。那陣子兩人一見面就吵這件事。佳夫可能也受不了，有時也會演變成快吵起來的局面。

雖然杏子的嫉妒沒有惡意，卻非常死心眼。她總是擔憂「我會被拋棄」，幻想佳夫或許會被別的女人搶走，老是神經兮兮，像充滿靜電的門把，一觸碰就會迸出青色火花。

那天晚上，佳夫從杏子的住處回家的途中死去。

對他而言，這也是個意外且遺憾的死吧。佳夫恐怕是牽掛著杏子，死不瞑目。杏子需要他。

我被交到杏子手中後，裝鈔票的地方依然放著那個莫名其妙的東西。她既沒拿出，也沒丟掉，更沒有珍惜的樣子，或許早就遺忘。

眞是不可思議，那到底是什麼？

我沒辦法看見自己懷裡的東西，雖然能夠感覺到，但那只是薄薄小小的四角形，完全猜不出。

佳夫說「下次再找時間奉還」，是借來的嗎……

此刻，黑暗中杏子又翻了個身。她在做夢嗎？還是，睡不著呢？

「警察。」她悄聲呢喃。

杏子，要找警察也好，總之今晚先睡了吧！

杏子夢囈一聲：「佳夫……」

## 4

令人吃驚的是，警方的偵辦負責人竟願意抽空見杏子。

第二天，杏子特地出門，來到塚田早苗命案搜查總部的警署。她到底打算怎麼說明？我擔心得不得了，意外的是警方卻很快明白。

不，或許他們已焦急到連一根稻草都不願放過。

她被帶到一個安靜的地方，在椅子上坐下。又被放進皮包裡的我無法得知周圍的情況，但這裡該不會是偵訊室吧……

裡面有兩名刑警，其中一個上了年紀，另一個似乎還年輕。主要是由上了年紀的刑警問話，年輕的刑警位只是偶爾插嘴發問。

感覺上這兩個人都不凶悍，我爲杏子感到高興。她非常敏感，全身上下充滿失眠夜晚產生的許多不幸靜電，若不溫柔對待，就會搞得兩敗俱傷。

「我明白妳的意思了。」

年長的刑警說。眞的嗎？我十分懷疑。

一個正常的刑警應該不會把杏子的話當眞。說起來，佳夫生前與塚田和彥是否有往來——杏子連這一點都不清楚。一切都是她的揣測，跟妄想沒什麼兩樣。

「雨宮小姐……」刑警可能是點了菸，傳來打火機的聲音，是百來塊的打火機吧？火遲遲點不著，談話中斷一陣。

杏子很安靜。一想到她現在的心情，我就覺得難受。

「妳剛才告訴我們的事，是自己想到的嗎？」

杏子回答「是」，語尾有些發抖。

「嗯。」刑警應道。他似乎在抽菸。

年輕的刑警插嘴：「不覺得是妳多心了嗎？」

「我不曉得。」杏子話聲微弱。「我搞不清楚了。」

這次換刑警們沉默。

「只是，佳夫不是個會開車打瞌睡的人。」

「人總是會有大意的時候——」年輕的刑警說到一半，好像就被年長的刑警制止了。杏子繼續道：

「他是個非常一絲不苟、小心謹愼的人。他是跑外務的，白天都在開車，往往就算感冒也不吃藥——因爲會想睡。」

確實如此。佳夫一直都很注意這些細節，幾乎到了有些膽小的地步。
「而且他非常清楚車禍現場的視野很差，非常危險。他來我的住處時，一定會經過那裡，我也曾坐在他的副駕駛座路過那裡，我們總是說：『這座停車場的位置好危險。』」
「可是，就算塚田和彥殺了妳的男友，」年輕的刑警問：「他又是怎麼辦到的？相模佳夫並不是被人刺殺，也不是從高處被推落，而是開車時有閃失。塚田要如何才能讓他開車閃失？」
「我不知道……」
杏子的話聲，透露出只有聽慣她聲音的人才能察覺的煩躁。
「我不知道，我又不是那方面的專家。我只知道他是被塚田和彥殺害，因爲佳夫不是會開車打瞌睡的人啊！」
彷彿連禱一般，同樣的話一再重複。年長的刑警似乎相當懂得拿捏時機，他穩重地表示：
「我們非常明白。」
我鬆一口氣。這個刑警或許很習慣應付像杏子這樣的女人——不是用那種故意討好的口氣，而是始終保持認眞、誠懇的態度。
「我們會調查看看，這或許會是線索。」
杏子道謝後，將佳夫的幾張照片交給刑警。那是和塚田和彥合照的照片。
回去公寓的路上，杏子走得非常慢，屢次停下腳步。她好像不是在看精品店的櫥窗，也不是站著翻閱書本，恐怕是心不在焉地邊想邊走。
來到某個十字路口，她突然低喃：「被殺了。」
我想像著周圍的人對她投以好奇的眼光，有些不忍卒睹。

這不是第一次。我知道自從佳夫死後，她就一直站在正常與瘋狂之間的臨界點，有時踉蹌，有時踩空。

大約兩個月前，她在車站等電車時，突然坐倒在月台上號啕大哭。由於精神恍惚，她曾有兩次在百貨公司和超市被懷疑順手牽羊，因爲她拿著商品，忘記去收銀檯結帳，人就晃走了。

總算回到公寓，杏子連衣服也沒換，把裝著我的皮包放在桌上，直接倒在床上。不久後，我聽見睡著的呼吸聲。

儘管那似乎不是多麼安穩的睡眠。

## 5

「我們有個提議。不，應該說是『請求』比較恰當。」

幾天後，那兩名刑警來到杏子的公寓這麼說道。

今天負責問話的仍是年長的刑警，年輕的刑警也不幫腔，只是坐在一旁。

「我們想請妳和塚田和彥見面，可以嗎？」

令人意外的發展。

「我去見那個人，然後呢？」

「我們想看看他的反應。」刑警直率地說。「他很會演戲。唉，妳看過電視，這點應該十分清楚，他就是那種人。如果只是一點小事，他不會輕易露出馬腳，不過，這次是個機會。可以請妳務必和他見一次面嗎？我們會安排。」

杏子虛弱地問：「可是，要用什麼理由去見他？」

「不需要理由。」刑警安撫道。「他和森元法子是兩個案子的關係人，正接受我們的偵訊。只要下次偵訊他們時，妳也在場就行了，可以嗎？」

很長一段時間，杏子都沒回話。我擔心她是不是又陷入恍惚。

此時，傳來她站起的聲音。

「對不起，失陪一下。」

她去了洗手間。這陣子她經常這樣。心靈的失衡，似乎也影響身體。

她離開後，年輕的刑警彷彿只用單邊嘴巴說話，含糊地問：

「組長，你是認眞的嗎？」

「當然是認眞的。」年長的一方點燃香菸。

「可是，你也不是全盤相信她的話吧？怎麼想都沒道理啊！不管再怎麼查，都無法證明相模佳夫和塚田和彥大學畢業後還有來往啊！」

「什麼不管再怎麼查，你太誇張了，不是才這兩、三天的事嗎？」

年輕的刑警一陣心虛，「你不是戒菸了嗎？到時候又得住院。」

年長的刑警故意「呼」地一聲，吐出煙來。看樣子是個不好惹的人。

杏子回來了，她拉出椅子，輕輕坐下。

「妳還好嗎？」

「還好。對不起，我有時候會頭暈……」

那是因爲晚上都沒有睡好。

「我試試看。」杏子回答。「雖然害怕，不過我想和他直接面對面。」
刑警很高興。他們用哄小孩般的口吻，感謝杏子的協助。
「詳細情形，我們會再聯絡。啊，對了，雨宮小姐，我還有個不情之請。」
「什麼？」
「我從剛才就有點頭痛，如果妳有止痛藥，能不能給我一顆？」
杏子答應，走進裡面放急救箱的房間。年輕的刑警又低語：
「騙人。組長除了宿醉，從來不會頭痛，不是嗎？」
「還有你不聽話的時候！」
杏子似乎把整個急救箱都拿來，我聽到箱子放在桌上的聲音。她打開蓋子。
「我也常常頭痛，買了很多種止痛藥。你要哪一種？」
年長的刑警選了百服寧，杏子爲他端來溫水。
「吃藥的時候，配一大杯溫水最好了。」
說著這句話，杏子似乎又恢復一些勤快照顧生前的佳夫時的模樣。

那天傍晚，杏子外出。我詫異著她要去哪裡，只見她坐上電車，似乎是前往都心。
怎麼這麼吵？我正在納悶，聽見似乎人滿爲患的周圍中一些斷斷續續的對話。
「『潔娜維芙』餐廳因禍得福，生意格外興隆！」
沒錯，這裡是塚田和彥的店。
諷刺的是，他涉嫌殺人，反倒使得店裡人山人海，生意異常興隆。圍繞在餐廳四周的，似乎是前來採訪的記者及攝影師、電視播報員等。

「潔娜維芙」並不是塚田一個人的店，而是有合夥人。本以爲這個人會跟著喜上眉梢，卻出乎意料。大概有兩次，我聽見他大叫「這樣會妨礙生意，請不要聚在店門口」的吼聲。

杏子等了約三十分鐘，才在窗邊的位置坐下，點了咖啡和簡單的餐點。餐點送來時，店門口傳來格外刺耳的騷動聲。

好像是塚田和彥來了。

「我完全搞不清楚這究竟是怎麼回事，我比任何人都想知道是誰殺害早苗，難道不是嗎？」聲音不錯，口齒也很清晰。這種機靈的男性最近很少見，光是這一點，或許就可以吸引不少女性。

「我不想要什麼保險金。我會和早苗一起投保，是要去蜜月旅行，覺得這麼做比較放心，僅僅如此。」

拜託你們回去吧！到底要把人折磨到什麼地步才甘心——塚田吼道，效果十足地關上店門。那批採訪人的叫嚷聲變得模糊。

此時，可能是湯匙或叉子從杏子的手裡掉下，傳出碰擊到桌子之類的聲響。

她低聲呢喃：「是被殺的。」

坐在附近的客人似乎頻頻注意著杏子。一名女客低喃著「搞什麼，好詭異」。

杏子突然站起，她把放著我的皮包留在座位上，腳步聲逐漸遠去。我吃了一驚，但杏子似乎沒有停下的意思。

「小姐？」

低沉的男人嗓音喚道。幾秒後，我感覺到置身的皮包被拿起，送了過去。

「妳忘了東西。」

是剛才的男人的聲音，他似乎拿著皮包去追杏子。

但杏子沒有回答，或許她只是呆呆站著。

「妳不舒服嗎？」

聲音低沉的男人這麼問。杏子又低喃：

「他是被殺的……」

不管男人說什麼，也不管走近的店員要求付帳，杏子只是反覆說著同一句話，不肯從男人手中接過皮包。

後來，搭訕的男人親切地代爲付帳，將杏子帶出店外。即使他問：「妳住哪裡？」杏子依然沒有回答。因爲我無法看到，不能確定，但杏子似乎是半靠在這名陌生男子的身上走著。

「振作一點，走得動嗎？」男人偶爾出聲。不久後，男人讓她在戶外某處的長椅坐下。

「妳住哪裡？妳好像不太舒服，我送妳回去。」

即使聲音低沉的男人這麼說，杏子依然沉默。不曉得是否束手無策，男人說了聲「失禮一下」，打開她的皮包。

他探索皮包裡的動作給人一種非常熟練的感覺。他沒有過分地翻找，很快找到內袋裡的杏子的職員證和駕照。

他的手停了一下，好像發現其他東西。

「妳家在椎名町吧？」男人闔上皮包，溫柔地勸說：「請妳在這裡等，我去叫車。知道嗎？不可以離開。」

男人叫計程車送杏子回公寓。將她安置在房裡，等男人離開後，我終於放下心。雖然那個人看起來很親切，但是也不能斷言他沒有別的企圖。

杏子癱坐在房裡，一動也不動。到了晚上，那個刑警打電話來，她才終於想到要站起來。

## 6

和刑警約好的那一天，杏子從一大早就很不對勁。

首先，她抵達警署時，差點忘記付計程車錢。進到建築物裡，她踩空樓梯，差點摔下來，被站崗的警官及時抱住。經過漫長的走廊時，她的手不自覺地鬆開，皮包掉到地上，卻也不撿就這麼往前走，被經過的女警叫住。

即使如此，杏子還是在約定的下午兩點多，來到指定的走廊盡頭。

遠處傳來開門聲，三、四個人的腳步聲凌亂地走近，話聲也傳了過來。

「真的，拜託你們適可而止。你們說，我到底做了什麼？」

是塚田和彥的聲音。

「唉，火氣別那麼大。」笑著這麼說的是那個上了年紀的刑警。

此時，刑警用有些不自然的開朗聲音向杏子搭訕。

「咦，雨宮小姐，妳好。筆錄做好了嗎？」

杏子只是杵在原地。刑警爽朗地繼續說：

「對了，塚田先生，這位小姐叫雨宮，曾是你朋友的未婚妻。」
「我的朋友？」塚田的聲音變得不友善，「誰啊？」
「你大學的學弟，」刑警繼續說：「叫相模佳夫，記得嗎？」
我在皮包裡等待塚田的回答，絨革都要倒豎起來了。
我感覺到滲透在我身上的佳夫的血依然帶著體溫一般地灼熱。
塚田回答：「這……我不記得耶。有這個學弟嗎？」
他的語調聽起來沒有任何不自然，反倒是困惑。我帶著一種彷彿鬆一口氣、又像失望般的不可思議的心情，想像他的表情。
此時，杏子又低喃：
「是被殺的。」
上了年紀的刑警說：「抱歉叫住妳。喂，送塚田先生到樓下。」他這麼命令部下，慢慢走近杏子。
「小姐，」他用初見面時的稱呼叫杏子，「塚田好像連相模先生都不記得了。」
杏子的身體一點一點、一點一點地開始前後搖晃。
「塚田與相模先生的死無關，那是妳的妄想。可是，雨宮小姐，爲什麼妳會有這種妄想？爲什麼妳在塚田涉嫌殺人被議論紛紛的時候一副機不可失的樣子，急著捏造出他就是凶手的假象？」
我感覺到有其他刑警靠近。
「雨宮小姐，是妳殺了相模先生，對吧？」
皮包從杏子的手中滑落。

「她說了嗎？」
這麼發問的是杏子在「潔娜維芙」餐廳遇到的那個聲音低沉的男人。
實在令人驚訝，原來他跟那個上了年紀的刑警認識。不僅如此，聲音低沉的男人正是發現塚田和彥與森元法子關係的唯一證據——那支錄影帶——的私家偵探。
「像說夢話一樣，說了很多。」
上了年紀的刑警吐出煙霧，低聲道。他的呼氣甚至傳到放在桌面的我身上。
「她爲什麼殺人？」
「那個女的原本精神就不太穩定，這在職場上是出了名的。相模佳夫明白這一點，才跟她交往的。或許是激起了他的保護本能吧？」
偵探「哦」地應了一聲。
「重新調查相模那件案子，很快可以發現，如果那個意外是經過安排的，方法只有一個，而且能夠做到這一點的唯有那女人。」
「怎麼辦到的？」
「非常簡單，讓他吞下止痛藥就行，只要選吃了就會想睡的牌子。那種藥的包裝，還在她的急救箱裡。」
我吃了一驚。原來如此。
「他不吃那個牌子的止痛藥，同事都知道，她不可能不曉得。八成是混在咖啡裡讓他喝了吧。」

「我不認爲她有明確的殺意，」偵探說。「是偶發的犯罪。」

沒錯，就是這樣。那天晚上，杏子和佳夫爭執後說「我想拿你的話當賭注」，就是這個意思吧。如果你沒因此死掉，我就再相信你一次。

「明明是自己殺了他，卻無法忍受沒有他的日子。殺他的不是自己，他是被別人殺了——不知不覺中，她開始這麼相信，靠著逃進這樣的妄想，在現實裡求取平衡。」

「這個時候，塚田出現。」偵探苦澀地笑。「拿他當凶手再適合不過。原來如此。一開始，我在雨宮杏子的皮包裡找到你的名片時，還覺得奇怪。」

「關於相模的案子就是這樣，和塚田沒關係。不過，那傢伙自己的案子另當別論。」

「你很有自信呢。」

「只能這麼幹了。」

「你的意思是，進行搜查就能找到決定性的物證？」

偵探的聲音聽起來有一絲揶揄，但在我聽來，那不是針對刑警，倒像是針對這整個案件。

「不曉得。」刑警老實回答。「我也覺得光靠一成不變的調查破不了案。實際上，有件事我非常在意。」

「什麼事？」

「失物。」

「失物？」

「沒錯。四名被害人的身上都各少了一樣東西，你沒注意到嗎？」

「這麼一提，刑事組長你非常在意森元隆一的領帶夾呢……」

「是啊，那是個開端。領帶夾不會那麼輕易掉落不見。」
偵探用背誦般的語調說：「塚田早苗的戒指被拿走了……」
「太田逸子的大衣鈕釦被拔下。」
「葛西路子呢？」
對於偵探的這個疑問，刑警悄聲回答：「這個情報沒有透露給媒體——她的頭髮被割下來了。」
「頭髮被……」
「很怪吧？」
偵探什麼也沒說，縮起下巴沉思起來。兩個男人的表情奇妙地肖似，而那種認眞的眼神，忽地讓我想起杏子——老是像那樣，一臉嚴肅的杏子。
偵探呢喃似地說：「這表示案子比表面上看到的更複雜嗎？」
刑警聳聳穿著老舊西裝的肩膀，「不曉得，盡是些不曉得的事。」
「只是暫時而已。」偵探說。
兩個男人默默抽著菸。半晌後，聲音低沉的偵探按熄菸蒂站起，出聲問：
「話說回來，這次殺人的動機是什麼？杏子想殺相模，應該有什麼原因。」
年長的刑警拿起我，從鈔票夾裡取出那個神祕的紙包，並打開來。
看到那個東西後，我也明白了。
佳夫沒辦法丟掉這種東西。因爲他很虔誠，也太迷信。
破舊的護身符、撿到的護身符，最好是附上一點香油錢，拿到神社的香油錢箱「奉還」——他這麼提過。

「看到這個，杏子懷疑相模另有新歡的妄想，等於得到鐵證。」刑警說。

杏子，可憐的杏子。

那天佳夫在咖啡廳撿到的，是水天宮祈求順利生產的護身符。

# 第七章 老友的錢包

7

## 1

「我沒有偷。」

三室直美說道。第四次了，她的說法依舊沒變。

「眞是頑固的小鬼。」不悅的聲音響起。他是這裡的便衣警衛，聽聲音大約五十歲左右。雖然他沒有特別激動的樣子，不過，說話時卻摻雜著粗重的鼻息，不知是心臟不好，還是有鼻炎。

彷彿碎紙被風捲起般忽來忽去，偶爾會傳來超市裡播放的輕快背景音樂。

「三室，」我的主人以稍微低於平常的話聲開口：「不要低頭，看著老師。」

直美好像照做了，雖然花了點時間。

我的主人微微挺胸，故作威嚴。比起在學校收到通知，急忙穿上外套衝出來的時候，要冷靜許多。

「妳沒順手牽羊吧？」

「沒有，」直美緊接著回答：「絕對沒有。是那個人把我跟偷的人搞錯。」

被稱爲「那個人」的警衛發出巨大的擤鼻涕聲。嗯，鼻炎的可能性提高。

「聽不下去，」他帶著鼻音說：「眞是不知羞恥的小鬼。老師，你是怎麼教的？」

我的主人站了起來，「不知羞恥是什麼意思？話不能隨便說。」

「事實就是這樣，我只是照實說而已。喂，老師，別忘了自身的立場。我親眼看到這個女孩拿著偷走的東西，所以才追她，把她逮住。的確就是這個小鬼。我也是靠這一行吃飯的，不可能搞錯人。」

「明明就搞錯了！」直美拉高嗓門。「太過分，根本打定主意要誣賴我！」

警衛厲聲反駁：「不是誣賴，我親眼目睹！妳打算裝傻到底，是吧？」

我的主人迅速採取行動，擋到兩人中間。想撲向對方、抓住對方，或是伸手揍人的，似乎是直美。她被我的主人按住，「哇」地放聲大哭。

「她還是個小孩，怎麼能這樣嚇她？」

「這種小鬼啊，就是要嚇一嚇比較好。」

我的主人雙臂不住顫抖。就算待在他的外套內袋裡，我也感覺得到。他的心跳很快。

「你有證據嗎？」我的主人字字分明地說：「你指控這孩子偷竊，東西呢？在這孩子手裡嗎？」

警衛馬上轉爲防守。

「這……現在不在這裡。」

「不在這裡？」我的主人大聲質問：「不在這裡，那在哪裡？」

「八成是這小鬼在逃跑時，藏到哪裡去了吧。這小鬼手腳比我快多了。」

我的主人氣得咬牙切齒。

「胡來！無憑無據，怎麼能隨便懷疑孩子？」
警衛尖聲回答：「很簡單，我這雙眼睛、這兩顆眼珠，的的確確看到這小鬼偷東西。所以我可以懷疑她——不，別說是懷疑，根本就是事實。」
警衛字字強調完，刺耳地吸吸鼻子。「而且，我一出聲，她就逃跑了。」他沒什麼勁地接著說：「先聲明，我只說了聲『喂』，沒劈頭就喊她『小偷』。可是，這小鬼卻一轉身，頭也不回地跑掉。」
我的主人溫柔地對抽抽答答哭泣的直美問：
「三室，別人出聲叫妳，爲什麼要跑？」
直美哽咽回答：「因爲……很可怕嘛……」
「什麼很可怕？」
「我以爲……會被那個人怎樣……」
警衛發出「哈」一聲。
「因爲……我最近遇到類似的事。我在車站被一個不認識的人叫住，以爲他要問路，走過去一看，那個人卻說了好下流的事。」
我待在內袋裡，感覺到身體被稍微往左拉扯，可能是直美拉住了我的主人的右邊袖子。
「所以我覺得很噁心……」
聽到直美的低喃，我的主人靜靜轉向警衛。
「怎麼樣？或許是冒失造成了誤會，這也不無可能啊。」
「事後要怎麼掰都行。」

「你只會這樣看事情嗎？」

「我說的才是事實！」

「拿出證據來啊！」直美叫道。

「妳說什麼？妳這——」

「住手！」

什麼東西「咚」地撞在我的主人的左肩上，或許是警衛的手。我正錯愕的時候，一個沒聽過的聲音驚慌失措地插進來。

「怎麼了？在吵什麼？」

好像是另一名警衛。在他的調停下，雙方的爭吵似乎平息下來，但鼻炎警衛的鼻息激動得足以吹熄小火。

插話進來的那個警衛，談起事情遠比原先的那一個理性。根據他的說法，鼻炎警衛是新手，這是他第二次在這家大型超市「桂冠」的賣場逮到現行犯。

「你的意思是，我搞錯了嗎？」

鼻炎警衛向前輩警衛抗議，但對方十分冷靜。

「我的意思是，處理事情的時候，你現在這種態度不適宜。」

鼻炎警衛嘴裡咕噥著什麼，沉默下來。我的主人誇張地嘆氣：

「得救了。這位先生一點都不肯理會我們的說法。」

前輩警衛慎重其事地道歉，確認是什麼事情後，詢問鼻炎警衛。

「你在現場看到什麼東西被偷？」

「迷你情境。」

那是擺在四樓的玩具賣場，類似精巧模型的東西。在前輩警衛的指示下，鼻炎警衛拿了一個過來。

「這東西很貴嗎？」我的主人問。

「這一組要五千八百圓。與其說是小孩的玩具，倒不如說是一種嗜好的收藏品。收藏的大半都是大人。」

「這東西放在隨手就拿得到的地方嗎？連陳列櫃都沒有嗎？」

「是的。確實，展示的方式可能有點問題。」

直美歇斯底里地說：「那無關緊要吧！老師，我沒有偷！這跟怎麼展示沒有關係！」

我的主人安撫她，「沒人說是妳偷的啊！」

我的主人恢復在講臺上教授微積分時那種清晰明亮的聲調，他對兩名警衛說：

「站在老師的立場，我們不能任意斷定學生說謊。既然她說不是，就必須查清事實——」

「確實如此。」前輩警衛贊同。「那麼，要怎麼處理？」

「今天暫時先讓她回去吧，今後我會負責處理。」

「我們不能讓她就這麼走了。」鼻炎警衛插嘴。

「在查清楚前，是可以暫時不予處置的。」前輩厲聲遏止。

「麻煩你們了。那麼，我的聯絡方式是……」

我的主人從胸口的內袋取出我，從夾層抽出名片。此時，我才得以看到他們的臉。

鼻炎警衛長著一副得了鼻炎的拳師狗的臉。三室直美紅腫著一雙眼睛，右手緊捏著手帕。

她沒穿制服。格子條紋的外套下面是一件露出膝蓋的裙子，外套上的口袋有蓋子，以可愛的花朵狀釦子扣住。那應該是裝飾用的吧。

聽說被偷的商品叫「迷你情境」，是有如小型的庭園式盆景般的東西。根據前輩警衛的說法，好像還有其他種類，不過眼前的是仿造美國電影裡的郊外住宅區的街景模型。上面有四棟三角屋頂的房子，附有庭院、草皮，半圓型的私人車道橫越其中，車棚上覆蓋著線條優美的頂蓋，馬路上有個騎腳踏車的長髮女孩，一個老人坐在屋子門廊上的搖椅，也有牽狗散步的孩童。這些全集中在約一張明信片大小的盤面上。

模型的製作非常精細。屋子的牆壁像貼了石板，草皮上鋪著人工草皮，而不是只塗成綠色。停在左邊藍色屋頂的屋子前的紅色腳踏車，雖然僅有十圓硬幣大小，金屬的部分卻折射出天花板的日光燈，發出亮光。若是拿在手上，一定有相當的重量。

「既然錢包都拿出來了，」鼻炎警衛刻薄地說：「老師，你就付了五千八百圓如何？這樣不都解決了？」

前輩警衛用可怕的聲音說：「你堅稱『被偷了』的東西到現在還沒找著。」

「這個小鬼偷偷藏到什麼地方去了。」

最後，主人把我收進內袋，斬釘截鐵地說：

「要是我照你說的付錢，等於無條件承認我的學生偷竊，我不能這麼做。」

「我是不曉得怎樣啦，可是老師啊，你太單純了。我的確看見了。」

我的主人背向警衛。

「三室，我們走吧！」

## 2

「很受到信賴嘛。」

那天晚上，我的主人吃著晚餐一邊說明事情經過，邦子姊的第一個感想就是這句話。

邦子姊是我的主人的太太。我會對她表示敬意，以「姊字輩」尊稱，正因她是從與同伴們一起陳列的展示櫃中挑選我的人。

當時她是這麼說的：

「到了某個年紀，就不能再用便宜的皮製品。」

那是三年前的事。當時他們才剛結婚。這對新婚夫婦分別是三十三與三十歲，雖然不會像年輕人那樣打情罵俏，但說起話也相當親暱。

我的主人一直都稱自己的太太「邦子姊」。邦子則叫他「喂」、「欸」，有時候也會叫他「小優」。彼此的稱呼似乎反映出夫妻倆的權力關係。

介紹遲了，我的主人叫宮崎優作，是公立高中的數學老師。他現在是一年A班的導師，得看管男女共三十二名的學生。

如你所知，我是他的錢包。換句話說，我是一家之長的錢包，但無法斷言「我是宮崎家的錢包」，畢竟掌管家計的是邦子姊。她也是當地進修部高中的老師，不過現在請產假。邦子姊的肚子裡，懷著夫妻倆第一個即將誕生的小嬰兒。

「受到信賴……妳說誰？」

我的主人把盤子和飯碗收到流理台，一邊問道。邦子姊在廚房的椅子坐下，挺起身子靠在椅背上，摸著圓滾滾的肚子。

「還用說嗎？當然是小優啊。一個偷竊被抓住的學生，不是叫家長來，而是要求級任導師來，這是很稀罕的。那個學生甚至表示在你來之前什麼都不說，不是嗎？」

我的主人袖子捲起，拿著滿是泡沫的海棉，搖了搖頭說：

「那不是我特別受到信賴，而是三室的家庭有些不尋常。」

「是雙親不和之類的——」

「不，正好相反。她的父親是銀行行員，三室考上我們學校後，她父親升任札幌的分行長。可是，三室說她無論如何都想念東京的高中，不想去北海道。她母親說怎麼可以要父親一個人去上任，孩子應該跟著一起去，試著說服她，但她就是不肯。」

「所以，她沒和父母住一起？」

「對，她現在住姑姑家。被懷疑偷竊時，也不好聯絡親人吧。」

邦子姊摸著肚子「哦」了一聲。「原來是這樣。可是我瞭解她母親的心情，換成是我，比起任性的女兒，我也會選擇丈夫的。絕對。」

我的主人笑著說：「看到嬰兒的臉後，妳還會這麼說嗎？我會不會變得可有可無？」

「現在有時候也會啊！誰教你那麼安靜。以爲你不在，猛一回頭，卻突然看見你。」

「把人家說得像幽靈一樣。」

洗好碗，我的主人煮沸茶壺裡的水，重新泡好熱茶。這是爲邦子姊泡的，眞是體貼的老公。

「喂，」邦子姊嘟起嘴巴吹著熱茶，「說眞的，你覺得呢？那個叫三室的學生是清白的嗎？」

我的主人想了一下。

「我想相信她是清白的。」

「也就是希望嘍？不是肯定。」

「因爲沒有證據啊。」

邦子姊緩緩點頭。

「我覺得那個警衛非常失禮，豈有此理，可是也不能認定他是誤會而把事情鬧大。」

「這種事要怎麼查出眞相？」

「超市那邊會在店裡找找那個掉落的東西。如果找到，或許會成爲線索。我會和三室再好好談一談。今天那孩子也很激動，一時沒辦法知道整個狀況。」

邦子姊看著天花板低喃：

「或許她眞的偷了。」

「嗯。」

「或許根本沒偷，只是被誣賴了。」

「對。」

「或者是，本來想偷，眞要下手的時候，又退縮了。」

「唔……這有點……」

「又或者是，她沒有偷，但做出什麼讓人起疑的舉動。」

「嗯，這有可能……」

「小優，你知道我在想什麼嗎？」

「又想吃蜜豆？」
邦子姊大笑，「那是害喜的時候吧？」
有一次，她突然半夜從床上坐起來說：「小優，我想吃蜜豆。」
邦子姊收起臉上的笑容，「我在想塚田的事。」
我的主人默默望著太太。邦子姊挺著大肚子，盡可能探出身體面向他。
「小優，我聽到你剛才的話，非常高興。你很冷靜，不會不分青紅皀白地斥責三室，也沒一味護著她。你的態度非常了不起。身爲同業，我覺得你很偉大。」
「謝謝。」
「但這樣的你，爲什麼一提到塚田，就會變得感情用事？」
我的主人從邦子姊身上移開視線，望向沒有畫面的電視。
「塚田的案子——不，那不是他的案子，是發生在他太太身上的案子，他是最傷心的人。」
「我不是在說這個。」
「我知道。」我的主人有些煩躁。他只有在談論這件事時，他才會那樣對待邦子姊。
邦子姊欲言又止。她不是不高興，而是沒辦法狠下心，即使攪亂丈夫的情緒都要把話說出來。
半晌後，我的主人低語：
「只有狀況證據。光靠那些就判定是塚田犯的罪，這是不對的。」
又過一會，這次是邦子姊說：
「是啊。」
我的主人似乎爲了動氣感到難爲情，嘴角微微揚起：

「妳眞的不想吃蜜豆嗎？」

3

翌日。

主人丟下我上班去了。吃力打掃屋子的邦子姊，直到接近中午時分，才在晾衣服的棚架上發現被扔在一邊的我。

「哎呀，眞是的。」邦子姊笑道，對著肚子裡的胎兒說：「你爸爸眞是粗心大意，忘記帶錢包，不曉得他現在怎麼樣了？」

嗯，總會有辦法吧。

下午一點左右，邦子姊的母親帶著一大堆東西來了。邦子姊請產假後，她的母親每星期都會過來一次，兩個人一起吃午餐，已成爲習慣。

拌壽司、豆餡麻糬、香蕉、牛奶、大阪燒——母女倆把這些毫無章法，但似乎會很撐的午餐一掃而空，一邊吃飯一邊興高采烈地閒談。

飯後兩人喝著無咖啡因咖啡時，八卦節目開始。今天的話題依舊是塚田和彥吧，我在棚架上面聽著。

「首先是連日來爲各位追蹤報導的，涉嫌爲詐領保險金交換殺人一案的最新消息——」

雖然裝模作樣地說是「涉嫌」，但電視台早就認定塚田和彥是凶手。不論哪一個播報員，口氣上都像在責怪警方還在拖拖拉拉些什麼。

「咦，邦子，妳又在錄節目？」母親問。

「嗯。」

「優作要看的嗎？」

「對啊，」邦子姊輕嘆一聲，「看得正經八百的。」

「他非常關心呢。」

「簡直像自己的事一樣。他還會生氣地反駁：這種誇大嫌疑的報導，不可原諒！」

關於塚田和彥這個人，及他受到怎樣的懷疑，可能需要說明一下。

這不是什麼複雜的案子。塚田和彥這個三十六歲的男子和森元法子這個女人，被懷疑謀害彼此的丈夫與妻子，並且殺害發現此事的塚田前妻，及森元隆一熟識的酒店小姐，以獲取保險金。關於這件案子已有太多報導。

塚田和彥與森元法子承認彼此是情夫與情婦的關係。這一點非常明確。

「你明明和法子外遇，爲什麼還和早苗結婚？」面對質問，和彥這麼回答：

「我不想背叛早苗。我本來想，和她結婚可以忘掉法子。」

雖然自私，但那種心理不是不能理解。

據說和彥與法子兩人，是和彥與前妻逸子剛結婚時相識。當時法子在工商區的保險代理處上班，和彥則是客戶，剛成爲「潔娜維芙」餐廳的合夥人。

「我立刻愛上他了。可是他是有婦之夫……儘管如此，我還是和他交往，但是只持續半年左右，最後還是分手。之後我和隆一結婚，可是我和隆一結婚沒多久，和彥就與太太離婚了……」

和彥前妻的父親說，他們離婚的原因是和彥有情婦，並且斷言那個人就是法子。

和彥與法子一樣老實，即使是對自己不利的事，也毫不害臊地直言不諱。難道他們不曉得，就是這樣才會遭到媒體的抨擊嗎？

提到法子，她甚至說出這種話：

「隆一被殺的時候，我很傷心，可是我也閃過這樣的念頭：啊，這麼一來，我就自由了，或許這次眞的可以跟和彥結婚。但和彥已與早苗小姐訂婚，不管我怎麼求他，他就是堅持『還是分手比較好』。」

她輕輕一笑，「我們好像總是錯過彼此。」

加上最近發現了另一件事：法子偷偷跑到塚田和早苗的婚禮上，想見塚田一面。她在名片背面寫下「我沒有忘記約定　我愛你　N」等字句，想透過早苗的外甥交給塚田。據少年描述，得知這件事的塚田驚慌失措，打電話對法子怒吼，還叫她「在計畫順利進行前不要接近我」。塚田確實說出「計畫」兩個字。

少年表示，發生這件事前，他便對早苗與塚田的婚事感到不安。這孩子眞敏感，可是他身邊的大人都不相信他的話，不幸的是，最關鍵的名片被不良少年搶走，無法證明確有其事。

但他沒放棄，一直努力想找出搶走自己錢包的不良少年，要他們作證。這不是很了不起嗎？

他的努力有了回報，終於找到那些不良少年。雖然他遭到圍毆，右手骨折，卻完美達成目的。那些不良少年的說詞證實法子當天的行動，她與塚田共謀的旁證又多一項。

只是對早苗的外甥來說，遺憾的是，當他這樣的堅持得到回報時，最喜歡的阿姨早已遇害。我打心底感到同情。每當八卦節目提到這個話題，畫面出現談這件事的少年裹著石膏的手臂時，邦子姊也會露出難過的表情。

另一方面，法子對這個新的旁證如此說明：

「我沒有忘記的『約定』，是他說不管和誰結婚共組家庭，都會在內心一角永遠愛著我。」

法子溫順地手抵在嘴邊如此聲稱。

「塚田和早苗小姐結婚後，雖然我放棄了，仍覺得不甘心，曾打電話騷擾早苗小姐。」

塚田承認法子來參加婚禮，及他因此打電話給法子，和她吵架。然而，他卻表示並沒有早苗的外甥告發的那些事。

「孩子那受傷的心靈，急著想找個人為阿姨的死亡負責。為了那孩子，我也希望警方能盡早將凶手逮捕歸案。」

是太過於愚昧，還是天眞無邪？因爲過於清白，不管說什麼都不怕？還是，對殺人計畫有著絕對的自信，所以毫不在乎——究竟是哪一種？

兩人的情況讓旁人摸不著頭緒，再沒有比這更匪夷所思的。沒半點確鑿的證據（拜八卦節目之賜，這個名詞已很稀鬆平常），有的只是旁人不斷瞎起鬨。身陷漩渦中的兩人，由於群眾的看法各異，倒像是勇敢承受這場風暴。

今天的八卦節目再次談到和彥的車牌。由於沒有戲劇性的新發展，因此每隔三天，話題就會重複一次。

這件事與酒店小姐的屍體被發現有關。十九歲的巴士導遊小姐發現那名酒店小姐的屍體，而且曾看見「疑似塚田的人」。不僅如此，塚田還曾以乘客的身分搭乘她值勤的觀光巴士。

但那只是「疑似塚田」，她無法確定那人「就是塚田」。因爲該名乘客總是戴著墨鏡，有時候好像也戴假髮——導遊小姐不是很有把握。

即使如此，警方仍尋得另一條活路。他們找到導遊小姐看見「疑似塚田的人」時在附近目擊可疑車輛的老人。老人的記憶無誤，他描述的車種及車子顏色，與塚田和彥的車子完全吻合。

然而，車號不同。那可疑車輛的車號，老人記得很清楚。之後電視上報導過好幾次這個車號。那是同樣居住在東京的某公司幹部的車牌號碼，已向警方報失。正確地說，他是告訴警方「只有車牌被偷」。

車牌的確可更換，但也不能就此斷定是塚田和彥幹的。和彥的那種車子，全日本不止一輛。而且，那個關鍵的車牌至今還沒找到。

邦子姊對沒什麼興趣地盯著電視的母親說：

「小優他啊，徹頭徹尾相信塚田。」

「真的嗎？」

「嗯。他說：塚田是我的朋友，我比任何人都清楚，他不是會做這種事的人。」

沒錯。這件棘手又血腥的案子，與平靜的宮崎家的關連僅僅如此。塚田和彥是我的主人宮崎優作國中一年級的朋友……

## 4

這天夜裡，我的主人遲遲沒有回家，也沒有任何電話聯絡。當時鐘的指針快走到晚上九點，連剛強的邦子姊也不安起來，到處打電話。

剛過十點，主人才回到家裡。玄關大門發出沉重的聲響打開。

「我回來了。」

「你回來了！怎麼這麼晚……」

邦子姊的話突然打住，透著些許害怕地問：

「小優，你的臉色好蒼白。」

我的主人拖著沉重的腳步來到廚房，一屁股坐在椅子上。

「三室她……失蹤了。」

「你說什麼？」

邦子姊大吃一驚，我的主人抓住她的胳臂，要她坐下，接著說：

「不要緊，找到了。她在醫院，已睡著。」

「受傷了嗎？」

「她割腕自殺。在她家附近的大樓樓頂上。」

主人說她是在中午過後不見的。

「我嚇一大跳……到學校一看，一年級教室樓層的公布欄上貼出校內新聞的號外。」

所謂校內新聞，是指新聞社每個月發行一次的壁報新聞。

「上面寫了三室偷竊的事。到底怎麼會……昨天我接到電話趕去超市時，也顧慮到不讓學生們起疑……」

呃……我心想，他的顧慮實在不能算是成功。

邦子姊緊握丈夫的手。

「其他學生也會去桂冠超市吧？或許是誰看到當時的情況，一定是這樣的。」我的主人垂著頭，邦子姊繼續說：「那她被當成小偷了嗎？」

「沒有。反倒憤怒地辯解是被冤枉的，而且上面也沒有寫出三室的名字。」

「那新聞社不就是站在三室這一邊嗎？」邦子姊鬆一口氣。

「是啊，新聞社是這樣。但看到新聞的學生，反應沒這麼單純。就算沒寫出名字，孩子對這種事最敏感，馬上知道說的是三室。有人認爲專業警衛不可能會犯那種可笑的失誤，他們一定是有根據才懷疑三室。」

邦子姊眨著眼睛。

「啊，那叫什麼？邦子姊，妳知道嗎？是叫反宣傳嗎？這麼說來，她手腳不太乾淨，出過事——如此一傳十、十傳百。暑假裡音樂教室不是丟了一支長笛，鬧得很大嗎？甚至有學生說，連那件事都是她幹的，根本無憑無據。」

好一陣子，邦子姊握著丈夫的手，默默不語。我的主人低垂著頭。

「所以，她再也待不下去，跑出學校，尋找自殺的地點嗎？」

「一定是這樣的，幸好搶救得快。聽說傷口很淺。」

「聯絡家長了嗎？」

「聯絡了。他們應該會立刻趕來。」

唉，累死我了——我的主人呻吟著，伸了個懶腰。

「都是我害了她。」

「這不是你的錯。」

「就算只有我一個人好了，也應該一開始就相信三室是清白的。那樣的話，就算她看了壁報的新聞，或許就不會受到那麼大的打擊，到了尋死的地步。」
邦子姊沒有說話。一會後，她悄聲問：「那你現在相信她是清白的？」
「當然，她都想死了。」
邦子姊目不轉睛地盯著他微笑：「看你的臉色，先去洗個澡比較好吧。」

直到半夜，兩個人都還醒著。儘管三室直美獲救，我的主人心情可能仍無法平復，沒辦法立刻安眠。兩個人在被窩裡仰望著天花板聊了許久。
「並不是昨天跟妳聊了那些的緣故，不過今天到處找三室的時候，我一直想著塚田的事。」
「什麼事？」
「他——一定很難受吧。妳想想，他每天都面臨和今天的三室一樣的情況，而且全日本都指責他是個卑鄙的凶手。明明沒半點證據，有的只是臆測和狀況證據而已。」
邦子姊沒有立刻回話，我的主人繼續說：
「塚田他——我所知道的塚田，不是會執迷於金錢的人。他不是一個會為了保險金而殺人的人，他才不會為了錢……」
邦子姊終於低語：
「小優，因為你是這樣的人，用你的標準去看塚田，才會覺得他是那樣的人吧？」
沒錯……我也這麼想。
他是個薪水微薄的老師，不久孩子就要出世。錢再多都不夠用，卻不會自動送上門。我的主人總是讓我餓肚子，他偶爾探看我的懷裡，輕聲嘆息，因為我總是乾癟癟的，讓他覺得有些淒涼。大約半個月前，他帶著擔任顧問的繪畫社學生到學校附近的神社寫生，在販售窗口買了「金運護身符」，放進我的懷裡。我再珍惜不過地懷抱在有拉鍊的內袋裡。

說是護身符，其實不過是像我的主人的小指甲那麼大的東西，是個小青蛙造型的陶器。據說將它放進錢包，錢就會「回來」（註）。與其說這是迷信，聽起來倒更像是冷笑話。即使如此，我的主人仍然很珍惜這個小青蛙。

我的主人就是這種人。就算窮得發慌，就算有時會為此感到有些淒慘，但他想得到的只是將招財的小青蛙放進錢包而已。再普通不過，既膽小，又平凡。對這樣的人來說，即使是老友，他對那樣一個除了妻子之外另有情婦，並且身為生意興隆的餐廳的合夥人、奢華度日的男人的價值觀，真的能夠理解、想像嗎？

目前尚無法認定塚田和彥與森元法子有罪。不，不能這麼認定，這一點邦子姊應該非常清楚。她每天錄下八卦節目，就是為了聽丈夫一邊觀看，一邊逐一指出節目中煞有其事敘述的「推理」、「推測」、「假設」、「證詞」、「告白」是如何充滿先入為主的偏見和成見。

（蜜月旅行去潛水時，塚田對溺水的早苗見死不救，這種事誰會知道？事後用異樣的眼光看事情，什麼都能挑出毛病。）

（塚田會向女孩搭訕騙錢，我從來不知道有這種事。我們從國中、高中就在一起，連放假時都一起行動，如果連我都不曉得，根本不可能。那一定是騙人的。）

「你眞的很喜歡塚田。」

---

註：日文的「青蛙（カエル）」與「回來（かえる）」同音。

邦子姊靜靜地說，我的主人也靜靜回答：

「嗯，是啊。」

「爲什麼？」

「他讓我成爲一個男人。」我的主人輕笑。「當然，這沒什麼別的奇怪意思。是啊，或許該說，是他讓我成爲一個『人』才對。」

「你本來就是個人啊！非常溫柔的人。」

謝謝——我的主人說，然後沉默半晌。邦子姊的嫁妝鐘擺掛鐘敲了一下。

「邦子姊，我啊，一直到十四歲前都有非常嚴重的口吃。」

邦子姊可能是吃了一驚，突然抬起頭。

「眞的？」

「嗯，眞的。只是去麵包店買條吐司，都搞得天翻地覆。可能是獨生子又懦弱的關係吧……我的身體也不是很健康。」

所以我的主人一直都沒有朋友。

「當時我家養了一條狗，雖然是雜種狗，但聰明又可愛，從還是小狗的時候，便由我照顧。牠叫小鐵。我當時覺得，只要有小鐵，我就不會寂寞，而且不管我的口吃有多嚴重，小鐵都不會笑我、糗我。」

不料，在我的主人國中一年級時的秋天，小鐵突然失蹤。

「我蒼白著一張臉，到處找牠。當時下著雨，可是我連要撐傘都忘了，拚命地找。」

那個時候出聲問他「怎麼了」，幫他一起找的就是塚田和彥。

「我家和他家離得很近，可是不同班——而且塚田非常受歡迎。他長得帥，運動細胞又好，腦筋也不差。他很受女孩子歡迎，卻不會驕傲。他很有耐心，從焦急且口吃得說不出話的我口中問出詳情，和我一起被雨淋得濕透，尋找小鐵。」

「找到了嗎？」

即使是現在，我的主人一想起這件事還是非常難過，他慢慢回答：

「找到了。在附近廢工廠的垃圾堆裡。牠身上沒有傷，或許是吃了毒野狗的毒餌。畢竟是二十三年前的往事。」

我的主人不忍心丟著小鐵的屍體不管，可是隨便掩埋或許會被挖出來，長出蟲子，這也很讓人難過。

「後來，塚田說知道一個好地方。當時他很迷攝影，時常和他爸爸去旅行攝影。他說離鎮上不遠的地方，有座自然保育森林，風景很美，適合當墓地。那天是星期六，第二天我們就把小鐵裝進旅行箱，兩個人一起搭電車出發。那是個有輪子的旅行箱，當時是很稀奇的東西，而那也是塚田借我的。他家是有錢人。」

兩人一起在小山丘上埋葬小鐵，並且堆了石塚。石塚附近有一棵樹齡百年的大樟木，很容易記住位置。

「之後我開始和他做朋友。他拿我當正常人看，不會笑我，也不會戲弄我。塚田一直陪著失去小鐵、手足無措的我。」

「你爲他做過什麼事嗎？」

「有啊，只有一件。他腦筋很好，不過數學不太行。相反地，我只擅長數學，所以可以教他。

一想到像我這種人也有贏過他的地方，光是這樣，就覺得有自信了。」

「他是那麼優秀的小孩嗎？」

「這樣說或許會被現在的學生笑，不過他當時眞的是班上的偶像。和他在一起，被他稱爲朋友，別人看你的眼光就不一樣了。」

主人的口吃在不知不覺中變得愈來愈輕微，注意到時，已完全好了。兩個人的交往一直持續到高中畢業，塚田和彥應屆考上大學，而我的主人落榜重考，才逐漸疏遠。即使如此，兩人一直到接近三十歲大關前，一年至少會見一次面。

「是塚田讓我變成一個『人』。像他那樣溫柔善良的人，不可能會爲保險金殺人。」

對於主人斬釘截鐵的結論，邦子姊沒有反駁。她反而是問：

「小優，你最近見到塚田是什麼時候？」

「不曉得……什麼時候呢？我們的結婚典禮上吧？」

「是啊。那個時候他也結婚了，不是跟早苗，而是跟前任的太太。」

「嗯。」

「但他並沒有告訴過你吧？」

「可能有什麼原因吧！」

「他的朋友中曾接受電視採訪的，沒人知道他在早苗之前就結婚、離婚，每個人對這一點都很驚訝，大家都以爲他是第一次結婚，連早苗的家屬也是。」

一陣不悅的靜默後，我的主人問：「邦子姊，妳想說什麼？」

「我想說的是，塚田和彥並不是完全沒有缺點的人，連結婚這種人生大事也會對朋友有所隱瞞。」

我的主人沒有回答，於是邦子姊坐起來。

「老公，我不是連你的回憶都要破壞，可是，人是會變的。你現在這個樣子，我很擔心。你一副熱衷得像要為塚田發起募款活動，如果事情是往好的方面發展那還好，如果不是——如果他眞的殺了自己的太太，我一想到你會受到多大的傷害……」

過了相當長的一段時間，我的主人終於說：

「我知道。可是，不要緊，不會變成那樣。晚安，邦子姊。」

回答「晚安」的邦子姊似乎遲遲無法入眠。

## 5

兩天後，超市的那位前輩警衛聯絡我的主人，說找到了「迷你情境」。我的主人再度前往警衛室。

「在準備焚燒的垃圾集中箱裡找到的。」

「這還眞是——」

「不，沒什麼大不了的。我們用了金屬探測器。這個商品有許多地方是不鏽鋼材質，很容易產生反應，加上旁邊都是可燃垃圾，滿快就找到。」

放在桌上的「迷你情境」髒兮兮的，而且少了紅色腳踏車。

「可是，它被扔在垃圾箱裡，這是怎麼回事？」

前輩警衛斟酌措詞，愼重地說：

「不管是誰，不過應該是偷了這個東西的人在被追趕時，把它扔進店裡的垃圾回收員的籠子裡。追小偷的警衛就算會去定點的垃圾桶裡找，也不會想到要去查看垃圾回收員收走的垃圾。」

接著，他咳一聲。

「宮崎老師，聽說那個學生自殺未遂，是嗎？」

「是的，不是鬧著玩的。我認爲三室是清白的。」

前輩警衛似乎相當困窘。

「我沒有狠心傷害青春期的孩子的意思。學校打算怎麼處理？」

「我、校長及學年主任商量後，決定由我全權處理。三室的父母也同意。」

「哦，她父母也是啊……」

「這太奇怪了。」一道鼻音插話——是那個鼻炎警衛。

「父母來到這裡，聲稱女兒是無辜的還能理解。可是他們就這樣善罷干休？搞不好做父母的很清楚女兒的手腳不乾淨，才決定遮醜了事，不是嗎？」

我的主人幾乎弄翻椅子，猛然站起，但對方也很固執，擋住我的主人說：

「老師，得事先聲明，我是親眼看到。那個女孩你不能大意，馬上抽抽答答地哭，裝出一副柔弱的樣子，其實不好對付。」

「你用那種角度看孩子，才會這麼覺得。」

「這個老師眞令人同情。」鼻炎警衛不屑地離開。

之後，前輩警衛說：

「雖然有點棘手，不過這裡由我負責。老師，我相信你好了。這次就當是我們誤判，非常抱歉。」

我的主人和前輩警衛握手。

這個週末，我的主人要去北海道，將三室直美送回她父母的身邊。

直美只在醫院待兩天，便回到姑姑家療養。趕到東京的母親要她一起回北海道，當時她不肯答應，可是到了週末，她突然想回父母身邊，還要熟悉整個事情經過的宮崎老師陪她一起回去，跟她的父母好好談一談——她這麼「請求」。級任導師需要做到這種地步嗎？我的主人似乎相當猶豫，何況邦子姊即將臨盆，他很擔心太太的情況，搞不好今天或明天就會生了。

最後，做這個決定的是他掛慮的邦子姊。

「你去吧！和三室的父母談一談也好。」然後她有些諷刺地追加一句：「要是你沒跟去，她又自殺未遂就糟了。」

於是，我的主人前往羽田機場。

從聲音聽來，三室直美似乎已恢復，甚至有些興奮。兩人辦完登機手續，我的主人帶頭走在前面。

經過金屬探測器時，有了麻煩。我的主人順利通過，但三室直美一通過探測器便響了起來。試兩次後，工作人員半帶苦笑地說：

「眞奇怪。不好意思，妳是不是帶著隨身聽之類的東西？」

「沒有啊！」直美笑著回答。

由於是女高中生，工作人員的態度很溫和。工作人員稱讚「好漂亮的格子外套」，似乎是在檢查直美。

「好奇怪，沒有東西啊。」

但探測器仍然響起。

「方便請妳脫一下外套嗎？」

直美好像照做了。工作人員翻過外套，然後——有什麼東西掉到通道的地板上，發出「鏘」的聲音。

像平常一樣，我被放在主人的西裝內袋裡，因此我馬上察覺，他的心臟猛地一跳。

一時之間，沒人說話。不久，我聽到不瞭解內情的工作人員開朗的聲音：

「哎呀，好可愛。好小的紅色腳踏車，是這個讓探測器響的！」

直美被懷疑偷竊時穿的那件格子外套上面的口袋有蓋子，還扣著釦子。

所以，根本不可能會有東西掉進去。

直美放聲大哭。

這次，我的主人似乎沒立刻安慰她。

「是想引人注意吧？」邦子姊說。「她可能是希望你注意她吧。雖然我覺得她很可憐，不過她行爲偏差是事實。」

「總覺得失去當老師的自信……」

我的主人很沮喪。

「沒想到三室竟然說謊……甚至鬧到自殺未遂的地步……」

邦子姊安慰他：「我說啊，人為了實現自己的願望，有時候會不惜犧牲以騙取別人的信任。聽到她的傷口很淺的時候我就發現了。」

我的主人胡亂地抓抓頭髮。

「可是，你別忘了，我最喜歡你的這種純眞，而且我認為這件事絕不會對學生造成不好的影響。宮崎老師被騙了——不會有學生這樣笑你的，大家應該都各有所感吧。」

難就難在要如何看待「相信」這件事。即使被騙也要相信——如果學生能體會其中的意義就好了。

我的主人似乎受這件事影響好一陣子，眞是太純情了。

幾天後，我的主人和平常一樣，看著邦子姊錄的錄影帶時，發出叫聲：

「邦子姊，這個……」

「什麼？」

「這張照片。」

我在棚架上看著電視——是一張照片的特寫畫面。一個大約是國中生的男孩，穿著牛仔褲和T恤，雙手比出勝利的手勢。

那是兒童時代的塚田和彥。

「怎麼了嗎？」

我的主人將錄影帶暫停，指著畫面說：

「這張照片的背景是堆著石頭的石塚，對吧？那就是小鐵的墓。」

邦子大為吃驚，「眞的？認得出來？」

「當然認得出來，我怎麼可能忘記？我和塚田兩個人堆著石頭——我哭得唏哩嘩啦，塚田也哭了。我們沒有拍什麼照片，就算要拍，也不可能像這樣笑咪咪地比什麼勝利手勢。」

主人繼續播放錄影帶，傳來電視裡的聲音：

「這是我跟和彥一起去野餐的時候拍的。小犬當時才國中二年級，卻比我更清楚山路——」

國中二年級，這麼說來，是替小鐵埋葬立好墓之後的事。照片後面的石塚一定是小鐵的墓。

說話的是塚田和彥的父親。他極力強調兒子是多麼可愛、多麼活潑的少年。

「這裡是小犬最喜歡的地方，風景非常棒。記得小犬說這個石塚也是他做的，他自豪地說：『做得很棒吧？』從照片上也看得出他高興的模樣吧？」

我的主人瞠目結舌。

「為什麼？」

沒錯，為什麼？

「為什麼塚田會在小鐵的墓前，笑得那麼得意？」

之後，盤踞在我的主人腦海中的想法，我並不知道。儘管如此，我也想像得出。

口吃、孤獨且不起眼的少年，只與狗為伴。這樣的少年，在失去重要的狗朋友時，我便助他一臂之力，讓他對我心悅誠服……

這樣一定很爽吧！應該很爽的。這與三室直美從我的主人身上，贏得同情與呵護時的興奮心情是一樣的。

沒有比能夠任意操縱人心更有趣的遊戲。

所以，塚田和彥才會笑得那麼得意，不是嗎？小鐵的墓等同和彥贏得那個卑微朋友醉心於他的紀念碑。

再進一步想，從孤獨的少年身邊，奪走他唯一的朋友小鐵的，會不會就是和彥？是他爲了博得讚美下的毒手。

安葬小鐵的地方是和彥中意的，屬於他個人的祕密場所。即他收藏戰利品的場所。

不曉得我的主人是否和我想的一樣。唯一確定的是，那個週末，他把邦子姊送回娘家，自己回到故鄉的小鎮。

他出門前對邦子姊說：

「這實在很蠢，也毫無根據，可是俗話說本性難移，總之它就是在我的腦海裡徘徊不去。」

他登上山丘——小鐵長眠的山丘。經過二十四年的歲月，地形變了、路也改了，我的主人無從判斷，最後並未找到小鐵的墓。

到了傍晚，在車站附近的餐廳休息，他卻聽見驚人的消息。

可能是到塚田和彥故鄉採訪的某家民營電視台小組也在餐廳裡休息吧，此時在外面蒐集情報的一名成員上氣不接下氣地跑回來。

「喂，發現車牌了！」

眾人一陣緊張。

「在哪裡？」

「北側山丘上的開發地，是工人發現的。上上下下一片大騷動。」

開發地——我的主人低喃。那座山丘被開發了。

「車牌果然也在那裡……」我的主人說。聽到這句話我便明白——他懷疑車牌或許就埋在石塚旁，今天才會過來。

俗話說本性難移。

「不好意思，」我的主人夢囈般地向其中一名組員詢問。「發現車牌的附近應該有一個石頭堆置的石塚吧？應該有的，對吧？」

在一陣困惑的沉默後，一開始帶回消息的聲音說：

「嗯，對。聽說是挖開石塚的時候，發現車牌。」

那裡是塚田和彥最喜歡的地方。

收藏戰利品的地點。

說著「太成功了」，開懷大笑的地點。

我的主人離開餐廳，慢慢走向車站。

（人爲了實現自身的願望，有時候會不惜犧牲以騙取別人的信任。）

二十四年前，被雨淋一身仍幫忙尋找小鐵的塚田和彥……

全身濕透了。

彷彿要重現那一幕似地，下起雨來了。

# 8

第八章

# 證人的錢包

## 1

Persona non grata——意指「不受歡迎的人物」。門打開時，候診室裡正播放這首曲子。

這陣子有這類服務的醫院增加了。播放音樂有助於舒適地度過漫長的候診時間，及讓患者放鬆，我覺得滿貼心的。

我的主人習慣看診的這家牙醫，似乎特別講究這一點，在不同的時間帶，選曲也跟著不同。下午一點到五點左右，是小朋友常來的時間帶，播放的是《小狗圓舞曲》或《土耳其進行曲》等輕快的古典音樂。有時候會播放「大家的歌曲」（註），這麼說來，頗受大人歡迎的《漂泊的一圓銅板》這首歌，我和我的主人就是在這個候診室裡學會的。

早上主婦及老人較多的時間帶，則播放有線廣播。歌謠和流行樂穿插播放，與其說是牙醫候診

註：大家的歌曲（みんなのうた）是ＮＨＫ於一九六一年開始播映的音樂節目，與其他音樂節目不同的是，焦點不在歌手身上，而是只播放歌曲。早期以兒童為觀眾，逐漸廣受大人喜愛。除了電視之外，也透過廣播播放。

室，感覺更像美容院，挺有意思的。

傍晚到夜裡的這段時間，則以上班族居多，選曲頓時變得時髦起來，所以現在才會播放〈Persona non grata〉。此時剛過傍晚六點，候診室除了我的主人，沒有其他病人。

我的主人脫下鞋子，換上拖鞋，打開我取出掛號證，遞到櫃檯窗口。

「晚安，我要掛號。」她對櫃檯小姐說道，又補上一句：「候診室放了電視呢。」

我感到詫異。我被放在主人愛用的哥白林織品的袋子裡，看不到四周。

「嗯，是啊。」傳來熟悉的櫃檯小姐爽朗悅耳的嗓音。「那些早上的病人要求播放的。」

「眞的啊……醫生人眞好。」

「是藥商送的液晶電視啦，免費的。」

診療室傳來清喉嚨的咳嗽聲，櫃檯小姐和我的主人一起笑出來。

「可是，爲什麼這裡需要擺電視？回到家裡，想看多久都行，不是嗎？」

櫃檯小姐苦笑：

「大家想看八卦節目。現在由於那件案子，每天不是都鬧得沸沸揚揚嗎？」

櫃檯小姐口中的「那件案子」，我馬上就想到，我的主人應該也是知道的。她嚇一跳，心頭的一顫透過細瘦的手腕傳了過來。

「那個叫塚田的是不是眞的殺了老婆，老人家跟太太們碰在一起盡是討論這件事，活像大家不是刑警就是偵探。」

眞的，好有意思——我的主人雖然輕鬆地回應，但她應該一點都不覺得好玩。

其中的原因，只有我知道。雖然她沒告訴任何人，我就是知道。

我，是我的主人——木田惠梨子——的錢包。

我和惠梨子認識不過一年左右，她是在去年秋天買下我。當時她剛辭掉工作三年的旅行社，領一筆微薄的離職金。

惠梨子買了我，是因母親的勸說：

「妳就要當家庭主婦，買個好用的錢包怎麼樣？外觀不好看，但堅固耐用，可放很多零錢，容易拿取的那種。不要再用什麼名牌了。」

我認爲這是非常中肯的建議。乖巧的惠梨子聽從母親的話買了我——與其說我是錢包，形狀更像在大大的雙珠扣式錢包上附的鈔票夾。

沒錯，惠梨子是要結婚才辭掉工作。婚禮預定在今年十一月底舉行，大約只剩兩週的時間了。新娘子及新生活的準備等，花費頗多。到目前爲止，惠梨子一直從我懷裡將這些錢拿進拿出。我則一一看著她花用，因此我有把握，她一定會是好太太。

惠梨子的未婚夫叫高井信雄，比惠梨子年長七歲，今年三十歲。很傳統地，他們是相親認識，是所謂「先相親後戀愛」的類型，只要兩人獨處，就火熱得跟什麼似的。我替惠梨子感到萬分欣慰。

像我這種基於實用製作的錢包，有著評判主人的眼光。我明白對柔弱的惠梨子而言，和個性認眞的男人結婚，早日步入家庭，才是她最好的歸宿。儘管和她認識不久，但這一點我非常清楚。

高井先生對比他小的惠梨子似乎疼愛到極點。都三十歲了，多少應該知道分寸，何況他不是愚笨的人。然而，令人訝異的是，愈是這種男人，對惠梨子這樣的女性似乎就愈著迷。要是惠梨子生下一個和她唯妙唯肖的可愛小寶寶，高井先生一定會變成瘋狂愛家的人。

從訂婚到舉行婚禮，隔了一年以上的時間，這是由於高井先生非常忙碌，遲遲騰不出空檔的緣故。十一月底舉行婚禮時，萬一發生什麼大事件，最壞的情況，可能是在新郎缺席的情況下舉行。高井先生爲了「小梨」，極力避免那樣的情況，唯獨這一點他無法保證。

如果要問爲什麼，那是因爲高井先生是新聞記者，而且是身任一家大報社的社會部、一個叫「機動部隊」的職位。像我這樣的一個錢包，雖然不瞭解那是什麼工作，不過異常忙碌是錯不了的。想知道他的工作情形，和他的錢包接觸是最好的方法，但到目前爲止，我還沒有這個機會。

於是，在溫柔的雙親及儘管忙碌、卻對她全心全意的未婚夫呵護下，惠梨子眞的是無比幸福，所以我也非常幸福。但教人難過的是，我不得不用過去式來敘述這件事。

害現在的惠梨子煩惱的事——或許會破壞她的幸福——發生在去年底十二月十五日。不過，當時她完全沒料到那樣一件小事竟會演變成這等駭人的大事，其實那也是在今年的夏天才發展成大事的。

總之，先回到十二月十五日發生的事吧！那是個寒風刺骨的冬夜。

## 2

那天，惠梨子開車去拜訪婚後住在山梨縣甲府市郊的朋友。她是惠梨子從小就非常要好的朋友，即將臨盆。惠梨子帶著賀禮去探望她。那是個大搖籃，因爲有這件大行李，惠梨子捨搭電車，改爲開車前往。

她對開車技術原本就很有自信。惠梨子事事都依賴人，唯獨開車能讓她變得積極。

其中有個教人感動的原因。惠梨子從很久以前就這麼想：將來結婚，在都內買房子恐怕是不可能的，或許會住在近郊，而且是離車站有些遠的地方。考慮到接送通勤的丈夫、購物，及將來孩子通學等等，還是得熟悉開車才好。我要累積經驗，熟悉開車技巧。

和高井先生訂婚後，惠梨子便告訴他這個想法，並補上這麼一句：

「或許你會調到鄉下的分社，到時候車子也是不可少的吧。我得成爲一個好駕駛才行。」

高井先生一聽便笑著說：「不用拿到A級執照（註）也沒關係吧。」不過，我猜他應該是大受感動。

惠梨子一早就離開東京，在上午抵達朋友家。快臨盆的女人與即將結婚的女人有聊不完的話題。朋友的先生和惠梨子也熟識，彼此又有深交，所以惠梨子一開始就打算在那裡住一晚。事實上，他們愈聊愈起勁，三個人一直聊到晚上十一點過後。

然而，朋友卻突然在這個時候覺得要生了。

比預產期早將近三個星期。朋友的先生急忙讓她坐上車，連夜趕往固定產檢的甲府市婦產科醫院。惠梨子則留下來負責看家。

惠梨子來拜訪過好幾次，彼此又是熟識的朋友，所以她毫無畏懼地接下深夜看家的任務。抵達醫院的朋友的丈夫，及接到朋友丈夫聯絡的雙方家長打電話來，她都應對有方，負擔起聯絡的工

註：賽車執照。需爲日本自動車連盟的會員，並擁有B級執照，參加過至少一次公開賽，在A級執照的講習會及測驗（筆試與路考）中合格後，即可取得。

作。雖然擔心第一次生產的朋友，不過可能是期待著即將出生的嬰兒，惠梨子的聲音顯得開朗又興奮，一定是想到了自己的未來吧。

如此這般，似乎直到深夜燈都亮著。不知是否這樣，那男人才會來拜訪惠梨子留守的這個家。我一直被收在她的手提包裡，沒能看到那男人的臉。只聽見玄關的門鈴響起，及惠梨子以為是朋友夫妻的雙親趕到，急忙去應門的腳步聲。接著，我聽到那男人的聲音。

「抱歉，深夜打擾。」那個聲音說。彬彬有禮，聽起來落落大方。

「車子突然沒汽油，我被困在附近，動彈不得。我是從東京來的，對這一帶完全不熟，實在傷腦筋，能不能跟妳借一下電話？」

惠梨子行事謹慎，而且這裡是不熟悉的城鎮，加上是替朋友看家，所以她應該是上著門鏈應對。

當然，她不可能回答「好，請進」，不能讓陌生人進家裡來。惠梨子聰明地回答：

「很抱歉，我幫朋友看家，不能擅自借你電話。不過，這家人很快就會回來，或許你可以晚點再過來。」

儘管是幫人看家，但這家人很快就回來。我不是一個人——她這麼應付對方。當然，或許眞的是遇到困難的旅人，但也可能是利用這種藉口接近，心懷不軌。

最後，男人選擇放棄。「這樣啊，那就算了。抱歉，深夜裡打擾。」

事情只是這樣。雖然有點驚險，但畢竟沒事。

接著，在醫院的朋友丈夫打電話來了。

「還沒有進去分娩室嗎？要等到早上？眞辛苦……現在才剛過一點呢。」我記得惠梨子是這麼說的。換句話說，那個男人大約是凌晨一點來的。

第二天早上大約七點，嬰兒出生。接到電話的惠梨子高興得直拍手——是個女孩。一時之間，頻頻電話來往，到了八點左右，朋友的母親來了。她向惠梨子道過謝後說：

「可以請妳去醫院看看嗎？去看看嬰兒。」

當然，惠梨子也這麼想。她收拾行李，決定開車，打算先去醫院，然後直接回東京。

當惠梨子走近停在朋友家門前的車子時，撿到事後成爲矚目焦點的「證據」。

「咦？」她喃喃地說，蹲到地上，撿起什麼。她拿著那個東西思索片刻，環顧四周。我記得她說「是昨晚那個人吧」，意思是要求借電話的那個人掉了什麼東西。

惠梨子將撿到的東西放進手提包的內袋。那是一張像提款卡的東西。當時她可能打算送去派出所。

只因嬰兒出生時的一陣忙亂，她將這件事忘得一乾二淨。回到東京一陣子，她翻找手提包裡的記事本時才想起。

「哎呀，我把它帶回來了。」

惠梨子吃驚地喃喃自語。她側著頭，取出卡片，裏裏外外仔細地看了看。卡片的背面擠滿細小的文字。

「啊，這樣的話，可以直接拿去還。」

她這麼說道，放進我裡面的小夾層。如此一來，我終於知道它是什麼卡片。

那是某家俱樂部的會員卡，上面寫著「維京俱樂部」，可能是健身俱樂部之類的地方。從惠梨子的話聽來，她好像知道這家俱樂部。

另外，那張卡片的正面用羅馬拼音刻上會員的名字。

「KAZUHIKO TUKADA」

當時，惠梨子和我完全不曉得這個名字背後的意義。

數日後，去銀座買東西的惠梨子，從四丁目的十字路口往昭和大道走一段路，進入一家新落成的大樓，裡頭有個寬敞的大廳，播放著悅耳的音樂。惠梨子從皮包裡拿出我，走近櫃檯，從我的夾層裡取出那張撿到的卡片，交給櫃檯小姐。

「不好意思，我撿到這個東西。」

櫃檯小姐向惠梨子道謝，但惠梨子打斷她的話，很快轉身離開。她還得去買很多東西，加上撿到卡片的經過，讓她不太想有什麼牽扯。

之後她完全忘了這件事。不管是那張卡片、刻在卡片上面的名字、還是深夜來借電話的男人的長相。

直到夏季來臨，那個男人的臉和名字被電視的八卦節目一再報導爲止。

塚田和彥——現在全日本人都想知道他的事、注意他的事，甚至連牙醫的候診室裡都可聽到他的名字。

這個人涉嫌與情婦森元法子共謀，爲了保險金殺害包括彼此的配偶在內的四個人。

## 3

「唉，惠梨子，又有無聲電話。」

惠梨子看完牙醫回家後，母親這麼說道，口氣顯得有點擔心。

「到底怎麼回事？妳心裡真的沒譜嗎？」

惠梨子無精打采地回答：「沒有啊！一定是惡作劇啦。現在的電話不是連亂打的電話號碼都會記錄下來嗎？所以才會連著打好幾次。」

「是嗎？」母親似乎在想什麼事。「真的是這樣嗎？牙齒還要多久才會好？」

「好像還要很多次。醫生說智齒也拔掉比較好。」

母親勸她最好在婚前檢查有沒有蛀牙，如果有的話就先治療。「要是懷孕了，小心牙齒就會變差！」

「太急了吧？」惠梨子雖然笑著，卻馬上去看牙醫。我就是喜歡惠梨子這種乖巧的地方。

「妳好像沒什麼精神，怎麼了嗎？」

母親這麼問，惠梨子笑了一下：

「被牙醫鑽了牙齒，沒人還會活蹦亂跳的吧？」

「哎呀，可是也有人喜歡那種嘰嘰聲。」

惠梨子脫下外套，連同放著我的皮包一起掛在客廳的衣帽架。惠梨子和母親喝了一杯茶，然後一起準備晚餐，聊了許多事，像是料理的調味、今後得買齊的東西、當天天氣的預測⋯⋯

「不去蜜月旅行眞的沒關係嗎？」

高井先生和惠梨子不去蜜月旅行，而是利用年底年初的假期去高井先生的故鄉福岡。惠梨子點點頭說：

「高井不曉得會被調派到哪裡，他希望趁現在和雙方家長密切往來。」

「他也常來我們家，」母親高興地說：「乾脆入贅好了。」

這是眞心話吧，因爲惠梨子是獨生女。

兩人開心地一邊聊天一邊做晚餐。不久，惠梨子的父親回來，開始吃晚餐，愉快的談話不斷。知道惠梨子內心憂鬱的我聽起來，她那有些過高的音調，讓人覺得她似乎在勉強自己，不過就算擔憂也沒用，我什麼忙都幫不上。

傍晚的新聞出現塚田和彥的名字時，惠梨子吃了一驚。

「有關連日報導的涉嫌保險金交換殺人——」

「怎麼又是這件事？」父親說。「我們的事務所也不例外，那些女孩和定時工的歐巴桑聚在一起就是聊這件事。」

「實在是心狠手辣。」母親的聲音有些嚴厲：「爲什麼警方不趕快逮捕他們？怎麼能讓這種人逍遙法外？」

惠梨子輕聲回答：「沒有證據啊。」

「哎呀，應該有吧。前陣子不是吵著說發現車牌了嗎？」

惠梨子的母親說的「車牌」，與第四名死者有關。發現酒店小姐葛西路子的屍體的樹林附近，好幾次有人目擊到可疑的車子。那輛車子與塚田和彥的愛車極爲相似，車牌號碼卻不同。目擊者看到的車牌是從別的車子偷來的，並非和彥的車牌。

然而，那個關鍵的車牌，十月底在和彥故鄉的山裡被發現。在警方的追問下，和彥坦承是他埋的，但關於其中的理由，他卻是這麼說：

「大概是十月中旬左右，有人在樹林裡目擊到車子的事成爲話題時，那個車牌被人丟進我家的車庫。是眞的！當時立刻報警就好了，可是絕對不會有人相信，我才偷偷埋了。請相信我！我是無辜的。我是被陷害的，那個人不僅殺害我的妻子，還想嫁禍給我！」

根據警方公布的消息，發現的車牌上沒有留下指紋。因此，塚田和彥與森元法子雖然以重要關係人的身分遭到嚴厲的偵訊，卻依然未被逮捕。

媒體和世人都不相信他們的說詞，大家都認爲他們共謀殺害四個人。

不，是大家都這麼期待。

「隨便怎樣都好，趕快把他們抓起來，之後再慢慢調查不就得了？」

連惠梨子那還算明理的母親都說出這種話。打一開始，大眾就認定塚田和彥與森元法子是凶手。

兩人的確有太多可疑的地方，我也這麼認爲。但世人如此厭惡的一大原因，應該是他們人性上的缺點吧。塚田風度翩翩又瀟灑，而且是有錢人，法子年輕貌美，只是他們給人一種缺少什麼的感覺。他們滿不在乎地承認各自結婚卻彼此外遇的態度，與其說是老實，似乎更給人一種厚顏無恥的感覺。

可是，不管他們多麼厚顏無恥、多麼不討人喜歡，也不能因此認定他們殺人，這是絕對不行的，世人卻忘了這一點。

所以惠梨子很痛苦。

如果這一連串的殺人案眞的是和彥與法子策畫，一旦其中有一件他們都有不在場證明，證明他們都不可能殺人，所有的情況皆會被推翻。再怎麼不相干的人，也不至於說出「只有那一件他們是買凶殺人」。

對，這就是問題所在。

這一切起因於森元隆一的命案。命案於去年十二月十五日深夜發生，晚上十一點到凌晨兩點之間，他在東京遇害。由於塚田和彥的不在場證明無法確認，所以被認爲是他幹的。

但就在同一天夜裡——凌晨一點左右，向當時在甲府市郊拜訪朋友繼而替朋友看家的惠梨子借電話的就是塚田和彥。儘管他本人好像忘了這件事。

惠梨子在週刊雜誌看到塚田和彥的照片，立刻想起這件事。她想起他的臉，及他掉落的會員卡。

可是太遲了。對這類社會新聞不感興趣的惠梨子，直到今年夏天快結束才終於聽聞和彥與法子的案件，當時輿論一面倒——認爲兩人是凶手。

每一個人都這麼說，這麼吶喊，這麼相信。

惠梨子能夠證明塚田和彥的不在場。當時他在甲府，不可能殺害在東京的森元隆一，以時間上來說，也絕不可能。但惠梨子非常明白，事到如今才說出來，不曉得會捲入多大的風波。她會被媒體追逐、追查、苛責，世人也會投以好奇的眼光。

而且惠梨子即將和身爲新聞記者的高井先生結婚，大報社對這起保險金殺人疑雲的報導原本一直很克制，但找到車牌後，也開始一股腦地報導有關和彥與法子的種種嫌疑。高井先生就是特別採訪小組的一員。

在這種情況下，惠梨子怎能說出口？

對於嚷著要制裁和彥與法子罪行的世人來說，惠梨子正是個Persona non grata——不受歡迎的人物。

## 4

第二天早上睡醒，惠梨子的右頰腫了起來。

蛀牙並不嚴重，治療也快結束。右頰會腫起來，是剛長出智齒的緣故，牙醫老早就在注意它。半夜開始牙疼，害惠梨子幾乎無法入睡。更慘的是，深夜兩點左右又有無聲電話，讓惠梨子變得益發暴躁。對她而言，這是個難熬的一晚。

天一亮，惠梨子丟下一切，直奔牙醫診所。當她聽牙醫說腫沒消前不能拔牙，她泫然欲泣地說：

「婚禮上腫著一張臉，人家不敢穿新娘禮服了啦。」

牙醫笑了，「不要緊，還有兩個星期吧？在那之前會治好。」

「可是，像昨晚那樣睡不著，我會很困擾的。接下來還有很多預約，很忙的……」

牙醫想一下說：「那我開特別的止痛藥，可是這種藥效非常強，一吃馬上就會想睡，和安眠藥一樣，要小心服用。」

回到家後，母親一臉擔心地等著她。

「哎呀，居然腫得這麼大。」

「怎麼辦？我今天原本要去區公所。」

她得去拿戶籍謄本，這是要連同結婚證書一起附上去的。

「這點小事，媽幫妳去，惠梨子在家睡覺吧！這陣子一直很忙，妳也累了吧？」

惠梨子躲進房間，母親出門了。我被收在平常的皮包裡，掛在老位置的衣帽架上。

三點左右，惠梨子起床去打開冰箱，可能是拿喝的吧。然後，她順便打開電視，八卦節目正好開始。

她果然還是很在意塚田和彥的事。惠梨子偶爾切換頻道，追著塚田案件的話題。

目前的情況並無不同。但塚田的嫌疑愈來愈大，被逼到絕路，森元法子似乎也爲連日的偵訊筋疲力盡。

「作奸犯科終究是不划算。」

一名主持人以教訓的口吻說道。

接著畫面上出現兩人過去的朋友、附近鄰居、公司同事、親戚——每個人的說詞都不利於他們。森元隆一遇害的那天晚上和法子在一起的朋友，一開始還包庇她，現在完全翻臉不認人，說出「我被她利用來證明不在場」這種話。

只有一個人站在和彥那一邊，那就是「潔娜維芙」餐廳的合夥人畠中。他是個口齒不清、說話含糊的中年男子，但對於採訪記者失禮的地方卻也沒有動怒，非常沉穩。

「塚田是個非常聰明的人。」他說。「我一開始是聘他擔任副理，但他把店裡管理得相當好，待人也很不錯。『潔娜維芙』能有現在的規模，都是他的功勞。請沒有出資的他擔任合夥人，也是爲了不想讓他這樣的人才被挖角。」

畠中請沒有資金的塚田和彥擔任合夥人，這件事也招致世人的懷疑。他是不是被塚田抓到什麼把柄，或是被矇騙？他與塚田之間是不是有什麼不可告人的關係？

「塚田緋聞頗多，我也知道法子的事，所以他要跟早苗結婚時，老實說我很不安。儘管如此，塚田不可能殺害早苗。萬一他做了這種無法無天的事，也不會用這種馬上就令人起疑的方法，他非常聰明。有這麼多令人不解的地方，不就等於證明塚田的清白。」

那麼你覺得凶手是誰——面對記者的質問，畠中這麼回答：

「我不知道。或許就像塚田所說的，是對他懷恨在心的人要陷害他吧。」

記者提問：「如果塚田惡毒到會招來他人怨恨，也很有可能殺人吧？」

畠中瞪大眼睛說：「這不是在抬槓嗎？」

「你很護著他呢。難道這次的案件，你也牽涉其中嗎？」

畠中沒回答這個太過無禮的質問。

畫面似乎切換到攝影棚，傳來女主持人的聲音：「畠中共犯說啊，想都沒想過，感覺很新鮮。」

看來情況愈演愈烈，惠梨子關掉電視。

她每天祈求、等待的，就是有人出面證明塚田和彥的清白。惠梨子對於沒說出塚田的不在場證明感到非常內疚。這一點我很瞭解。要是我能夠說話，早就替她把我的皮包口弄得震天價響，因爲我曾收著他掉落的會員卡啊。

就在這個時候，電話響起，惠梨子立刻接聽。

「喂？」

噢，好像又是無聲電話。

惠梨子靜靜放下話筒，緊接著開口：

「啊，妳回來了。怎麼了？怎麼那種表情？」

是她母親回來了。靜悄悄地，連個腳步聲也沒有。怎麼了呢？

「惠梨子，」母親說。「妳認識三上行雄這個人嗎？」

「三上行雄？不認識。誰啊？」

母親吞了一口口水，「戶籍上寫著妳今年春天跟那個人結婚了。」

## 5

之後的數日裡，惠梨子的世界充滿巨大的震盪，簡直像天塌下來。

最沉著的是高井先生。

「這種事並不稀奇。」

他以冷靜的聲音，對著惠梨子激動的雙親，及自己滿是困惑的雙親（從福岡飛來的）和說不出半句話的媒人解釋。

「背地裡被送繳結婚證書，與陌生人結婚的這種例子，以前也曾有。當然，這是無妄之災，不過沒關係，可以更正的。」

擅自送繳結婚證書，當然違法。轄區的警署來了兩名刑警，問了許多問題，查出「三上行雄」

的也是他們。不愧是專家。

「他好像是小姐以前上班的旅行社客戶。妳記得嗎?他好像去要過好幾次旅遊行程的宣傳冊子，櫃檯的女職員記得他。」

三上行雄，二十六歲。他不住在結婚證書上登記的地址，目前行蹤不明。本籍地住的是雙親，但他們說兒子已兩、三年沒消息。

「不好好工作，卻老愛吹牛。成天妄想，唉，算是一種偏執狂吧。在老家的時候也是一樣，他高中的時候，曾用雕刻刀割傷拒絕和他交往的女孩，對方受了輕傷。」

惠梨子是個不折不扣的美女，在旅行社的櫃檯工作時也經常有人邀約，三上行雄會對她一見鍾情，也不是什麼不可思議的事，可是，從愛意到一廂情願地妄想結婚，甚至送繳結婚證書，這已是超出常人的行爲。

惠梨子說出這幾個月來經常接到無聲電話的事，刑警「唔……」地沉吟。

「搞不好是三上搞的鬼，我們會保護小姐的安全。」

原以爲可以放心了，高井先生卻絲毫不敢大意。

「這種情況下，警方的保護有限。最好不要單獨外出。」

最關鍵的高井先生始終溫柔，而且理性，我眞的好放心。不是每個人都會像高井先生這麼想的。

惠梨子的雙親當然相信自己的女兒，但難免會有一些不安。正因都是平凡人，很難接受「被擅自送繳結婚證書」的事。他們的心情也並非不能理解。

「唉，惠梨子，妳和那個叫三上的人沒有關係吧?」

這麼一問，惠梨子似乎再也忍不住，勃然大怒。

「你們不相信我嗎？」

「當然相信啊！相信是相信，可是……」

「是那個叫三上的人腦筋有問題。」

「眞的是這樣嗎……」

連惠梨子的雙親都這麼說，更別提高井先生的雙親心裡會怎麼想。希望舉行婚禮的日子趕快來——我只能如此祈求。

婚禮當天，受到老天爺的眷顧，是個好天氣。那是空氣冷冽清徹的晚秋早晨。

新娘惠梨子爲了事前的準備，比家人更早出門。我被塞在手提包裡，放在坐上計程車的她的膝上，爲能夠與她同行而高興。

到了婚禮會場，在下計程車前，司機問打開我付錢的惠梨子：

「您今天結婚嗎？」

「是的。」

「今天是很適合結婚的好天氣，祝您幸福。」

多麼好的司機啊！我心想。惠梨子回答「謝謝」，下車後，她一邊走一邊輕輕哼著歌。

可是，下一秒——才聽到迅速接近的腳步聲，惠梨子的身體便劇烈一晃，整個人僵直。我聽見陌生男子的聲音。

「我一直在等妳，怎麼能從我身邊逃走？」

我馬上知道他是誰，是三上行雄！

「你是……三上先生？」

惠梨子顫抖著問道。對方笑了。

「妳在說什麼？不記得我了嗎？我是妳的丈夫啊。」

他的聲音聽起來如此快活，卻有種變調的感覺。那是調錯音律的鋼琴，演奏出的結婚進行曲。

「過來，我們一起遠走高飛，逃離這裡吧。」

「逃離這裡？」

「是啊。妳那頑固的雙親想拆散我們，還強逼妳跟別人結婚，我們快逃吧。」

三上抓住惠梨子，想強行將她帶走。惠梨子沒有喊叫，一定是被他拿著什麼東西威脅。

「那可不可以把刀子收起來？我好怕。」

果然沒錯，她說刀子！

「不行。我一收起來，妳父母就會派人從我身邊把妳搶走，不是嗎？我一直一直在監視妳，妳都沒發現嗎？我監視妳，計畫著要和妳一起逃亡。」

三上準備了車子，搞不好是偷來的。雖然我沒辦法看見，但感覺得到惠梨子是被逼著上了那部車的。傳來座椅放下的聲音。怎麼辦？那一定是雙門車，惠梨子被塞進沒有退路的後車座。

車子開動時，惠梨子突然大聲求救。或許是有人路過吧。可是她這麼做卻得到反效果，車子往前衝般猛然開了出去，接著傳來三上安撫的聲音：

「吵鬧也沒用，妳要和我一起遠走高飛。」

這男人瘋了，惠梨子根本逃不掉。車子不停地開，即使叫累了的惠梨子開始哭泣，車速依然沒有減慢。

三上打開收音機。隨著搖滾樂，他偶爾會發出乾啞的笑聲。

到底經過多久的時間？我無從得知。惠梨子緊緊握著放有我的手提包，彷彿那是她的救命繩一樣。

「我們要去哪裡？」

惠梨子啞聲問，三上只發出「嘿、嘿」聲。

「我不會逃走，可不可以讓我坐在副駕駛座？這裡好擠。」

「不行！」三上突然吼道。惠梨子嚇得縮成一團。

「妳想騙我，然後從我身邊逃走，那是不可能的！」

這個男人或許想強迫惠梨子一起殉情。這麼一想，我的開口幾乎要喀喀地發起抖。半瘋狂的他，認為自己與惠梨子是兩情相悅，然而，他正常的那一面卻明白這是自欺欺人。為了強將惠梨子變成他的人，不能交出她，只有殺了她。

怎麼辦？該怎麼辦才好？

惠梨子又開始哭泣。為了擦淚，她打開手提包。我看見她蒼白的臉。她翻找手帕時碰觸到我身邊的小紙袋，吃了一驚。

此時，我也明白她在想什麼。

不久，惠梨子低聲和三上交談，像是「這是哪裡」、「我想看海」。她壓抑恐懼，裝出逐漸對他敞開心房的樣子。

三上一開始不怎麼理她，可是，當他執迷於惠梨子的那個瘋狂部分，被她溫柔的聲音馴服後，便開始回話。

「惠梨子，把窗戶打開，讓風吹進來吧。」他甚至這麼說，一副男朋友的姿態，然後又哼起歌。

不久，惠梨子喊他：「我口渴了。」

三上停止哼歌。

「我想喝點東西。自動販賣機的就好，可以買給我嗎？不下車也可以買吧？」

「妳不會逃走吧？」

「不會。」

三上又開一會，然後停下車子。惠梨子警戒地坐好，等他回來。

三上很快就回來了。

「拿去。妳要果汁，還是咖啡？」

「果汁。」

車子再度發動。我聽見惠梨子拉開易開罐果汁的聲音，同樣的聲音接著響起，可能三上也打開了易開罐咖啡。

車子又開動了。

惠梨子好像在喝果汁，接著她謹慎地轉動身體，避開三上的視線，右手滑進手提包，摸到剛才的紙袋，拿出裡面的東西。

就是這樣，加油啊，惠梨子！

紙袋上印著惠梨子固定看診的牙醫名字。沒錯，裡面有牙醫給她的強效止痛藥。她的智齒腫得厲害的那一天，吃剩的藥丸一直放在手提包裡。

惠梨子把藥丸丟進了罐裝果汁。

好一陣子靜悄悄的，什麼事都沒有發生。她可能是假裝喝果汁，等藥丸溶化吧。

不久，她出聲喊三上：「欸，我也想喝咖啡，可不可以和我換？」

車子搖晃一下。三上很吃驚。

「妳說什麼？」

「你的咖啡給我喝嘛，我的果汁給你。」

這個白痴男，快點照她的話做！

三上這個時候的表情，我還眞想看看。是下流地笑著？還是，多少仍保持些許正常，對惠梨子的話感到驚訝？

總之，他似乎把咖啡給了惠梨子，接下了果汁。

「謝謝。」惠梨子說。「你也喝喝看果汁吧？挺好喝的，只是有點太甜。」

三上好像照做了。

從車子的晃動，感覺得出藥發揮作用。晃呀……晃呀……車頭搖著，車屁股晃著。

「惠梨子……這個……好奇怪……」

傳來斷斷續續的睏倦聲時，我感覺到惠梨子猛地探出身體。我聽見三上「砰」地倒向旁邊的聲音。惠梨子不時尖叫，我想像著她拚命用腳踢蹬，越過座椅爬到駕駛座的情景，在心裡替她加油。激烈的晃動、對向來車的喇叭聲、衝撞！接著惠梨子「啊」地大叫，回過神時，車子已停止運行。

惠梨子，妳爲老公和孩子練就一身駕駛技術，眞是太好了。

6

惠梨子睡得很沉。

這裡是安靜的病房。雖然是個人房，但旁邊有高井先生和他的雙親，及惠梨子的母親。

我待在惠梨子的枕邊。因爲還在手提包裡，只能用聽的。從談話的內容判斷，惠梨子的傷勢似乎並不嚴重。

「總之，平安無事，眞是太好了。」惠梨子的母親在說話。「外子現在正跟刑警們說話。三上倒在車上睡著，好像沒有受傷。」

此時，那名刑警似乎來了，母親被叫到走廊上。高井先生的母親迫不及待地說：

「在婚禮會場前把人擄走，應該不是正常人做得出來的吧。」

「眞是的。」高井先生說。他的聲音非常低沉、穩重。

「信雄，你明白媽說的意思嗎？」

「什麼意思？」

「孩子的媽，別說了。」

「我偏要說。信雄，這樁婚事，是不是再考慮一下比較妥當？」

「媽——」

「可不是嗎？一般人才不會這樣。惠梨子和那個叫三上的一定有什麼關係，不然那男人也不會這麼想不開吧？」
「是三上的腦袋有問題。」
「會變成那樣，也不曉得是誰搞成的。」
高井先生的雙親邊吵邊離開病房。四周靜了下來。
可是過了一會兒，我聽見細小的啜泣聲。是惠梨子。
「妳醒著啊。」高井先生說。「妳聽到了嗎？」
惠梨子沉默不語，但傳來衣物摩擦聲。或許是她點了點頭，然後用棉被蒙住頭。
「媽說的那些話，不是眞心的，只是一時激動罷了。」高井先生平靜地說。「而且，我不會當眞。妳平安無事，眞是太好了。」
過一會，傳來惠梨子的哽咽聲。
「你相信我嗎？」
「當然。」
「就一般的想法，媽剛剛說的或許還比較有道理，我被懷疑也是無可厚非的事。」
「是嗎？可是我很清楚妳的爲人。」
之後惠梨子哭了快一個小時。我非常瞭解她爲什麼哭，所以當她哭完，以堅定的語聲對高井先生說出以下的話時，我一點也不驚訝。
「有些事情非得親身經歷，才會眞正瞭解。」
「什麼？」
「我有話想跟你說，不是我們兩個人的事，不過一樣重要。這或許可以洗清一個人——或許是兩個人的冤屈。」

惠梨子說出塚田和彥的不在場證明。

首先，高井先生愼重其事地尋找可以證明她所言不假的事來。

「維京俱樂部」的櫃檯小姐記得惠梨子送還會員卡的事——儘管她不太記得惠梨子的長相。

「一個很漂亮的小姐拿著『主婦』用的錢包，從裡面拿出會員卡，讓我印象深刻。」

據說事情就是這樣，所以我也以自己爲榮。

惠梨子不久即將被捲入巨大的風暴！但是不要緊，因爲有高井先生在，而且我也陪在她身邊。

「Persona non grata」——她即將成爲不受歡迎的人物。但是我最喜歡惠梨子了，不管她去哪裡我都會陪著她。

9

第九章
# 部下的錢包

## 1

一回到家就被管理員叫住，說是有宅配送到。

我的主人一聲「嘿咻」搬起簽收的貨件，在他西裝內袋裡的我，被箱子的一側壓著。

「這是什麼？」

他訝異地說著，將東西搬進房間，就在這個時候電話響起。

「喂？喔……嗯，剛回來。」

主人的聲音不再那麼緊張，我也一樣，「喔」地明白了——是白井舞子，他的女友。

「喂，東西剛剛送來了，那是什麼？」

喔，宅配的寄件人是她啊！

「咦，衣物箱？那是什麼——放到衣櫃裡？喔，裝衣服的箱子啊，幹麼寄這種東西來？」

現在換成舞子在電話那頭講了一大串。

「什麼……怎麼決定得這麼突然？」

舞子又開口，我的主人短促一笑。

「這樣啊，那不要一點一點寄，一次搬過來嘛！咦？」

他又笑了。

「知道啦，隨妳高興吧。」

他的聲音聽起來有點得意，眞受不了。

「若我不在，管理員會代爲保管，只是東西太大，管理員會不高興。咦，這樣啊，那就不會麻煩了吧。」

又聊了一會行李的事後，主人說：

「唉，妳現在可不可以出來？咦，有什麼關係，反正都要搬來了。整理什麼的晚點再弄，出來嘛！」

看樣子，有機會演變成約會。今晚主人搭檔的巡查組長說「我們休息一晚，讓腦袋空一下」便放他回家，所以沒什麼後顧之憂。

只是我懷裡的鈔票並不多，主人才頻頻邀她「過來這裡」吧。在房裡約會，就不用多花錢。

「那我等妳。」他說完掛上電話，接著「咻」地吹了聲口哨。

這個興高采烈的男人今年二十九歲，叫寺島裕之。他是隸屬於東京某警署搜查課的便衣刑警，而我是負責掌管他錢財的錢包。

大約一個小時後，舞子來了。她買了晚餐的食材，我的主人一聽到菜單便拿著我到附近買酒。

兩年前主人成爲便衣刑警、隸屬於搜查課時，我才爲他所有。把我當賀禮買下送他的，是他的姊姊。她是個像工蜂般忙碌、如鞋底般堅強、如母牛般溫柔的女性。

姊姊比他大八歲，他十分敬畏姊姊。所以很多時候我就像主人的姊姊，直呼我的主人「裕之」，畢竟我是她的代理人。

今晚裕之會這麼興奮，是因舞子終於決定和他同居。兩人一起吃晚餐，聊的盡是這件事。我待在隔壁，被吊在衣架上的外套內袋裡，聽著兩個人的交談。

「明明一直說不要，怎麼突然願意？」

裕之嘻嘻笑個不停——我彷彿看到他完全放鬆的臉——這麼問道。

「理由不重要吧。」

舞子笑道。她會將自己的東西慢慢整理好，然後裝箱寄到這裡，還說大型家具和家電用品會送給朋友或賤賣、回收，全部處理掉。

「生活必需品你這裡都有，也都比我的新，所以沒關係吧？我只想就這樣一個人帶著衣服和碗筷過來。」

不用搬家也行——剛才舞子在電話裡是這麼說的。

原來決定啦！舞子和裕之同居，我也落得輕鬆一些。

裕之在我裝零錢的地方，放了舞子住處的備份鑰匙。那是支非常堅固的鑰匙，對於不算大型錢包的我來說，是有些吃力。鑰匙應該跟鑰匙圈串一起，可是主人的鑰匙圈已經掛滿了屋子的鑰匙和車鑰匙等等，可能是放不下了吧。

而且，裕之可能是想將舞子住處的備份鑰匙另外收著吧。遺憾的是，因為工作忙，他還沒有機會使用到這把鑰匙，但這是有象徵意義的東西，不能草率。他沒有將它串在鑰匙圈掛在腰上，或許是想藉由收在錢包裡，好貼近心臟吧。

總之，舞子搬過來，這把備份鑰匙也就派不上用場。對我而言，眞是一種解脫。

話說回來，舞子居然下定決心了！

有什麼原因讓她決定這麼做嗎？

幾個月前，裕之向她求婚，舞子以「還不想結婚爲由」拒絕他。她還沒做好心理準備，去接受只是提出一張證明就隨之而來的麻煩姻親關係。

當時裕之提議：「那同居呢？」舞子對這個提議也不甚贊同，之後他們就一直爲這件事爭個不休。

「有什麼關係嘛！」

「我就是不要。」

「爲什麼？」

「沒有爲什麼。」

簡直像小孩吵架，但我能瞭解舞子不願允諾的心情。

她是個很自由的人。我一路看著舞子輕鬆完成許多事。她是人才派遣公司的一員，在各家企業上班，期間並且安排假期，於國內外各地旅行。她也上許多才藝課，興趣廣，朋友多。和裕之認識時，身邊圍繞著許多男友。

大約一年前，裕之第一次見到舞子。他在前往辦案的外商銀行櫃檯看到一個「脫俗出眾」的完美女人，她就是舞子。

我記得這麼清楚，是因數日後，他們第一次約會便順利共度春宵，第二天裕之連襯衫、領帶也沒換就去署裡，被刑事組長問「昨晚外宿？」還開心地笑。當天他沒做什麼像樣的事，夜裡回到住處，便發生森元隆一的命案。

這麼說來，那已是十二月的事。命案現場是一片寒冬的枯寂原野，有如死人般蒼白的月光照著屍體。之後春季來臨，那片原野也綻放著新綠，夏季豔陽高照，秋天芒草茂密，接著冬天再度降臨，今晚又將灑下陰森的月光吧。當時剛認識不久的裕之與舞子，兩人的感情穩定發展，案子卻毫無頭緒，一點破案的跡象都沒有。

塚田和彥現在怎麼了呢？即使和舞子打情罵俏，想必這個疑惑也始終揮之不去，在裕之的內心隱隱作痛吧。

塚田和彥是東京青山一家名爲「潔娜維芙」餐廳的老闆，今年三十六歲。同時，他也是森元隆一這名三十三歲男子，於去年十二月遭到殺害引發的一連串詐領保險金命案的嫌犯。不，現在或許該稱他爲「前嫌疑犯」才對，他的嫌疑漸漸獲得洗刷，有幾家報社媒體，甚至視他爲清白之身，眞是此一時、彼一時。

但事態非常嚴重。在這樁案件裡，有四個人遇害，每一個都是無庸置疑的他殺。

我待在裕之的外套口袋，在搜查會議上聽過好幾次此一案件的經過，都快要會背了。這兩個人的配偶死亡，所以都能領到高額保險金，即使是粗略地看，連小學生都看得出塚田與法子相當可疑——根本大有蹊蹺。此外，關於不在場證明，逸子被殺的時候是兩個人都有、森元隆一被殺時只有和彥、早苗被殺時只有法子，而葛西路子被殺時又是兩個人沒有不在場證明，實在啓人疑竇，簡直像事先約好，故意令人起疑。可是，像這樣缺乏物證，只有狀況證據多得可塞成福袋大拍賣的案子，最是棘手。裕之的上司巡查部長，雖然堅持逮捕塚田和法子，但他也很清楚，依照目前的情況，根本不可能逮捕他們，所以他每天抱頭苦思。

不，沒這個必要了。

沒錯，就像舞子剛才說的，最近有一名證人挺身而出，證明森元隆一案案發時塚田和彥的不在場證明，使得案子變得更錯綜複雜。根據證人的說詞，案發時，塚田和彥在山梨縣甲府市郊，因汽油沒了動彈不得。

這個證詞似乎也讓塚田想起當時的事。在這之前，被問到森元案案發當天的行程時，只是抱著頭說「我不記得，都快一年前的事了」的和彥，說他終於想起來。

「那一天我休假。聖誕節之前總會忙得不可開交，所以在那之前的一兩天，我和畠中輪流休假。」

畠中是和塚田一起經營「潔娜維芙」餐廳的搭檔。

「我沒有特別的目的，只是開著車出去。一開始，我本來想去濱松找朋友，不過，正好幾天前我在雜誌的專輯上，看到甲府市郊外有一家擁有全國最大酒窖的餐廳開幕，便臨時起意過去看看。」

因此，他一個人前往甲府。雖然塚田提出的餐廳無法證實他來過，不過當晚看到他的證人的證詞非常有力，再加上證人數日後，將塚田當時掉落的健身俱樂部會員卡送還，這個證詞可說是顛撲不破。

請看看案件的經過。

塚田和彥與森元法子共謀保險金交換殺人案——對於相信這個說法的人來說，塚田與法子只要在這四起命案裡有一件不在場證明，證實他們都無法下手殺人，那些人可就啞口無言了。因爲兩人共謀的這個說法將被全盤推翻。

「那麼，是不是有另一名共犯？」不能輕易這麼猜想。「另一個人」是誰？是怎樣的人？爲什麼要幫他們？爲了報酬嗎？但根據警方截至目前的調查，塚田和法子身邊並沒有這種願意與他們一起去冒險的人。調查兩人的財務狀況，案發前後也沒有大筆資金流動的情形。

說起來，要是有第三名共犯，塚田和法子應該不會惹來這麼多懷疑。如果他們僱用「殺手」，講難聽一點，就能更高明、更俐落地完成計畫。

如今偵查陷入膠著。陷進特大號的堆肥坑裡——裕之的上司這麼形容。當可以抱怨這是個只有狀況證據的棘手案子時，情況算是好的……

媒體的報導一致轉了矛頭，現在塚田和法子成爲與之前意義完全不同的「話題人物」。據說各家電視台爲了請他們上節目，祭出堆積如山的鈔票。他們的知名度與衝擊性遠超過一般的偶像明星，何況塚田和法子是都會型的時髦俊男美女。雖然他們是彼此的外遇對象，不過只要不扯上殺人，外遇根本算不了什麼，反倒會是一種刺激和魅力。據說，塚田接到擔任星期日晨間新聞秀固定班底的邀請，法子則被兩、三家製片公司挖角當女星。

另一方面，我的主人寺島裕之，及以他的上司爲首的搜查人員，卻是處境困窘、六神無主。讓裕之暫時和舞子卿卿我我，紓解一下疲憊也好。看樣子，兩人的氣氛就要發展到聊天以上的情況。

## 2

第二天，裕之一副身心爽快的模樣來到搜查查課，但搭擋的巡查組長還沒到。

好笑的是，我不曉得巡查組長叫什麼名字，每個人都只叫他「大塊頭刑警」。

「咦，大塊頭刑警請假嗎？」

「醫院啦，去醫院。排好今天檢查。」有人這麼告訴他。「喔，這樣啊。」裕之點點頭。

大塊頭刑警的心臟裡有顆炸彈。森元案發生沒多久，他曾在搜查會議上突然病倒，被送進醫院。這天裕之重新閱讀筆記、手邊的搜查資料，直到下午兩點左右他伸著懶腰站起，走到樓下準備去吃午餐時，被人叫住。

「大塊頭刑警呢？」那個人接著問。聽到聲音，我知道是誰了。那是一個叫河野的私家偵探，他也叫裕之的上司「部長刑警」。

「這裡有很多大塊頭刑警，你是指誰？」

偵探沒理會他的挑釁。

「又不舒服了嗎？」

他的聲音低沉，有時聽起來非常蒼老。或許僅止於這個案子吧，這名偵探似乎和大塊頭刑警有一些合作的地方，因此他會在意大塊頭刑警的身體狀況。雖然裕之沒說什麼，但他對丟下部下不管而與私家偵探密切往來的大塊頭刑警感到不滿。

「生龍活虎的。」裕之怠慢地回答。「不過，爲了一星期後也能夠繼續生龍活虎，他今天去了醫院。」

「嗯。」

偵探似乎鬆一口氣。

「如果你要去吃午飯，那正好，要不要一起去？我有東西讓你聽聽。」

偵探帶來的是一個小型錄音機。

如果是大塊頭刑警，應該會毫不猶豫地請他到署裡，裕之卻頑固地不這麼做。由於偵探說不便在咖啡廳裡聽，於是兩人來到警署附近的公園，在空無一人的廣場長椅坐下。天氣明明那麼冷，裕之實在倔強。

「差不多兩個星期了吧。就在塚田的不在場證明被大肆地報導，輿論漸漸對他有利的時候，有人常常打電話到我的事務所。」

唉，你聽聽看吧——偵探按下播放鍵。錄音幾乎沒有雜音，非常清晰。

「是我。又打來了。」

是個年輕男子的聲音——不，應該是個少年。

「我想跟你聊聊。警察那邊怎麼樣了？」

此時，傳來偵探低沉的聲音：「好像還沒有到可以找出你的階段。你呢？」

一陣彷彿羽毛刷顫動般的輕音響起。看樣子似乎是講電話的青年在笑。

「我每天都去補習班上課，班上沒人知道我就是殺了那些人的凶手。他們經常在聊塚田和彥跟那個叫法子的女人，可是都沒發現我才是眞正的凶手。」

偵探在這裡暫停。一會後，裕之發出彷彿喉嚨僵掉般沒有抑揚頓挫的話聲。

「這是什麼？」

偵探冷靜回答：「自稱是詐領保險金連續殺人案的『眞凶』的聲音。」

大約停頓十秒，傳來裕之的緩緩吐氣聲。

「胡說的吧？」

「我當然是這麼想的。」偵探回答。「八成是有妄想症的寂寞重考生吧，暗地裡把自己當成是這個大案子的凶手，以此爲樂。」

「可是，他爲什麼打電話給你？」

「他本人說是在電視上看到我。」

河野是私家偵探，塚田早苗生前委託他調查丈夫的。她遇害後，消息靈通的電視台記者立刻找上河野，窮追不捨。河野覺得與其耗費精力躲著，倒不如答應只接受一次採訪要來得有效，於是大約兩個月前，他上了電視。

他沒發表任何具體的意見，避開所有問題。只是，沒有私家偵探會笨到在全國播映的電視節目上露臉，所以這段訪談是透過電話採訪，不過事務所的招牌——雖然打了馬賽克——卻還是出現在畫面上。

「打電話的人說，他清除畫面上的馬賽克，知道事務所的名稱，好像對機械方面很行。」

裕之打了個噴嚏，其實他原本是想冷哼一聲，嘲笑偵探吧？

「他說打給警方只會被忽略，可是打到我這裡的話，應該會好一點。託他的福，我常常接到有趣的電話。」

「這種事常有。」裕之不屑地說。「不用理會這種人吧？他不久就會玩膩，找別的目標了。」

幾個小孩子唱著歌經過。偵探等他們的歌聲遠去，才開口說：

「打電話的人，說要來我的事務所。」

裕之沉默了一下，然後他奚落地說：「然後呢？你怕了，要我們保護你，是嗎？」

偵探沒理會，用一樣平靜的口氣說：

「部長刑警和你去見見他比較好。你們現身，他或許會有所警戒，不過你們只要躲在隔壁房間就行了。我認爲有必要好好聽一下這號人物說的話。」

這個時候偵探才首次語帶笑意：

「反正警方好像也還沒找到可突破瓶頸的地方嘛。」

裕之又打了個噴嚏。他可能是想反駁什麼，但我覺得他打噴嚏是對的。

大塊頭刑警很感興趣。

「那種人怎麼能相信？」

裕之十分不平。大塊頭刑警的口氣像在訓遲到的學生：

「誰不能相信？哪個重考生嗎？還是偵探？」

「兩個都是。」

「很好。懷疑別人是件好事，我們幹的工作就是以懷疑所有人爲信條。早上起床發現金牙不見，就先懷疑睡在旁邊的老婆。」

「現在不是開玩笑的時候！」

看到忿忿不平的裕之，連我都想替姊姊臭罵他一頓。我的皮革是上等貨，一巴掌甩上去，應該挺痛的。

「你對那個偵探有偏見。」

「是啊。不止是他，所有私家偵探和騙子根本只有一線之隔。」

大塊頭刑警像站在X光照射台上被吩咐「深呼吸」時，深深吸一口氣，然後嘆著氣說：

「的確，一般是有這種可能。不過那個叫河野的不太一樣，他是個老手，很清楚自己在幹什麼。」

裕之沉默了下來，大塊頭刑警繼續往下說。

「而且，他覺得有責任。」

「責任？」

「沒錯。他對塚田早苗的遇害，自己沒有保護好她的事，非常自責。這等於是傷了他身為老手的自尊，所以他是來眞的。搞不好比你還認眞。」

「我也是很正經的。」

「是啊，可是正經跟認眞是不一樣的。」

大塊頭刑警說得眞好。

「如果河野建議我們去看看那個腦袋有問題的重考生，那就去比較好。不是說那個重考生一定有問題，而是或許可以透過他有什麼發現。」

河野說那個重考生在昨天的電話裡說「我會在這兩、三天去拜訪，出門前會先打電話。」大塊頭刑警和裕之討論後，決定等偵探的進一步聯絡。

這天晚上裕之趕在百貨公司打烊前衝進去，為舞子買戒指。從我的懷裡拿出信用卡時，他的手有些顫抖。

舞子是四月出生，誕生石是鑽石——非常昂貴的寶石。

裕之很清楚她的指圍。店員推薦的戒指指圍比她的無名指大，得送去修改，因此他在「謝謝惠顧」的送行下離開時，我懷抱著百貨公司的收據。裕之在電車上抓著拉環時，我感覺到他像是要確認那張收據確實還在，一次又一次隔著外套摸我。不用擔心，我會好好幫你保管。

回到住處，又有宅配送來。這次是紙箱，裡面塞的盡是鞋子、裝飾的小容器等雜物。裕之打電話告訴她東西收到時，舞子沒立刻接電話，說在洗頭髮之類。

「我打開來看，沒關係吧？」

裕之用喉聲笑著，像貓高興的時候那樣。

「舞子，我送給妳的東西，妳都很珍惜呢。」

昨天的衣物箱，還有今天送到的紙箱裡，也放有許多裕之送給舞子的禮物。

「我很高興。」

此時，話題轉到後天晚上兩人要一起去聽音樂會的事。舞子先去拿票，再將裕之的票送過來。即使裕之因爲工作遲到，舞子也可先在會場裡等他。

「咦，不要緊。現在案子也完全沒進展嘛。」

舞子可能是擔心他到時候又不能來。遺憾的是，以前的確有過好幾次這種情況。裕之會先打電話通知她，再將票寄放在警署附近，那家經常用來會合的咖啡廳經理那裡。這樣一來，舞子就可在下班後先到咖啡廳拿裕之的票，和有空的朋友一起去聽音樂會。

「絕對沒問題，一定能一起去。話說回來，妳什麼時候才要搬過來？下週末？那麼多東西要整理嗎？喔……這樣啊，那我等妳。」

掛上電話，裕之喜孜孜地笑了好一會。即使那天晚上他在電視的談話節目裡，看到塚田和彥穿著瀟灑的進口西裝，和偶像藝人、受年輕人歡迎的小說家一起談論現代社會，他的心情似乎也不受影響。

# 3

第二天下午三點左右，河野通知那名重考生打電話來。在署裡等著的大塊頭刑警和裕之搭計程車，前往車程大約十分鐘的河野事務所。

裕之和我都是第一次來他的事務所。不出所料，是一棟老舊的大樓，但室內收拾得很整齊，牆邊有兩個可能是用來塞檔案、看起來沉甸甸的櫃子，接待用的椅子頻頻發出傾軋聲。

「你叫我們躲在隔壁房間，可是根本沒別的房間。」

裕之抗議，偵探不當一回事：

「有小廚房和廁所，可拉上隔間用的門，裡面有椅子。」

大塊頭刑警什麼也沒說，可能是在抽菸吧。明明心臟不好，就是戒不了菸。

三個人各就各位——大概等了兩個小時左右。我在裕之的內袋裡，感覺著他的心跳，他好像不怎麼緊張。

電話響起，偵探拿起話筒——是那個重考生打來的。電話很快掛斷。

「他不舒服，改明天。」

偵探沒特別失望地這麼說道。大塊頭刑警走出狹小的廚房，似乎打了個大呵欠——我聽見呻吟般的聲音。

「明天也要這樣嗎？」裕之誇大悲慘地說道。

「是啊。」
「直到那傢伙過來？」
「沒錯。」
「我跟女友約好要去聽音樂會。」
大塊頭刑警說：「是舞子小姐吧？你不是說她有很多朋友嗎？那很容易就可以找到人陪。」
椅子的傾軋聲，大塊頭刑警好像坐了下來，接著傳來偵探起身到廚房的腳步聲，或許是去泡咖啡。
「放心吧。不能隨心所欲地約會是幹這一行的宿命。就算是這樣，依我所知，同事裡還沒有人『忙得沒辦法結婚』。」
「話是沒錯……」
「和她不順利嗎？」
「才沒那種事……」
大塊頭刑警果然非常擅於問話，於是裕之把即將和舞子同居的事招出來了，說到一半卻欲言又止。大塊頭刑警喚道：
「喂，偵探，你有過像他那樣的時代吧？」
偵探乾脆地回答「是啊」。
「我當然也有過。聽到這些話讓人彷彿回到年輕的時候。」
這就是裕之單純的地方（就男人來說，未免太多嘴），連買戒指的事都說出來後，他的心情變好了。

「這樣的話，就算不能去聽音樂會，舞子小姐也會饒過你。把票讓給她的朋友吧！」裕之說出他們平常處理這種情況的方法，順從地附和：「好吧。」雖然只有一點點，不過還是覺得他滿可憐的。

一直沉默不語的偵探，冷不防提問。

「她是做什麼的？在什麼大公司上班嗎？」

裕之回答：「是人才派遣公司。好像比待在同一個企業更靈活、有趣的樣子。」

「老家呢？」

這個問題讓裕之不太高興，「你問這個做什麼？那是我女朋友，跟你沒關係吧？」

「也是，失禮了。」

我也覺得不可思議，偵探爲什麼問這種問題？但這也提醒我，舞子的老家在哪裡？然後，這才發現，我從沒聽她提起家人或故鄉。難道這就是她「結婚是兩個家庭之間的事，我只想和你在一起」這種獨特冷漠想法的原因嗎？

沒錯——裕之應該也不清楚她的老家在哪裡。我都沒聽說了，他應該也沒聽過。我揣著他的活動資金，連賓館都一起去，這一點我很確定。

「喂，你要我們見有妄想症的重考生，目的是什麼？」

大塊頭刑警喝著不知是茶還是咖啡這麼問道，偵探回答：

「我有個異想天開的假設。」

「哦！」

「爲了讓你們接受我的假設，做爲參考，先讓你們實際看看打電話給我的那個重考生比較好。」

但這件事只能留到明天。

回到署裡，裕之打電話到舞子上班的地方，為明天可能沒辦法去的事跟她道歉，並且會把票寄放在那家咖啡廳。從裕之的聲音聽來，舞子似乎沒生氣。

## 4

第二天，一樣是過了下午三點，偵探來了聯絡。大塊頭刑警和裕之急忙趕過去。

接著又是等待，不過這次的等待有了回報。大約一個小時後，偵探事務所門口響起輕輕的敲門聲。

大塊頭刑警和裕之躲在廚房，所以我也在那裡。裕之的肩膀變得有點僵硬。

「你就是河野？」

一個溫和、可愛得令人意外的聲音這麼問，是個乳臭未乾的大孩子。

「沒錯。」偵探回答。

「你知道我是誰嗎？」

「打電話給我的人，對吧？」

「是啊。我可以進去嗎？按照約定，你沒叫警察吧？」

「你可以自己看看。」

傳來輕巧的腳步聲，重考生走進室內。要是他打開廚房的拉門，偵探該怎麼辦？

但事情沒有那樣發展。重考生好像坐了下來，椅子發出傾軋聲。

這個年輕人開朗又饒舌。他想和河野「面對面」好好談一次，還說目前他尚未被列爲偵查對象，以後應該也不用擔心會被抓到。

「因爲塚田和法子，還有被殺的四個人，都和我毫無瓜葛。」

「在這裡說出這種事好嗎？」

對於偵探的問題，他一副聽到笑話似地開心大笑。

「只是自白，並不能成爲證據吧？而且，我才沒笨到留下物證。」

「爲什麼要殺害那些人，再嫁禍給塚田和法子？」

重考生可愛的聲音頓時充滿熱情。

「因爲很有趣啊，超刺激的。」

第一次看到塚田是去「潔娜維芙」用餐的時候——重考生這麼開始敘述。

「看到那個人的時候，覺得他超自大的，一副裝酷的樣子……讓人有一種根本不會把我這樣的人看在眼裡的感覺。他長得很帥，身材又好，所以我對他產生興趣。那種一臉『我是世界第一』的人，我最有興趣了。」

於是，他委託徵信社調查塚田。

「所以他的事我一清二楚，不管什麼事我都知道，眞的。」

「你還眞有錢呢！」

「當然。錢，我多的是。爸媽一心只想要我考上大學，不管什麼學校都好，只要我開口，他們馬上會給我錢。他們幫我租公寓，也讓我買車。我已是個大人物，只是不像塚田那麼不要臉，沒到處宣傳而已。」

殺害塚田身邊的人，再嫁禍給他和他的情婦，是要「告訴塚田誰才是老大。我就是老大。開餐廳、有漂亮的太太和情婦什麼的，根本不算什麼。只要我縝密計畫，想引發什麼風暴都沒問題。」

「那麼，塚田有不在場證明，對你來說是重大的失誤吧？」

「不會啊，這一點我早就計算進去了。我知道要不了多久，他就不會有嫌疑，因爲他根本什麼也沒做。現在警方很窘吧？我比警方聰明多了。」

這個大塊頭刑警像鯨魚班喘氣嘆一聲。

「可是，塚田和法子成爲明星。你沒沒無聞，他們卻成了名人，這不是很不公平嗎？」

重考生「呵呵」地笑。

「所以我才來找你商量啊！差不多該把塚田他們拉下台了。他們不過是被我玩弄於股掌之間罷了。我想該是發表犯罪聲明的時候了。」

「嗯……」

「所以，我想請你幫忙。方便幫我跟媒體傳個話嗎？警方對這種事總是笨手笨腳的，一點用都沒有。換成是你——欸，能直接聯絡上採訪你的電視台吧？告訴他們，可以直接採訪我——採訪眞凶，好嗎？」

「這樣應該能拿到一大筆演出費吧？」

重考生發出「呸」的聲音。

「我才不要什麼錢。錢不是問題，對吧？我才不是那種小角色。我只是覺得，應該是告訴愚蠢的世人的時候，我想讓世人知道眞正了不起的人是誰。」

「聽到了吧？」
重考生離開後，偵探可能是重新坐回椅子上，聲音有些模糊。
「怪人哪！」大塊頭刑警說。「不就是個弱不禁風的年輕人嗎？了不起的只有妄想。」
偵探建議重考生：「先準備親筆的自白書，帶著它到電視台去吧！」明天同一時間，重考生將帶著那份自白書再回到這裡。
「你叫他寫上地址、本名和帶印章？」大塊頭刑警納悶地問。
「那傢伙眞的會再來，把他抓起來吧！通知他的家長，帶去看醫生比較好。與其丟著他不管，不如這樣比較好。」
裕之從外套口袋裡取出手帕，頻頻擦汗。
「那傢伙瘋了。」他說。「這根本是在浪費時間。河野，你讓我們看那種東西，到底是想怎樣？」
偵探慢慢地說：
「坦白說，我認爲協助塚田和彥與森元法子的共犯，就是像重考生那樣的人。」
在一片靜默中，只有椅子抗議大塊頭刑警的體重似的傾軋聲。
「那樣的人既悲慘又渺小，不被世人理睬又落魄——就是這樣的人才是本次案件的凶手吧。」
我感到裕之的心跳變快。
「你的意思是，塚田操控那樣的人？」
面對大塊頭刑警的問題，偵探大概是點頭了吧，大塊頭刑警沉吟著說「這樣啊」。

「這種想法太突兀了。」裕之總算開口。他想笑，卻被兩個人嚴肅的模樣嚇住，只發出不成笑的怪聲。

「是嗎？但現實世界的確存在這種妄想的人，認爲自己不同凡響。比起電視、雜誌爭相報導的那些人，自己才是更偉大幾千萬倍。」

大塊頭刑警說：「像那樣耽溺在自己妄想的世界裡還算好的，幼稚得可愛。」

「我也這麼認爲。」偵探說。「但和這次事件牽扯上的，卻是已無法滿足於只在自己的世界裡妄想的人。若非如此，也不會做出殺人這種事。」

「那是什麼樣的人嘛！」

對於裕之的詰問，偵探反問：

「你覺得塚田和彥是怎樣的人？」

「怎樣的……」

「他最明顯的特徵是什麼？仔細想想，是什麼？」

裕之答不出來。

「擅於掌握人心，將其玩弄於股掌之間……」大塊頭刑警低喃。「措辭有些激烈，不過就是這樣吧？」

偵探說：「操控他人——我認爲就是如此。他非常善於此道。塚田確實聰明，也有才能。『潔娜維芙』的畠中相當倚重他，或許是看中他的生意頭腦。只是，部長刑警，像塚田這樣有生意頭腦的人多不勝數，塚田能夠緊緊抓住畠中的心，不管從好的意義或壞的意義來看，都是因爲他擅長掌握人心。」

「嗯。」大塊頭刑警回答。

「塚田早苗來找我時曾說，她懷疑丈夫的那些地方，家人沒有一個肯相信，每個人都被和彥籠絡。在察覺自身的危險前，她也一直是和彥的俘虜。」

偵探的聲音混雜著無奈與焦躁。

「有個少年，是早苗的外甥，早苗遇害後，我和他談過幾次。他很早看穿塚田的眞面目，但沒人肯把他的話當一回事。『每個人都會喜歡上塚田。雖然十分奇怪，可是每個人都只相信他的話。』只是個小學生，眼光卻相當敏銳。」

「這麼一提，」部長刑警說：「有個叫宮崎的，是塚田小時候的玩伴。這個人以前有口吃的毛病，除了塚田，沒有其他朋友。他小時候也是受塚田的深深吸引，對他唯命是從。」

偵探好像站了起來，響起腳步聲。

「塚田對那名共犯也用了同樣的操控手法。」

裕之搖頭，「可是，他爲什麼要那麼做？爲了錢嗎？爲了保險金僱用殺人魔？」

「不是吧。」偵探回答。「看到現在一副英雄的模樣受到媒體吹捧的塚田和法子，我彷彿看清他們的眞面目。他們不過是想引人注目罷了。比別人聰明一些、漂亮一些，僅僅如此，就想在擠了一億幾千萬人口的這個國家受到大家的阿諛奉承，根本不可能。像塚田那種程度的人不足爲奇，法子也只是比一般人漂亮一點，然而……」

大塊頭刑警倒抽一口氣，接下去說：

「如果他們是在日本引起軒然大波的案件關係人，情況就不同。」

裕之忍不住大叫：

「怎麼可能！你的意思是，他們不是爲了錢？」

「是啊。」偵探冷靜回答。『塚田有錢，『潔娜維芙』餐廳的業績順利成長。他完全沒理由不惜殺人詐領保險金。法子也一樣，森元隆一原本就是高收入族群，她的生活無憂無慮，也可向塚田要錢。」

偵探毫無憑據，卻自信滿滿地說：

「他們的目的不在於錢，而是爲了得到現在的地位——受到全國矚目，從不顯赫的背景、不起眼的路人、不起眼的群眾角色裡，一躍成爲名人。以這點來看，他們十分成功，而保險金只是附加價值罷了。就算沒有保險金，只要成爲名人，錢很快會跟著進來。其實，照這樣下去，光是上節目的車馬費，及他們日後打算出版的手記版稅等，很快會超過保險金。而且只要成爲名人，塚田更能活用他的才能——掌握人心。法子靠著外表，一旦成爲名人，到哪都管用。她應該有辦法讓自己變身評論女性問題的專家或藝人。」

「太可笑了。」裕之語帶怒意地抗議。「怎麼可能？爲了成名而殺人？萬一被逮捕怎麼辦？」

大塊頭刑警耐著性子解釋：「所以，他們有不弄髒自己雙手的勝算。」

「勝算？」

「沒錯。行凶的另有其人，而且塚田和法子與實際行凶的人的關係，是只會循前例調查金錢或感情上的利害關係的警方料想不到的。」

那個行凶的人必然是受到塚田的引誘。儘管落魄，卻抱持著「我要告訴世人，誰才是最偉大的人」這種扭曲的想法。

想要讓世人、警方、媒體爲之震撼的人。

塚田巧妙利用某個人的心理，而這樣的人，爲的也不是錢。

「所以，大家都能全身而退。塚田和法子雖然受到巨大的懷疑，但在物證第一的情況下，他們深信自己絕不會被當成凶手。諷刺的是，他們比任何人——比喧嚷不休的電視記者等人，都更相信警方的搜查能力。」

大塊頭刑警大大咳一聲，氣憤地說：

「我們沒有做，我們沒有動手，所以不會有證據，也就不會被逮捕、審判。總有一天，警方會證明我們不可能殺人——因此，他們反而希望媒體吵得愈凶愈好。成爲話題，正中他們的下懷。」

「他們希望引起話題。」偵探接著說。「大塊頭刑警沒告訴你嗎？四名被害人身上各少一樣東西代表的意義。」

我沒聽見裕之的聲音，他一定正用可怕的眼神瞪著大塊頭刑警。

「怎麼回事？」他終於喃喃出聲，那聲音既低沉又沙啞。

大塊頭刑警似乎難以啓齒。「我一直很在意，又不能隨便說出來。森元隆一的領帶夾、塚田早苗的戒指、葛西路子的頭髮、太田逸子的大衣鈕釦不見，一直讓我耿耿於懷。所以——我想到了，這些會不會是凶手的戰利品？」

「戰利品？」

「對啊！紀念品，犯下殺人案的證據。偷偷收著，偶爾拿出來看看，就能感到滿足……」

「雖然聽起來令人不舒服，」偵探說。「但我也認爲，這是鈕釦、領帶夾從現場消失最令人信服的理由。會想要這類戰利品的，不是爲了錢犯罪，而是會在殺人行爲上附加意義的異常殺人者。」

「我無法相信。」裕之猛然起身，「這樣的動機難以置信，而且你們說有個被利用的殺手？這種事——除了有利害關係之外，我無法相信有人能操控另一個人到這種地步。誰會甘願受別人那樣操控？」

一時之間，三個人陷入沉默，只聽到裕之的喘息。

「我認為你也被操控了。」偵探平靜地開口。「你遲早會知道，現在告訴你也無妨。只要被抓住弱點，就會輕易被人操控。你親自去確定這件事吧。」

「什麼意思？」

「你的女友，是叫舞子小姐嗎？你偷偷去和她約好的音樂會現場看看就能明白。然後，順便去一趟她現在住的公寓或大廈吧。」

「在這個節骨眼上，為何要扯到我的私生活？」裕之吼道。

可是，大概是憤怒和不安吧，他照做了。

於是，他目睹舞子和完全不認識的男人挽著手、打情罵俏地走進音樂會現場。而舞子住的大廈——說要和他同居、準備搬離的那棟大廈，早已人去樓空。

管理員說她一個星期前就搬走，不曉得搬去哪裡。

「聽說她也辭掉工作。老家？不曉得耶。簽約時，我們收取保證金，不會過問父母的住址。」

裕之向管理員告辭後，悄悄來到舞子的門前。他打開我，從我懷裡取出舞子交給他的備份鑰匙。

她以前住的這間屋子，現在是空著的。裕之把鑰匙插進鎖孔。

鑰匙不合。

難道舞子把住處的備份鑰匙交給裕之也是做做樣子嗎？表示自己對他——只對他一個人敞開心房。她早就看穿、算計到，即使把鑰匙交給裕之，忙碌的他也不可能有機會使用。

裕之在原地呆立半晌。我在他的心臟旁，變得和他的心臟一樣，又冷又僵。

就在這個時候，「鏘」地一聲，什麼東西掉到地上。

備份鑰匙從裕之的手中滑落。

他沒有撿起鑰匙，邁開腳步，走向樓梯，頭也不回地走掉。

過了晚上十點，裕之回到偵探事務所時，大塊頭刑警還在。

「雖然令人同情，不過那種自私的女人，還是早點分了好。」大塊頭刑警勸道。

「你爲什麼知道？」

裕之低聲問，偵探回答：

「她寄去你那裡的，盡是你送她的東西，不是嗎？撇開同居不談，一般只有想分手才會這麼做。」

沒錯……禮物被退回來了。

「她連老家的地址都沒告訴你，又自稱在人才派遣公司上班，她可以隨意換工作。她想從你面前消失，根本輕而易舉。」

原來如此，所以何野才會問舞子的職業。

「她不純粹是爲了分手，而是刻意用這種方法，八成是有別的男人。要避開你和那個男人約會，你取消的音樂會現場是最好的地點吧？那裡比東京任何一個地方都安全，她知道你絕對不會過去。她不可能錯過這個機會。不止今晚，或許過去也一樣……」

大約有三十分鐘，裕之不吭半聲，部長刑警和偵探也任由他去。不久，裕之從內袋取出我，抽出那張戒指的收據，慢慢撕成碎片。

如果可以，他一定想把收據連我一起扔掉。如果我不是姊姊送的，他一定會這麼做吧。

「接下來要怎麼辦？」

聽到裕之的話，偵探彷彿剛剛什麼也沒發生，接著說：「找出共犯。」

「像那名重考生一樣，有著扭曲的自我要實現夢想的人，而且比那名重考生有著更危險的行動力的人。我認爲，他在受到塚田引誘『一起進行完美的犯罪，嚇破世人的膽』前，應該已有偏差行爲，否則不可能突然變本加厲到殺人的地步。」

裕之玩味這句話似地點點頭，接著問：

「但要如何揪出那個人？」

「很簡單，」部長刑警回答。「回到原點。」

「原點？」

「北海道——逸子被撞死的地方，那裡也是後續案件的起點。」

北海道。逸子一案發生時，塚田並無明確的不在場證明。假設當時他遠赴北海道，而逸子遇害時，他恰巧因著某個理由在場。這有可能嗎？

就在那個時候，塚田認識那名共犯，也就是實際行凶的人……

「花了我一番工夫。」偵探說著，把什麼東西「砰」地丟到桌上。好像是檔案。

「這是札幌市近郊，去年至今年發生的未偵破傷害案件的檔案。裡面記錄著十件駕駛轎車襲擊年輕女性、情侶並持刀傷人的案子。從前年夏天起，斷斷續續地持續到去年十二月初，之後突然無聲無息。」

而去年的十二月十五日，森元隆一在東京都內遇害。

「你不在的時候，這份檔案我都讀過五次了。」大塊頭刑警說。

「就從這裡開始吧！」

# 10

## 第十章
# 凶手的錢包

## 1

他不是會做壞事的孩子，絕不是會做壞事的孩子。這一點我知道，我非常清楚。

第一次遇見三木一也是在五年前。替他打理一切的母親，爲了大學畢業即將就職的他，備齊衣物、鞋子、皮包及日常生活必需的每一項雜物，其中包括我。

我是個眞皮的錢包。

同時，我恐怕是全世界最危險的錢包——揣著危險物證的錢包。在我的懷裡，一也犯下的四起殺人案的證據，每一樣都仔細擦拭、摺疊，有些用布包著以防刮傷，好好保存在裡面。

沒錯——我的主人，我的小少爺，我的三木一也，是個奪走四條人命的凶手。

可是，他不是會做壞事的孩子，絕不是會做壞事的孩子。這一點我知道，我非常清楚。

拜託，請聽我說，請聽聽我的一也的所作所爲。

## 2

至今我仍這麼認爲，帶著無盡的悔恨這麼想，如果那個時候——那已是一年前——一也沒在那裡遇到塚田和彥就好了。

那個時候，一也辭掉工作，離開從大學時代開始住了八年的東京的大廈，暫時回到老家——位在北海道札幌市，有著弧度優美的紅屋頂，及眞正壁爐的雙親的家。

我當然不曉得一也的孩提時代。我是在一也的母親挑選我保管他的生活費時，及她撥空上東京，到一也的住處打掃、做飯邊聊天時，間接聽到的。

一也在學校的成績非常好，是個很受老師疼愛的學生。他從來不會頂撞老師，也不會回嘴，總是會主動整理教室、清理板擦、澆花。

這應該是雙親教得好吧。一也的父親連高中都沒畢業，但憑著聰明才智和生意頭腦，加上深具洞悉時代的眼光，從一家小乾貨店發跡，逐漸成功，如今是在北海道的主要都市擁有分店的大型超市董事長。父親在札幌成立第一家大型商店的時候，母親是提供他資金的地方銀行總經理的女兒，是出名的美女。相較於丈夫，她有著良好的教養，現在依然年輕漂亮，完全看不出有個二十七歲的兒子。夫妻之間非常恩愛。一也是獨生子，在成長的過程中獨享雙親完全的愛。

一也是個符合雙親期待，優秀且乖巧、聰明的孩子。考大學的時候，也不見他有多努力用功，一考就考上第一志願東京名校的法律系，很厲害吧！一也眞的是爲人父母心中的理想兒子。

一也大學畢業後的第一份工作，是在一流的貿易公司上班。這是一家幾乎無人不知的著名企業，父親非常高興，兒子——自己的兒子被對國家經濟成長有舉足輕重的大企業、只任用精英的企業錄用，他感到無上的歡喜。這等於是除了成功的事業之外，又以另一種形式證明父親的人生是正確的。

因此，一也不到半年就辭職離開那家公司時，父親受到極大的打擊。就算被一也毆打，他或許都還不至於那麼錯愕。

爲什麼辭職？關於辭職的原因，無論對父親或母親一也都不肯說清楚。

「沒什麼啊，只是覺得我不適合那種工作。爸不是也說，趁年輕多經歷一些比較好嗎？我還不想成爲上班族。」

不知是否雙親接受這樣的說法，後來便沒再追問。有一段時期，一也在東京的大廈平靜地生活，每天盡是讀書。不，正確地說，應該是說他買了許多書才對。他幾乎每天都帶著我去書店，從我懷裡隨手抽出萬圓鈔票，換來沉甸甸的書本。

在他東京的大廈裡，我總是被放在固定的位置。那是一也的母親說「錢包和存摺要放在這裡」而決定的——是寢室衣櫃旁的置物箱。所以，一也回到房間，把我收進置物箱後，我就無從得知他在做什麼，只能偶爾聽到腳步聲和說話聲。

現在想想，從來沒有女性到住處找過他，連他的女友都不曾來過。這與他之後的所作所爲，或許有很大的關連……

一也不讓女性接近的原因——和辭掉第一份工作的原因是一樣的。這一點我能理解，因爲一也愛著母親，他太愛自己的母親了。

如果對方不像母親那樣完美，就沒有資格愛他。如果不是那樣的女性，就沒有交往的必要。

這樣的想法一點一滴擴大，逐漸侵蝕他、消耗他的內心。接下來的一年半裡，一也三番兩次換工作，而且辭職時引起的騷動——與上司吵架、和同事爭執，一次比一次嚴重。這些我都看在眼裡，然後我發現他心底的想法。

一也想頂撞全世界，至少他是這麼想的。但如果問他理由，他一定會這麼說：

「世人全是笨蛋，我哪有工夫理會？」

然後，他會嗤之以鼻，一副「我才沒那種閒工夫去理會低等人」的表情。

一也，你爲何沒有時間？

一也，你在急什麼？

一也，你爲何沒辦法與人好好相處？

在他的外套胸袋裡、在他的牛仔褲後袋裡，我常常這麼問。

他沒有回答。不過，我聽著他的心跳，感覺到答案從他的體內呼之欲出。

世人全是笨蛋，我不一樣。沒人瞭解我的價值，因爲我太偉大，那些卑微的人根本看不到這一點。

一也，你不是小學生了，就算主動去澆花，也不會有人稱讚。有人盯著你做事，但並不是爲了等著褒獎你。

在這個廣大的世界裡，和你同樣能力、智力的人到處都是，而且人數遠超過你的想像。這個社會不像父母那樣稱讚你，並以你爲傲。

這個時期的一也，讓我想起以前的同伴。他是個合成皮的鈔票夾，卻自以爲是眞皮的，也以眞皮自居。我的價格標錯，我被誤標成低價——他總是這麼聲稱。

可是，我閃過一個念頭：那個鈔票夾會不會根本就很清楚自己是合成皮？害怕承認事實，才不去認清周遭的一切，才不敢正視自己眞正的價格。

一也的情況，在本質上與那個鈔票夾有共通之處。

那個時期，一也有時候會看老電影。雖然我只能聽到聲音，不過那是一部描寫「希特勒」獨裁者的電影。像這樣的電影很多，在大部分的電影裡，那個叫「希特勒」的都是壞人。

一也反覆看這類的電影，連我有時都會聽到群眾對「希特勒」的歡呼聲。

獨裁者——據說他被這麼稱呼。

我不知道那是什麼意思，因爲我不太瞭解人類的事。

可是，他卻深深吸引一也，有什麼相似的地方嗎？

就像合成皮錢包，卻自以爲是眞皮。

不願認清自己眞正價格的錢包。

一也是不是早就發現，其實自己並不是父母口中的優秀人才？只要更進一步，或許他就能瞭解自己其實與眾人無異，雖然未必傑出，但自有意義、價値與樂趣。

可是，一也卻轉過身，將自己的標價撕碎丟棄。

一也二十五歲時，不再三天兩頭換工作，而是向擔心地問東問西的父母說：「我要念書，準備司法考試。」

我聽了很高興，高興得不得了。一也像帶著我那樣，隨身攜帶六法全書，研讀論文。我聽著一也有時與目標相同的朋友徹夜長談，心裡眞的好高興。

可是，那段時期非常短。一也在二十五歲和二十六歲，各挑戰一次司法考試，每次都在複試落榜。

聽說司法考試很難考，尤其是複試，根本是「把考生刷下來的考試」，稍一不小心或誤解，就會被刷下來。根據比一也落榜更多次的朋友說，複試時會將兩萬多名的考生刷到只剩四千人左右，考題也變得更加艱深刁難。

一也以爲自己絕不會落榜，他確實是這麼想的。當一起落榜的朋友鼓勵他「明年再加油，有志者事竟成」，一也卻反駁：

「開什麼玩笑，不要把我和你混爲一談！」

被刷下來，被淘汰了。一也第一次嘗到失敗。

到目前爲止，再怎麼換工作都不順利，其實是一也自身出了問題的關係。這在某種意義上來看，等於是被淘汰。可是，當時他仍用「是我辭職不幹」來自欺欺人。

這次不同，他被淘汰了，吃了閉門羹，而且是在考試上。一也在學校時曾是模範生，萬萬沒想到竟會在考試中被刷下來。

支撐一也的那個東西——儘管是異常扭曲的柱子，畢竟是支撐他的東西——在這個時候斷成兩半。我聽見它斷裂的聲響。

在父母半懇求、半命令下，一也回到北海道，回到老家，回到父母的羽翼下。可是，一也察覺父母不再像以前那樣以他爲傲。

於是，他開始傷人。

## 3

此時的一也，過著白天睡覺、夜裡漫無目的地開車出去的生活，他的父母——尤其是母親，並非全然不感到奇怪，只是沒逼問一也。她覺得不能再逼迫挫敗疲累的兒子，改以溫柔對待。一也對這樣的母親視若無睹。這也難怪，因爲他並不想要別人對他好。他要的是尊敬和崇拜，希望別人承認他果然不是泛泛之輩，僅僅如此。

一開始，他襲擊的是沉浸在深夜約會的情侶，我覺得可悲極了。當男性身邊有著不得不保護的女性時，心理上會變得勇敢堅強，實際上卻處於非常不利的一方，而一也只敢攻擊這樣的人。

相較之下，開車衝撞靜止的車子，或用鐵橇打破車窗，趁對方回神開門出來前逃之夭夭——幹這種小混混的勾當時，還算是好的。一也藉由這種暴力，發洩內心積累的支配欲和君臨的欲望，也算是好的。可是，就像服用藥物一樣，不逐漸增加劑量便無法發揮藥效，一也追求更刺激、更強烈的滿足感，同時學會襲擊的技巧。他開始將盯上的目標引出車外，再開車追逐的遊戲。他曾把人從馬路上撞彈出去，導致對方受重傷，也曾假裝汽油用完，欺騙半夜獨自開車回家的女性停下車子，再突然亮出刀子傷人。不管哪一種情況，只要看到被害人嚇得哭叫，或驚恐得無法動彈，他心中就有莫大的滿足感。

而且他從未失手。襲擊對方時，他頭上會套絲襪，並用污泥塗抹車牌，讓被害人無從辨認。等離開現場，再將車牌弄乾淨，以免警察攔下盤問。

他攻擊人，致使對方感到驚恐，滿足自己的支配欲，現在更加上即使犯罪也不會被逮捕、把警方玩弄在股掌之間的快感。

這一連串的案件登上當地的報紙，報導中呼籲民眾小心。

一也讓毫不知情的愚昧世人爲之騷動，成爲話題。

所以白天時他的心情總是很愉快，甚至讓父母感到放心，說他彷彿恢復學生時代的開朗。他們要他再休息一陣子，慢慢思考今後的出路。

可是，我知道當時的一也正處於失控的邊緣。他追求更強烈的刺激，甚至想弄到槍枝。

他乾脆就這樣失控好了，這麼一來，他一定會被警察逮捕，而他身邊的人就會發現他生病，需要接受治療和救助。

事情卻不是如此發展。

那天晚上，雪停的深夜，在郊外的牧場附近，那個乾枯的樹林裡瘦骨嶙峋的枝幹朝夜空突出的地方，他和塚田和彥相遇。

## 4

事後我才知道，那天晚上，塚田和彥——當然，那時他和一也不曉得彼此的名字——正爲了殺人計畫，前來勘察現場。

就在這個時候，一也出現。他看到和彥只有一個人，以爲和平常的上好獵物沒什麼兩樣，於是駛近車子。

塚田和彥將車子停在樹林外，在附近走動。他看到一個頭上罩著絲襪的男人開車衝過來，立刻跑回自己的車子。就在塚田跳進駕駛座、關上車門的那一刻，一也車速過猛，顚簸著撞上塚田的車子側邊。

目測有誤，錯過踩煞車的時機，這是一也第一次失手。輕微腦震盪無法動彈的一也，被眉間插著碎玻璃、流著血從車內爬出來的塚田和彥抓住，將他拖出駕駛座。他在一也的身上摸索一番，拿出我後，找到駕照，確定一也的身分。接著他檢查車內，找到了一也「襲擊」時使用的刀子。

塚田當時的表情——查看我的時候的表情——由於驚愕，一雙眼睛睜得老大。

「你爲什麼要做這種事？目的是什麼？」

恢復意識的一也自暴自棄地說：「去叫警察啊！」

「做這種事，好玩嗎？」

一也沒回答。塚田蹲下，一把揪起一也的領子：

「那我去叫警察好了。你不是第一次幹這種事吧？今天早上我在飯店看到報紙，有人開車襲擊並砍傷情侶和女人——」

此時，塚田和彥笑了，親切地對著一也笑，那是立志要將全世界的昆蟲都做成標本的人，發現從未被捕捉的珍貴而醜惡的毒蟲，露出的高興、愉悅的笑容。

「走吧！」他說。「我放你一馬。你這人很有意思，交給警察太可惜。」

他的話讓一也十分吃驚，一時之間不知所措。

「什麼意思？」

「你可能會派得上用場。」

我會再聯絡——塚田說道，將一也的駕照放回去，然後把我丟到一也的膝上。

過了半個月，塚田眞的主動聯絡，告訴一也他的名字，及他正在籌畫的事——一個遠大的計畫。

「怎麼樣？要不要協助我？」塚田邀他。「話說回來，你要是拒絕，我就把你的事告訴警方，這樣彼此不都損失了嗎？」

我認為，就一也的情況，與其說他不想被送去警局，倒不如說他是被塚田和彥的計畫吸引，才繼續聽他說。

當時，塚田和彥早已計畫好日後的一連串詐領保險金殺人案。

他的目標是情婦森元法子的丈夫森元隆一，及他打算結婚的對象早苗。早苗是他為了投保後加以殺害而挑選的結婚對象。塚田對她沒有絲毫的感情，她只是投保時需要的一個名字罷了。訂下這種計畫，塚田卻完全沒有心痛或良心不安的感覺。

「我有很多事想做，需要錢，不過也不止如此。我相信自己的腦袋，想淋漓盡致地發揮。」

塚田和一也或許有相似之處，就像黑夜與黑暗有相似之處一樣。如果說一也是沒能當上獨裁者的人，那麼塚田和彥就是個親切的誘惑者。他把人玩弄於股掌之間，更進一步想將世人、社會操縱在自己手裡。

「我已擬好計畫。但依照目前的計畫，無論如何，我都會受到懷疑。所以，我正在考慮，實際動手的必須是別人。」

怎麼樣？要不要協助我——塚田這麼說。

「一定會很爽。引起社會軒然大波的案件眞凶是你、我，那些愚民永遠不會知道眞相。你也眞是的，老是襲擊情侶，做那種騷擾的事，很無聊吧？不想幹更有計畫、規模更大的案子嗎……當然，還可大撈一筆。」

「我不要錢。」一也立刻反駁。「錢我有，錢不是問題。」

聽到這些話，塚田和彥的臉——對，像月亮在微笑。自己不會發光的、蒼白的沒有生命的星球。

他們於是一起聯手。

第一個遇害的是塚田離婚的前妻，名叫逸子。塚田遇到一也時正在策畫怎麼殺害她。

「老實講，殺她是多餘的。逸子莫名其妙憎恨我。她之前住東京，或許會從東京的一些朋友口中聽到我與早苗結婚的消息。但逸子知道我有個女人叫森元法子，我因爲和法子搞上，才和逸子分手。所以逸子可能會向早苗告密，這點非常礙事。」

所以，塚田想收拾掉她。

「而且我覺得這會是個不錯的預習。」

就這樣，從逸子遇害開始，連續發生四起命案。關於命案的經過，我想許多人都已知道。

儘管塚田和森元法子受到警方懷疑、媒體大肆報導，成爲焦點話題，但兩人都沒有動手殺人，行凶的是一也，按照計劃進行後，他們並未輕率地相互聯絡。

塚田和法子刻意營造出理當會被懷疑的情境，並各自準備了其中一方的不在場證明。這些不在場證明，會在警方搜查時浮現，或另有證人主動出面，無論如何，遲早都能還他們清白。

這樣一來，塚田和法子就會變成話題人物，生活將變得刺激又有趣。而且，法子還能從無聊的婚姻中解脫。

何況，還有保險金呢！

現在塚田和法子成爲媒體的寵兒，電視和雜誌爭相採訪，想必他們一定感到很幸福、很滿足吧。

一也看著四條人命的大案破不了，受到媒體與世人抨擊的警方，獨自耽溺在支配者的喜悅當中——那種握有沒人知道的眞相的快感。

要更就此事著墨，或許可寄信給警方或媒體——就在最近，塚田打電話給一也，兩人談起這件事。

一也將寄出犯罪聲明。如此一來，整件事又會被炒熱，「眞凶」上場，會讓塚田與法子再度成爲焦點。

實在太刺激、太愉快，又有實惠。媒體爭相追逐塚田和法子，兩人拿到的簽約金和車馬費直線上升。加上兩人計畫出版各自的手記，便會有版稅收入。據說出版社很感興趣，認爲絕對會熱賣。

這些我都是透過電話間接聽到的，詳細情形不得而知，但他們似乎會將收入分給一也。

比起這些實質的好處，一也將會闖出名號。雖然是祕密，卻不是完全無法張揚。如果是利用匿名信，或只透過聲音，四起保險金殺人案的眞凶一樣隨時能上場，成爲話題。

一也終於要讓世人知道他眞正的價值。

而我懷抱著他殺人的證據——戰利品。

每犯下一起殺人案，一也就拿走受害者的一個東西當紀念品。在太田逸子身上，他拿走大衣鈕釦。森元隆一是領帶夾，彷彿是爲了被殺害而結婚的塚田早苗是戒指。另一個人，森元隆一熟識的酒店小姐葛西路子，則被剪去一撮頭髮。

這個酒店小姐是個不幸的女人，也是個沒有分寸的女人。森元隆一遇害，未亡人法子將領到一筆保險金時，她魯莽地搭上媒體煽動「法子很可疑」的便車，被欲望沖昏頭，明明什麼都不知道，卻裝成握有法子的把柄，向她勒索，因而被殺。

法子偷偷和一也見面，舉杯慶祝時，曾這麼說：

「我完全不曉得那個酒店小姐知道些什麼。她八成什麼都不知道，只是虛張聲勢。不過不要緊，反正請一也收拾她就好了嘛！而且收拾掉她，騷動會更大，也會更愉快，不是嗎？所以我稍微威脅那個酒店小姐，讓她明白我才是老大。」

在掩埋酒店小姐的屍體時，一也發現在搬運屍體的途中，她的錢包不知掉到哪去，加上在酒店小姐的身上遍尋不著法子拜託幫她拿回來的項鍊，導致情況有些麻煩。不過現在想想，這些意外有助於讓案情變得更錯綜複雜，其實頗有趣的——法子頗有感觸。

留下的僅僅是四名死者的四樣遺物——一也的戰利品。

一也將這些東西慎重交由我保管。我揣著這些東西，隨侍在他身旁。那些遺物能證明他才是背後的勝利者、比警方和媒體棋高一著的證據。

我變成皮製的墓碑。

他不是會做壞事的孩子，一也絕不是會做壞事的孩子。我知道，這一點我很清楚。

可是，他殺了四個人。因爲不認爲那是壞事，便做得出來。

一切就如他的——塚田的、法子的、一也的計畫，直到他們心滿意足爲止。

儘管不嚴重，但大約半個月前，事情的發展開始令人擔憂。

當時塚田和一也偷偷會面，考慮要以何種形式，向世間發表犯罪聲明。就在這個時候，與這些案子完全無關的人卻自報姓名，宣稱自己才是凶手。

這名冒充凶手的人，一開始並不是和警方接觸，而是與某個私家偵探。塚田早苗遇害前，曾委託偵探調查丈夫，因此偵探才會與一連串的案子扯上關係，好幾次接受媒體的採訪，也才會被冒充凶手的人挑上，做爲宣傳的媒介。

警方偵訊這名自稱「凶手」的人。然而，在尚未確定他是否涉案前，媒體便蜂擁而至。

當事情發展到這個地步，一也幾乎每天盯著電視看新聞和八卦節目。自稱「凶手」的人一現身，塚田和法子便又備受矚目，但一也肯定很不痛快，我聽見他暴躁地踢飛垃圾桶的聲響。

自稱「凶手」的人一開始接觸的偵探，愼重迴避他是否爲眞凶的問題。不過，偵探也說不排除這種可能性，或許又惹惱一也。

凶手的現身，使得塚田比以前更加忙碌，一也遲遲無法和他聯絡上。無論如何都不能單獨行動，這一點讓一也益發暴躁。自稱「凶手」的人現身大約一個星期後，一也終於和塚田通上電話，他劈頭就大吼大叫：

「這到底是怎麼回事！」

塚田極力安撫他。一也喘著氣地說：

「這樣吧，我向三大報社、聯播網的新聞節目寄出犯罪聲明。然後，也對……就把森元隆一的領帶夾當證據一起寄過去，怎麼樣？那就可以證明我才是眞正的凶手，一口氣趕走冒牌貨了吧？」

塚田似乎贊成。因此下個星期起，又將引發另一場風暴。領帶夾的效果必然非同凡響。

某家電視台在黃金時段開設特別節目，並且在攝影棚配製五十條電話線，徵求觀眾打電話進來，發表對案件的看法，同時呼籲凶手「務必打到節目來」。

節目尾聲，主持人說在不到兩個小時裡共接獲約二十名「凶手」的來電，一也聽得捧腹大笑。

他當然不會打電話過去。

一也以未曝光的凶手身分受到媒體矚目，爽得幾乎要瘋了。

他一直沒有工作。擔心他狀況的父母偶爾會打電話關切，他講電話的聲音充滿生氣，彷彿找到一生的志業。一想到父母對此刻的他感到辛慰，我就覺得無地自容。

然後，我想到藏在懷裡的其他三名死者的紀念品。

有時候一也會從我懷裡取出端詳一番，表情像剛完成代表作的畫家——彷彿這就是人生的意義。

然而，領帶夾的衝擊開始退燒時，像是算準時機，應該早就被趕到舞台角落的那個自稱「凶手」的人，又成爲焦點人物。

這似乎是一開始與他接觸的私家偵探安排的。偵探也成了這一波漩渦的核心人物，是對受到媒體追逐的快感食髓知味嗎？他說出令人意想不到的話——

自稱是「凶手」的人，是不是知道眞凶的身分？

警方對此完全不理會，但媒體樂不可支。偵探與自稱「凶手」的人開始爲各家媒體大肆報導。礙於職業的觀係，偵探臉部不能曝光，而自稱「凶手」的人，爲了保護他的安全，也不能公開露面。不過，經過處理的畫面上兩人朦朧的身影，還是透過電波播送到全國。無數觀眾盯著兩人，聽他們發言。

自稱「凶手」的是在都內公寓獨居的二十歲重考生。說話的口氣顯得稚氣，甚至讓人覺得有些可愛。他受到嚴密的保護，但一些熱中揭祕、不守行規的媒體，執意查到他的個人資料，並加以報導。於是，雖然是一點一滴地，關於他的身分的情報逐漸被披露。

自稱「凶手」的人不可能認識一也。他所說的事，以及偵探對他的發言煞有其事的解釋，全錯得離譜。一也寫了好幾封匿名信給媒體，指出這一點。一也受不了眞凶的「名聲」，被這種方式搶走。

於是，騷動愈演愈烈，塚田和法子又藉此撈了一筆。遭眞凶嫁禍、飽受冤屈，這兩個人說的話，現在世人願意傾聽了。

這場騷動沒完沒了地持續著，但一個月後慢慢平息。一也趁機聯絡塚田。

「那個重考生的身分查不查得出來？是你的話，媒體應該會透露口風吧？」

問那個幹麼？塚田一定是這麼反問。一也急躁地回答：

「殺了他啊！」

我在平常待的置物箱裡聽著他的聲音，在內心玩味他的話——殺了他啊！

「那傢伙把我搞得很不爽，那個偵探也一樣，把我跟那個重考兩年的白痴相提並論。居然以爲這是那個重考生的笨腦袋做得出來的案子，偵探的智商也夠低了。」

塚田可能說了什麼，而且是極力勸說，一也好幾次都插不上嘴，最後他吼出來：

「你真是笨，我怎麼可能會出那種紕漏？殺掉那個重考生，我會立刻寄出犯罪聲明。我會強調，電視報導那傢伙時，雖然畫面經過處理、用匿名，我還是靠那些線索查出他的身分。誰會想到是由你口中問出對方的身分？」

塚田又在說什麼吧，一也笑答：

「你太愛操心，跟你說不要緊的。而且，這陣子我們的事有點退燒了吧？那個重考生是不錯的獵物，可以再讓話題燒旺一點。」

雖然一也搬出一大堆理由，但我不相信他說的。他只是生氣，想要洩恨罷了。他無法原諒想要搶走自己「名聲」的重考生。

大約十天後，塚田有了聯絡。他從熟識的雜誌記者那裡問出自稱「凶手」的重考生的身分。

「你果然跟媒體混得很熟。」一也笑道。「哎，等著瞧吧！憤怒的真凶將會制裁假凶手。等我殺了他後，你和法子又要忙翻天，最好有心理準備。」

## 6

一也很聰明，也很冷靜。他花了許多時間準備。

當媒體不再關心，自稱「凶手」的重考生也脫離這個漩渦，回到父母的身邊——那是距離東京搭電車兩小時、深夜開車不到一個小時的城鎮。一也很快找到哪裡，耐心計畫著。

神總是眷顧珍惜時間的人，一也終於逮到機會。距離最早的逸子謀殺案已過一年半，此時是五月將近尾聲、連夜晚空氣都帶著綠葉氣味的季節。

這一陣子，連媒體也不再盯著重考生，一也從塚田那裡得知，警方並未特別保護他。根據塚田的說法，被警方與媒體解放後，這名重考生似乎去看精神科醫生了。信口開河、自白明明沒做的殺人罪行，必定被身邊的人認為有嚴重的妄想症吧。

即使如此，他的日常生活似乎沒受到特別的限制。這樣的話，乾脆佯裝媒體記者，打電話給他，以採訪為由把他叫出來——一也和塚田討論過這件事。

但一也觀察重考生，發現更簡單的方法。重考生有偶爾在深夜到附近的便利商店買東西的習慣。

沒理由放過這個機會。

現在，一也在等待——等著重考生出門。今晚他或許不會出門，也或許會出門，到底是會還是不會呢？著實令人期待。至於時間，那多的是。今晚不行，明天再來就好。他小心翼翼地更換停車地點，留意不讓附近的居民起疑。不要緊，在機會來臨前，要等幾個晚上都無所謂。

我待在一也的外套內袋裡，感受到他興奮的心跳。

我祈禱著——神啊，請讓一也失手吧！我不想再揣著新的犧牲者的紀念品。請阻止他，請就此結束吧！

可是，我的祈禱似乎是徒勞。

重考生可能出現了——一也躡手躡腳地走出車子。

又是用刀子嗎？還是其他凶器？

一也的腳步愈來愈快，呼吸變得急促。他逐漸靠近對方，手移動著，從外套的外側口袋拿出什麼……

啊，是刀子，一定是刀子。他又要用刀子。

但這個時候，一也突然停住，眞的很突然。

然後他轉身，這個動作也非常突然。接著他想跑，卻又停下。

「你果然出現了。」一個低沉的嗓音說道。

是男人的聲音。這個聲音我聽過，曾在哪裡聽過。

是那個偵探的聲音。

「我知道你一定會來。雖然是第一次見到你，卻覺得很久以前就認識。」

「把刀子丟掉。」另一個男人命令道。

一也的手慢慢放下，我用全身感覺著。

「讓假凶手那樣現身，必然會激怒高傲的你，接著你一定會在假凶手面前現身。警方不能展開這種誘捕行動，不過我是一般老百姓，設下這樣的陷阱，守株待兔並無不可。我得先聲明，你揮著刀子想襲擊的那個人，是我認識的徵信社職員。他和重考生的年紀、外表相似，所以請他當替身。而自稱是『凶手』的重考生，現下在家裡……」

這個時候我才發現一也被包圍，動彈不得——不管是前後，還是左右。

一旦一也被捕，塚田和法子遲早也會被捕吧！他們走投無路了。

「警方不能採取誘捕的行動，但可以監視。」

剛才聽到的另一個男聲這麼說。

「你反抗也沒有用。聽到了嗎？我現在要過去。」

語音甫落，一也便衝出去。他一言不發地衝出去。但他沒跑幾步，就遭四面八方撲上來的人粗暴地按倒。他的手被扭到背後，拷上手銬。

鏘！金屬撞擊聲在黑暗中響起。

「確認他的身分。」

有人這麼指示，接著一雙粗壯的手搜起一也的外套和褲袋。到這個地步，一也才回過神，開始大叫。

他一定是想到我，想到藏在我懷裡的那些從無辜犧牲的人身上取得的戰利品。

粗壯的手找到我，將我從口袋裡拿出來。曝露在路燈和手電筒刺眼光芒下的我，看到注視著我的無數張臉、臉、臉。拿著我的是個穿著制服的巡查。

一個男人有些疲倦、有些絕望地眉頭深鎖，在他旁邊有個身高比他矮、上了年紀、表情同樣嚴肅的男人。

「這是……」

一開始出聲的那個男人，望著我的懷裡低喃。是那個偵探的聲音。

「是逸子的大衣鈕釦。」一旁的男人啞聲道。

「這撮頭髮是……」

「應該是葛西路子的。」偵探回答，他的臉似乎一陣蒼白。「是她的頭髮。」

「這個呢？」光線照射著戒指。

「是塚田早苗的戒指。」

沒錯，我一直揣著這些證據。

我從制服警官手中俯視一也。他跪在地上，額頭頂著一旁的車門，背過臉。

他不是會做壞事的孩子，這一點我很請楚。

我變得像剛挖好的墓穴般空蕩蕩的，凝視著一也。

整起案件終於結束。

尾聲

# 再次回到刑警的錢包

我在深夜被吵醒。

首先，我聽到腳步聲——是我的主人的腳步聲，踩著客廳的榻榻米走過來。

主人住院一段時間之後，整個人瘦了一圈，所以這陣子，我有時候會把他的腳步聲誤認爲是太太輕巧的腳步聲。不過，今晚沒弄錯。

主人拿起外套，穿過袖子，響起一陣「沙沙」聲。我稍稍晃了一下，便理所當然地安坐在主人的胸前。

這是我的老位置，比我更接近主人心臟的只有警察手冊，我仍舊與他沒什麼交誼。他比我年長許多，總是很忙，或是假裝很忙。出於職業的關係，他喜好沉默。

「誰的電話？」

傳來太太的聲音，聽起來頗睏。

主人回答：「嗯，沒什麼。」

「發生什麼事了嗎？」

主人的聲音透露出他的擔憂，儘管只有一點點。

「妳記得小宮雅樹這孩子嗎？」

太太回答：「嗯……那件案子的……」

「對，遇害的塚田早苗的外甥。」

我也知道那孩子。雖然才小學六年級，卻非常精明，他早就看穿困擾著主人的四起保險金殺人案的其中一個兇手——塚田和彥——的眞面目。

「那孩子怎麼了嗎？」

「好像是離家出走。」

太太「咦」一聲。

「他的母親向警方報案。阿姨的死，還有這整起案件，似乎讓他受到很大的打擊。父母留神地看著他，可是他趁父母睡著時，從窗戶溜出去。」

「他會跑去哪裡呢？」太太像母親般擔憂。「那孩子的傷好了嗎？」

「骨折的復原十分順利，問題是心傷。」

「眞可憐。」太太語帶嘆息，喃喃地說。「老公，你要去找那孩子嗎？」

「嗯。」我的主人起身走出去，「我知道他可能會去的地方。」

主人的第六感很準。小宮雅樹在半年前他的阿姨——塚田早苗，遺體被發現的羽田機場附近的倉庫停車場。

「在這種時間散步嗎？」

我的主人跨過什麼後，慢慢坐下來。我在胸前的口袋裡，想像著主人和小宮雅樹並肩坐在水泥塊或舊輪胎上的情景。

「刑警先生……」少年聲音微弱：「你怎麼會來這裡？」

主人沒回答他的問題，只說：「爸爸和媽媽很擔心你。」

少年沉默不語。

我的主人從外套口袋拿出香菸，響起打火機的聲音。明明對心臟不好，卻戒不掉。

「還沒辦法接受，是嗎？」

過一會，主人平靜地繼續道：

「發生在早苗阿姨身上的是個不幸的悲劇。你不明白溫柔美麗的阿姨，爲何非得遇到那麼恐怖的事、失去性命不可。無論如何，你都無法接受，對吧？」

遠方傳來車子往來的細微聲響，夜風像要淹沒那些細微聲響，發出如空洞的骨頭作響般的悲淒哀鳴。

「我睡不著。」少年低語。

「這樣啊……」

「我會做夢，夢見早苗阿姨。」

「夢到什麼？」

「阿姨在哭。」

「總是在哭嗎？」

「嗯。我好難過，不想做夢，所以睡不著。平常我都忍著待在房裡，可是今天覺得連房裡都待不下去……一回神，我已來到這裡。」
「你怎麼來的？」
「搭便車。」
「哦，你不怕嗎？」
「一點都不會。」少年聲音平板：「就算遇到危險，我也不覺得有什麼，再怎樣也不會比現在更慘。」
少年輕聲說，又陷入沉默。兩個人都默默不語。
「刑警先生。」
「什麼事？」
「那些人會被判死刑嗎？」
停頓片刻，主人回答：「這是法院決定的事，我不能給你任何保證。因為那是不負責任的話。」
少年什麼都沒說。我心想，只要他不哭就好。不，相反地，或許哭會比較好——用淚水沖掉胸口的梗塞。
「這次的案件牽連許多人，每個人都受到影響。」我的主人以一貫的平淡語氣說道。「雅樹，你也是，而我也是。這樣的案子，我第一次碰到。」
剛開始偵辦這件案子時，主人一度病倒住進醫院，之後就變成不吃藥便無法行動。把藥放在口袋容易弄丟，太太建議將一天的藥量放在我的懷裡。主人不管到哪都會帶著錢包，也就不會弄丟。
「由於這次的案件，許多人的人生改變了。」主人繼續道。「除了被殺害的四個人，還有其他人也是。」

少年輕聲問：「以爲未婚夫被塚田和彥殺害的女人呢？她現在怎麼了？」

「雨宮杏子小姐嗎？」

可能是在少年面前的關係，主人沒直呼她的名字。

「她在醫院。她生病了，心裡的病。」

「那個……發現酒店小姐屍體的人呢？當巴士導遊的那個人。」

「她精神抖擻地工作。雖然和朋友沒辦法再像以前那樣相處，」主人笑了一下：「但聽說她和當時認識的刑警開始交往。」

「這樣啊……」少年低喃：「所以也不是沒有幸福的人。」

「當然。」

主人左手動了一下，似乎摟著少年的肩膀。

「你要怎麼爲早苗阿姨的死悲傷，或憎恨殺害阿姨的人都可以，但不能自責沒能挽救阿姨的性命。那是沒有道理的。」

接下來，我再也沒聽到兩人的聲音。

大大的背和小小的背依偎在一起，在夜風下並坐著。

「果然在這裡！」

另一個聲音叫喚。主人轉過頭。

那個聲音我也認得，就是在這件案子中和主人一起行動的偵探。

「怎麼，連你那裡都收到聯絡？」

主人問道。偵探朝這裡走來，一邊對小宮雅樹說：

「警車用擴音器在你家四周呼叫，附近的人也到處在找你。」

主人的左臂又動一下。「啪」一聲，或許他拍了少年的肩膀。

「太好了，就讓他們去找。今晚在這裡待到你滿意爲止吧，叔叔們會陪你。」

偵探也坐了下來。兩人坐在少年的左右兩邊，或許是想在夜風中保護他吧。

「雅樹，有樣東西要還你。」

聽到偵探的話，沉默許久的少年開口：「還我？」

「嗯。其實應該還給早苗女士，是她寄放在我這裡。」

之後又沉默一陣。可能是偵探在大衣或外套口袋裡翻找，傳來細小的衣服摩擦聲。

「這是早苗女士到我的事務所時戴的耳環。我跟她約定，等事情解決後要還她。」

偵探的聲音變得有些低沉。

「最後竟是這樣的結果，實在遺憾。」

我心想，那是怎樣的耳環？少年又是以怎樣的心情將它握在小小的手中？

四周一片安靜，兩個男人默默無語。就算小宮雅樹要哭，也不會哭出聲。

很長一段時間，三個人就這樣坐著。我傾聽夜風鳴奏著空虛的聲響。

不久，小宮雅樹出聲：

「兩位叔叔……可以帶我回家嗎？」

我的主人與偵探分別牽著少年的手，漫步在無人的夜路上。他們走了許久，彷彿重現此一案件的開始到破案的歷程，在漆黑的深夜裡行軍。三人踩著各自的步伐前進，回到小宮雅樹家時，或許朝陽已染紅東邊的天際。

※本文涉及小說情節，請斟酌閱讀

解說一——心戒

# 解讀自我的價值浮水印

一個人的眞正價值，決定於他在什麼程度上和在什麼意義上，從自我解放出來。

——愛因斯坦

當人們面對嶄新的事物，需要做出判斷時，往往面臨的是兩套不同的評斷方式。你可以標出對方在你心目中的價格，或是就標價對其做出評斷；像是薪資該給多少，該花多少錢購買這項產品等等。以價格取向的評斷方式，常如勞動市場上的人肉般，當評斷標準貶值時，其所具有的籌碼很容易隨之一文不值；然而，總是有一些人、事、物是不會隨之起舞波動的，例如遺憾，總讓人費盡心思地想挽回或彌補。你甚至願意不惜花費，就只因它是無可取代的。

一個人可以用能力、面貌來決定他在市場上的價格。然而，自我的價值又該如何判斷呢？

宮部美幸是近年來在台灣小說市場上獲得極大迴響的日本作家之一，無論是獲得歷史文學獎佳作的小說〈鎌鼬〉；以時間旅行爲主題，試圖改變命運與戰爭而奪下日本SF大獎的《蒲生邸事件》；或是藉由海蟑螂事件，深刻描繪每個人心底對家庭的渴望，榮獲直木獎的《理由》；宮部美幸每一次出手，沉穩洗鍊的筆法加上曲折引人的敘事，在各種類型上的創作，屢屢讓讀者讚嘆。而作家最擅長的懸疑佈局，更是讓宮部美幸在推理類型上獲得諸多榮譽，二〇〇四年甚至與作家HIROSHI合作，出版了頗受好評的繪本。

屬於宮部美幸早期作品的《無止境的殺人》，宮部在書裡想談的是自我價值的建立與衝突。如同浮水印一般，社會總是習慣透過個人的背景、經歷，悄然地貼上標價。加諸於浮水印的東西，理論上是隱而不見的，如同批判、評價這類的訊息，總是在人身後悄聲流轉，僅在關鍵時刻顯現。然而，當你某天突然察覺你的自我價值認同與社會所給予的價格條碼不盡相同時，你會怎麼做？書中的塚田和彥與森元法子，所追求的並不是金錢。生活優渥的他們，對其自我價值的想像是凌駕於千萬人之上的。於是，如何釀成物議，透過媒體引發談論風潮，成爲鎂光燈的焦點，才是眞正展現自身價值最迅捷的蹊徑。

傳播媒體在《無止境的殺人》裡，扮演了快速成名的製造機。無論好壞與否，當形象建立後，品牌本身宛若獲得生命般，總會自動攀爬蔓延開來。而深諳操縱之道的塚田與森元，憑藉的正是社會大眾對眞相的渴望，以及每個人對事件解讀的絕對態度。塚田和彥的兒時好友宮崎優作，正依存著兒時美好的記憶，堅信他心目中的塚田絕對不會作出離經叛道的事，於是他大肆批評八卦節目是如何地充滿先入爲主的偏見與成見。但是，如同宮崎耳聞學生三室試圖自殺，便武斷地肯定學生的清白一樣，人們總是因爲自己是什麼樣的人，堅信著什麼理念，進而用自己的標準去評斷人、事。於是，透過電視、書報等傳媒的渲染，各式各樣的標準就這麼沸沸揚揚起來，強烈激盪的水花，轉瞬間將事件的主角們拋向高遠的青空，卻也在話題泡沫消散之際，倏地將其重重摔落。

身爲實行犯的三木一也，則是另一種反應。感受到社會上賦予自己身上的浮水印，與自我認知的價值有了極大的落差後，三木其實察覺了自己並非鶴立雞群的優秀人才。然而他選擇的並非勇敢地往前踏出一步，邁入人群，尋找屬於自己的意義與價值，而是轉身投向本我的懷抱，沉溺在自我的世界。展現暴力不僅滿足了他內心君臨天下的支配意念，掌握了其他人所不知道的眞相，玩弄著社會的公權力與大眾，更使得其內心被扭曲的慾望得以釋放。宛如二〇〇六年因涉嫌內線交易而被捕入獄的日本知名基金經理人村上世彰，在被捕前的記者會上，拋出了一句震驚社會的反問：「賺錢有錯嗎？」三木不認爲自己有錯，不認爲那是壞事，認爲那僅是成就自己價值的過程之一，所以他毫無愧意地讓自己直到心滿意足爲止。卻不知本我的無限擴張，正反過來吞噬著他。

於是我們在《無止境的殺人》裡，得以品嘗宮部美幸精心烹調的十則短篇，在最後收束出她想讓讀者銘心的味道。「視角」是宮部美幸在本書裡最爲俐落的切入點，也是最能看出宮部做爲一個能夠清楚分辨「說明」與「敘事」差別的關鍵。在《理由》一書中，宮部採用第一、三人稱視角的切換，讓身分隱晦的記者作爲故事演進的推動者；同樣地，在《無止境的殺人》裡，做爲主要敘述者的錢包，不僅增添了閱讀上的樂趣，同時也侷限了讀者洞察事件眞相的可能；其一，每個錢包所能告訴讀者的訊息，僅限於跟它最親密的持有人周遭。錢包可以觀察持有人所在的位置、環境，也可以轉述或透露當時所聽見的關鍵對話；當它被收進主人懷裡時，貼近主人心臟的優勢，不但能將此時持有人的心跳頻率轉換成有意義的情緒反應，而且他還能替讀者，對於其所未能見的事物做揣測，迅速地在讀者心中產生懸疑性。其二，錢包是每個人都有的隨身物品，它所代表的不僅是持有人的身分和品味，呑闔的開口還可以不著痕跡地讓讀者對於每個角色的經濟狀況與社會地位做出想像。對於習慣將登場人物做具體剖析的宮部美幸來說，選用錢包做爲敘事視角，無疑地展現了宮部美幸作品中最無法取代的獨特觀察角度。

閱讀宮部的作品時，看似與敘事主軸無關的支線，往往透露出作者的理念與底線。書中兩名目擊者對於本案看法的轉變，從三津田幸惠「寧願不擇手段避開危險，也不願錯手毀掉自己的幸福」，到決心成爲「Persona non grata」的木田惠梨子，宮部美幸所展露的正是她一貫堅持的社會公義價值。《無止境的殺人》其實隱藏著往後宮部美幸書寫上的諸多線索：視角的切換，對家庭的重視，以及人物側寫與互動的隱性連結。當這樣的能量緩慢盈積之後，宮部美幸在《模仿犯》中，揉合出同樣因自我意識過漲所導致自我價值扭曲的犯罪，透過傳媒的渲染，拋出了更深層的討論。

宛如夏目漱石透過冷傲孤潔的貓眼，在《我是貓》裡毫不留情地批判諸多自相矛盾、不合情理的社會現象；宮部美幸則是大膽地採用擬人法，靈活自如地轉換語氣與觀點，透過看似獨立的短篇故事，串出一場精心設計的自我價值解讀之道。當一個人對自身的期待與現實狀況有了落差，若無法進一步反省自己，以同理心重新規畫、接納自我並堅守社會價值，將如宮部美幸在《無止境的殺人》中所展現的，永遠活在一種追尋、飄盪的虛無裡。

作者簡介

**心戒**

評論文章散見於《謎詭》、《野葡萄》等。喜歡透過閱讀和明信片的募集來環遊世界。

# 從物的視野求人性陰影面積——讀宮部美幸《無止境的殺人》

解說二——楊佳嫻

※本文涉及小說情節，請斟酌閱讀

十一個章節，如環形結構般，起於刑警的錢包，歸結於刑警的錢包——如果你和我一樣，看書一定先略覽過目錄，大抵可以從本書各章節名稱得知其劇情推動方式——中間出現了勒索者、懷疑者、偵探、目擊者、死者、證人和凶手的錢包，顯然作者是通過凶案網絡中的各關係人來輻射、或拼組出凶案的原貌。另外還有老友和部下的錢包，這兩節似乎暗示著有趣的歧出，不那麼想當然耳，像一塊複雜毛織品裡的紋樣變奏。同時，錢包一再出現，也讓人好奇：是同一個錢包的苦包流浪記嗎？每個章節描寫不同錢包的包包大觀？莫非錢包就是緝凶關鍵？錢包破了案（本書不是《包公案》啊）！

一旦進入小說，很快就能發現宮部美幸《無止境的殺人》的設計是透過錢包來「聽」世界，所以小說對話特多，當然，如果從衣袋裡拿出，它也能運用視覺。換言之，是讓錢包成為敘事者。

這樣的設計有什麼好處呢？首先，對男性角色來說，因為收藏於胸口衣袋，它最為「體貼」主人的心跳變化，感受主人身體動作的俐落或疲憊，女性角色則一般收藏於隨身手袋，二者都能聽見自身周邊的對話，藉此傳遞角色的心情、生活景況或預告某種行動；再者，不同職業、年齡、性別、階級的人，隨身用品的模樣也會透露一二，女孩子有女孩子喜歡的款式，中年大叔有中年大叔的堅持，錢包之所以成爲某個角色的日常用品，可能是家人餽贈，或好友一齊逛街購買，可說是充滿了性格與記憶之物；甚至，它還可能「涉足」凶案，比如小說裡某個錢包就在案發現場染上了死者的血，由死者女友貼身帶著，戀物般地浸濡著死亡氣息，卻也因而能夠聽見種種怪異徵兆，與急轉直下的眞相。宮部非常留心「錢包視角」有其範圍限制，例如，上班族相模佳夫撿到了順產平安符，他生性迷信，不肯隨手丟棄，折起來暫存於錢包內，錢包並不因此就能透視這個物件，而一旦有人將之掏出，打開，談論，它就有機會得知答案。

這部小說不屬於「漸入佳境」、「慢嚼出味」一類，而是一開始就是佳境，一開始就氛圍濃厚，讓人欲罷不能。小說起於深夜電話，喚醒刑警，隨後太太也醒了，只有簡短交談，可見夜半出勤在這份職業裡太常見了，丈夫不需要囉囉嗦嗦地向太太解釋。什麼樣的案子在沉沉夜色裡等著刑警/讀者呢？第一章〈刑警的錢包〉裡，藉由錢包的聆聽與自述，讀者得知相當多訊息：刑警爲家計所苦（出門時太太問了一句「錢夠嗎」，不只是出門前的提醒，也暗示了家中經濟情況）、屍體發現者意圖掩蓋某些事實、死者的妻子反應異常、牽涉到大筆保險金。這些訊息彼此是有關係的——爲家計所苦，當屍體發現者提出金錢收買，刑警內心才會天人交戰；對於丈夫的死，雖然也上演哭泣昏倒等戲碼，居然不曾追問凶手，這樣的異常與巨額保險合而觀之，啓人疑竇，也等於埋下了小說發展的草蛇灰線。在宮部筆下，刑警並非百擊不倒的正義使者，而是一個也被房屋貸款追著跑的普通人，堅持與姑息不過一線之隔，當然，這也是許多傑出的推理小說家一再於小說中表現的：把緝凶者、辦案者拉下英雄的神壇。

同時，這部小說裡的犯罪者，是因應媒體時代、宣傳時代而生的類型。塚田和彥與森元法子合謀，成爲公開的嫌疑犯以後，塚田擔任經理的餐廳每天顧客量爆棚，人們爭相「目睹」，彷彿包圍什麼明星似的；甚至，男友去世後精神恍惚的杏子也受到媒體鋪天蓋地報導的暗示，想把殺人嫌疑聚焦到塚田身上。還有惠梨子，當自身也遭遇誤解，百口莫辯，讓她下定決心證實塚田的「不在場」，這等於是逆眾人願望而行。種種正向反向證據，終於催逼出另一可能：是否存在著一個隱形「殺人代行者」？

這位「代行者」三木一也，是急著想向世界證明自我的青年。他在讀書時期一帆風順，家庭也給予充分保護與支持，一出社會卻一再受挫，只好擺出放棄姿態，做爲自我防衛，一再壓抑的敗北感，唯有靠著傷害他人來發洩。像一切連環殺人小說裡的凶手一樣，他最不能忍受「僞品」、「冒認」，期望自己像一團令人恐懼、猜疑的暗黑霧氣。媒體注目一冷卻，他就焦躁。同樣受媒體宣傳、英雄幻影的毒香引誘，類近犯罪因子在一九七〇年出版的土屋隆夫《針的誘惑》（針の誘い）也可以看到：犯罪者因爲感情遭受背叛而種下復仇種子，然而，稚女被綁架的新聞轟動效應竟成爲自家商標宣傳的手段，父母苦楚的臉孔與呼籲，替這齣宣傳大戲延長了壽命；如果沒有這起綁架事件，想在商業競爭激烈時代達到相同效果，不知道要花多少錢。後者利用媒體宣傳獲利，前者利用媒體宣傳來恢復尊嚴。人類在受苦時仍能算計，好像是那份痛苦暗地裡餵養了惡，反過來扭曲了靈魂。

塚田意外碰上三木一也那一刻，彷彿獲得命運賞賜，「是那種立志要將全世界的昆蟲都做成標本的人，發現了從未被捕捉的珍貴而醜惡的毒蟲所露出的高興、愉悅的笑容」——這比喻眞讓人毛骨悚然——像蒐集標本的人，確實如此，〈老友的錢包〉裡不就清楚顯示出塚田在青少年時期即已嘗到操弄人心、蒐集他人信賴的快樂？可惜，到手了的他人的心，對塚田來說，不過是收攏在土塚裡的戰利品而已。藉著三木這個工具，塚田可以無止境地殺人，而且，不須弄髒自己的雙手。不過，三木和塚田墮入惡道，自其人生軌跡尚能找到解釋，森元法子何以如此，小說裡卻甚少著墨，稍稍讓人遺憾。

小說結尾，偵探取出早苗遺落的耳環，交到曾爲她擔心得不得了的少年雅樹手中。早苗以爲嫁給塚田會得到幸福，卻變成了犧牲品。這細小的裝飾品，好像一種隱密的悲願，驅策著雅樹、偵探與刑警，找出命案與人性的眞相。

本文作者簡介

**楊佳嫻**
台灣大學中文所博士，清華大學中文系助理教授，台北詩歌節策展人。著有詩集《屏息的文明》、《你的聲音充滿時間》、《少女維特》、《金烏》，散文集《海風野火花》、《雲和》、《瑪德蓮》、《小火山群》，以及其他編著多種。

東瀛專訪

# 國民作家的大師風采——當獨步遇見宮部美幸

二〇〇五年底，城邦出版集團開始籌備台灣首家日本推理專門出版社「獨步文化」的成立工作，計畫在本土一片日本推理熱中以穩紮穩打、長期經營的模式持續耕耘此一文類。而支持這樣想法的正是出版社手上一字排開來的超重量級作家名單——宮部美幸、東野圭吾、松本清張、橫溝正史、土屋隆夫、桐野夏生、京極夏彥、伊坂幸太郎、乙一等，其中又以宮部美幸最受台灣讀者的喜愛，這一點在隔年，即二〇〇六年台北國際書展《龍眠》一書推出後創下兩週將近萬本的銷量可見一斑。

兩年來讀者不斷表達希望邀請宮部美幸來台的呼聲更高了，出版社也更積極地與作家版權代理及經紀公司接洽，終於在三月上旬的某週末突然接獲雖暫時不能訪台，但樂意在六天後採訪的通知。當時出版社真是憂喜參半，畢竟扣除兩天假日、一天去程飛行，只剩三個工作天，要在三天內做好所有準備眞是嚴酷的考驗。所幸採訪宮部美幸的相關作業已進行多次研商及沙盤推演，於是乎包括中天電視、中時開卷版、採訪者作家藍霄醫師、出版社工作人員，大隊人馬浩浩蕩蕩地開拔了。

在東京極富傳統氛圍的老社區，五星級飯店的會議室裡，我們終於見到了這位左手書寫時代小說、右手撰寫現代推理的日本文壇天后——宮部美幸。一位滿臉笑容、親切有禮，對於採訪問題知無不言、言無不盡，配合著豐富表情和手勢，滿懷誠意地將她對推理小說、對寫作、對讀者（尤其是青少年讀者）的熱愛傳達出來的「鄰家女孩」。是的，宮部美幸給人的印象正是個清新可人的「鄰家女孩」。

以下是這位平成國民作家接受採訪的完整內容。

**時間**：二〇〇六年三月十七日下午一點三十分
**地點**：東京日本橋ROYAL PARK HOTEL
**採訪者**：藍霄（以下簡稱藍）、陳蕙慧（以下簡稱陳）

**陳：宮部小姐的作品無論是長篇或短篇，社會議題或幽默類型，都深受讀者的喜愛。其中又以幽默短篇最少，卻又最受到矚目。例如台灣有許多讀者都非常喜歡《繼父》，請問您會再寫《繼父》續篇嗎？**

**宮部**：日本也有很多讀者喜歡《繼父》。這是我很早期的作品，我也考慮過寫續集，但終究未能成功。在日本將作家的早期作品稱爲年輕力作，這是我十七年前的作品，如果我想繼續寫，不知道會呈現出怎樣的面貌呢？

我非常感謝台灣的讀者喜歡我的作品。我的作品能夠跨越海洋，得到大家的喜歡，令我甚爲感激。其實我並不習慣旅行，而且怕坐飛機，作爲一名作家而言，或許是件奇怪的事，所以我無法去台灣。本來我應該去台灣和大家見面的，直接和各位接觸，讓大家知道名爲宮部美幸的作家就是這樣的人。因此我很感激這次能透過貴社的盛情安排，在電視螢幕上與大家見面。

**陳：如果請您從作品中挑選一部最喜歡的作品會是哪一部？原因是？**

**宮部：**對我來說，每一部作品都像是自己的孩子，每個孩子都有其可愛之處。像你們剛才提到的《繼父》，也是我非常喜歡的作品。這本書最近還重新出版了針對十歲到十二、三歲的少年少女的新版本。我本身也非常高興，這本書即將和這些孩子見面。因此要在自己的作品中選擇一部最喜歡的，是很困難的事情。

**陳：您作品的書名是怎麼決定的？例如《繼父》、《無止境的殺人》、《火車》，怎樣構思書名？是有了故事大綱就有了書名？還是寫了一半，或全部寫完，才決定書名？**

**宮部：**我在開始下筆之際就會決定書名，在決定故事大綱時已有書名。如果沒有定下書名，我無法開始寫作。不過某些時代小說，因爲寫得不太順手，常猶豫該用什麼書名，甚至更改過兩、三次。如果現在叫我再來想那些作品，我可能又會改用其他書名。

**藍：您覺得推理小說最大的魅力是什麼？寫作上有沒有特別需要的技巧？**

**宮部：**對我們這些創作者而言，這眞是永恆的命題。就我而言，我希望以某種形式來展現謎團，最後又令讀者感到「啊，原來如此」。我覺得這是推理小說最大的魅力。

**藍：做爲一個推理小說家，您怎樣界定「犯罪」？**

**宮部**：現實生活中總是存在著犯罪。這幾年，日本發生了許多駭人聽聞、令人難以理解的案件。與其說出人意料，不如說在太過日常的情境中發生，因此令人感到不可思議。比如在安靜的住宅區、孩子放學的路上發生案件，讓人感到這世界變得不可理喻。推理小說總是處理犯罪題材，該如何界定犯罪，是一個很大的問題。正因無法確定什麼是犯罪、無法眞正理解犯罪，所以我總是在創作中試圖理解和探究犯罪究竟是什麼。

**藍：宮部文學最大的特色即在「以日常爲出發點」的推理，這跟您成長的背景有關嗎？有何理念？**

**宮部**：我從小到大的生活場所和方式都沒有什麼變化。我總是處於日常生活中，自然就會從日常生活發現素材並加以使用。

**藍：即使是以「超能力」爲主題的奇幻小說（如《龍眠》、《勇者物語》、《蒲生邸事件》）也立基在現實的世界，但所要表達的又是個人與社會、個人與宇宙，甚至個人與歷史之間的關係，請問這樣的嘗試對您有何意義？**

**宮部**：我的作品中的個人與歷史、個人與世界的關係，其實並沒有具體的模樣。比如我和一個人談話，接著又和另一個人談話，談話的當時並沒有什麼特別的感受，但事後一想，會發現這些談話之間有著某種共通性。不僅僅是我，以現代爲舞台創作的日本作家們都會思考此刻活著的個人與世界的關係，人類該如何做才能幸福？案件又是怎麼發生的？我想所有日本的作家都邊思考著這些主題在寫作的。

**陳：您接下來有什麼新作的預定嗎？**

**宮部**：今年夏天我會出版一本現代的推理小說。今年內可能還會再出一本，目前我在報紙上連載這部作品，連載將在夏天結束，之後就會出版單行本，現在正和出版社商量本書的出版事宜。

**陳：您在開始寫新作品之前，會設定要寫什麼類型的作品嗎？還是由編輯提出要求？**

**宮部**：通常都是由我決定的，這部給雜誌，這部給報紙，這部給週刊雜誌。例如在這裡寫了歷史推理小說，如果另一個刊登媒體也寫歷史相關的作品時會比較累，因此就寫點開心的隨筆之類。不過所謂報紙或雜誌的連載，並無法全憑作者的希望自由寫作，要是在我之前連載的作家寫的是以現代日本爲舞台的推理小說，如果我也寫同樣的東西，讀者就會覺得沒意思。因此我會根據編輯的要求和對方商量，我接下來就寫江戶時代的故事。通常是一邊商量一邊進行連載。如果對方要求寫幽默的作品但我沒有靈感，就直說現在沒有靈感，所以寫些別的什麼吧等等。我都是這樣和編輯一邊商量一邊創作。

**陳：很多類型小說作家都固守自己熱愛的領域，像您這樣各種領域都有表現的作家實在非常稀少。另外北上次郎說《龍眠》是一本優秀的戀愛小說，但您似乎還未寫過以戀愛爲主要元素的作**

**品，將來有這個可能嗎？**

**宮部**：推理小說就夠難了，戀愛小說更是困難，因爲戀愛充滿了謎團。像是單戀就是一件很不容易弄清楚的事情。例如這裡有一個受害者倒在地上，在推理小說中這個謎團是很清楚易懂的。當然，戀愛的謎團和推理小說的謎團是截然不同的，可是我的確沒有嘗試寫戀愛小說的勇氣。對我來說，因爲我本身即是喜歡動作、驚險、推理這一類作品的讀者，所以自己的創作也都是這一類的作品。當然其中也可以加入戀愛的要素，比如有人被殺了，犯人就在這某些人之中，而其中原本相愛的兩個人也不得不懷疑是對方所爲，心裡當然會很痛苦。我希望在這些地方使用戀愛的元素。不過我也會想嘗試寫戀愛小說，只是如果沒有很豐富的經驗，大概無法寫出優秀的戀愛小說吧。對我而言是件很難的事情。

**藍：在您創造角色的過程中，會從哪裡開始發想？又怎麼把它延伸到小說之中呢？**

**宮部**：我是先決定書名和大綱的，或者說，我總是先想出故事結局的場景。首先是書名，然後是結局，在那個場景中，所有重要人物都到齊了。這些人物與故事共存，如果這些人物不出現，是不可能會有故事的。所以，人物尤其是主要人物，是與故事一同存在的，並不需要特別塑造。另外，可能和問題稍微無關的事：我不擅長讓同一個人物存在於各種系列作品之中。因爲我書中的人物是與故事共存亡的，所以一個故事結束，人物的一生也就結束，很難讓一個人一下子出現在這個故事，一下子出現在那個故事。

**藍：在您的小說中對抗「日常重大事故之謎」的通常是少年或是少女（例如《模仿犯》、《魔術的耳語》、《繼父》、《這一夜，誰能安睡》等等），請問這有什麼特殊的原因嗎？**

**宮部：**我的作品中常常出現少年和少女，也許是我認為、也希望他們總是代表著某個時代裡的那道純潔的風景。而且他們在社會上是處於弱者的位置，很多地方都需要忍耐。我希望他們不會輸給現實的成人，這樣一來，連我自己也感到很快樂。如果是一個成年人，我會覺得他們能完成或解決某件事是理所當然的，因為他們是成人啊。但年輕人努力解決案件一事，會令我感到非常暢快，想替他們加油。

**藍：在宮部小姐的小說中，對於人物的刻畫有非常細緻之處，但又幾乎從不描寫人物的長相，請問有什麼特別的原因？而您是如何觀察生活周遭的人呢？從哪些角度及層面觀察他們的行為及生活？**

**宮部：**我不描寫人物尤其是主人公的外形，是有明確理由的，因為我希望讀者能夠一邊想像著自己最喜歡的類型一邊讀我的書。一百個人有一百種喜歡的類型，有人喜歡高個子，有人喜歡小個子，有人喜歡魁梧的，有人喜歡清瘦的。也可以將自己討厭的人的長相，像是欺負自己的上司，套到犯人身上。不過最近我有一本書則是故意打破了這個習慣，那本書裡有插圖，插圖的人物模樣與我想像的主人公完全一樣，那位插畫家是日本非常受歡迎的漫畫家。之所以會有插圖，是因為我希望讀者不要有其他想像，最準確的人物模樣就在插圖中。不過其他作品都請讀者自由想像。

說到日常生活，我的生活幾乎沒有什麼改變。我總是在在同樣的地方買東西，在同一個車站搭電車或巴士，在這些地方和超市裡觀察周圍的人穿些什麼、買了什麼，以及一邊買東西一邊聊些什麼。即使不是刻意搜集，這些事情也都自然地落在我眼中和耳畔。即使只是零星的談話，也能讓我覺得剛剛那句話挺有意思的。又或者看到穿著打扮有趣的人，也會想著可以用在下次的哪部新作品吧。所以我不會缺少素材，觀察周遭的生活狀況本來就充滿樂趣。

**藍：哪些作品的取材是來自於律師事務所的工作經驗？以松本清張先生來說，似乎每日閱讀大量的書報雜誌與剪輯新聞摘要是必要的工作，而推理小說的犯罪小說化，也需要大量的情報知識，宮部小姐除了持續的閱讀與自身的過去工作歷練外，怎麼去處理想要撰寫題材的資料？**

**宮部**：我運用在法律事務所工作的經驗而寫成的作品，最明顯的是《火車》，如果沒有在法律事務所工作的經驗，就沒有這部作品。至於我爲何去法律事務所工作？其實是因爲我喜歡推理小說，對律師事務所有一種憧憬。總之，我並不是在法律事務所工作才喜歡推理小說，而是先喜歡推理小說，才到法律事務所工作。所以，並不是說我從法律事務所學到了非常多事情，不過《火車》的確是由此而來。我平日看報紙，也認眞看電視新聞，談不上有什麼特殊的資訊來源。我挺落後的，現在也還不會上網，也沒有電子郵件信箱。如果會上網，可能有更多資訊來源，但我非常不擅長使用機器產品，還是以報紙、新聞和報導文學的書籍爲主要資訊來源。

**藍：我們知道您創作許多時代小說，請問您寫作的契機是？這兩年來您發表的作品幾乎都是時代小說，接下來還會延續此一方向嗎？新作品的預定是？**

宮部：我本來就很喜歡時代小說，從以前開始就看了很多作品。看了很多以後，就開始練習創作。這兩年我寫了比較多的時代小說，以後也會持續。今後可能是六成現代小說，四成時代小說。

**藍：這些時代小說中有些偏向推理，有些偏向恐怖，這跟您的閱聽經驗有關嗎？**

宮部：我非常喜歡恐怖小說，尤其是江戶時代的恐怖故事。我喜歡寫，也非常喜歡讀。現在也是有很多書可以選擇時，仍舊先看恐怖小說。寫的時候，也多半寫自己喜歡的類型。可以說，我喜歡寫的東西，與我個人的讀書經驗有很密切的關係。

**藍：短篇與超長篇推理小說創作各有其困難度，宮部小姐喜歡哪種篇幅形式？我感到好奇的是，在寫完長篇推理故事的最後一句瞬間，宮部小姐的感覺是？**

宮部：其實我很喜歡寫，也喜歡讀短篇小說。我最近覺得自己大概是寫了幾個短篇之後，如此這般地將很多短篇連接起來，就成了超長篇。某位大前輩也這樣對我說過。也就是說，如果能在某處結束，就可以寫新的短篇小說。可是不知怎麼回事，總是寫著寫著就長了。

寫完最後一句時的感覺，短篇和長篇都是一樣的。但當文章以書的形式回到自己手邊時，我也會想「這是誰寫的，怎麼這麼長啊？」自己也嚇了一跳。比如《模仿犯》這部作品，很厚的上下兩本，我就在想如果兩手各拿一本，就可以當啞鈴鍛鍊身體了（笑）。所以這書出版後，有人說可以設計一套《模仿犯》啞鈴操，也有人說可以用來做醃菜用的石頭。在日本醃菜時得用很重的石頭壓在桶蓋上，甚至有人開玩笑說要寫一套《模仿犯》的醃菜食譜。當我在寫的時候，其實並不覺得故事有這麼長。當時這部作品是在週刊上連載的，一週一次。日本的週刊雜誌上總是有很多新聞時事和緋聞，我的連載與這些新鮮的報導一起刊登，就會有種自己站在日本媒體的最前線的感覺，讓我心情愉快，所以一直寫得很起勁。有時候，我會想「沒想到居然寫了這麼多，讓我連載這麼久，還能賺稿費。」（笑）所以就《模仿犯》這部作品來說，當我寫完最後一句時，有一種「啊，結束了」的感覺，眞的得對負責的編輯說一聲「辛苦了」。

**陳：您剛剛談到喜歡恐怖小說，在閱讀的過程中不會感到害怕嗎？**

**宮部：**會啊，我看的時候會非常非常害怕。我現在擔任幾種小說新人獎的評審委員，其中有一個是恐怖小說新人獎。閱讀投稿作品，我會覺得自己發掘了好幾位很有前途的新作家，可是回想評審過程，我覺得那眞是一段悽慘的時間。評審過程中我必須讀四部作品，我用十天到兩星期的時間來讀，每天晚上都得開著燈睡覺，關了燈就嚇得睡不著，忍不住問自己爲何接下這份工作？但我確實喜歡恐怖小說。與我一起擔任評審委員的作家朋友就笑我：「妳自己明明就寫恐怖小說，卻怕得像個外行人。」（笑）

**陳：您有欣賞的當代作家嗎？海外的多？還是國內的多？每個月的閱讀量大概多少？**

**宮部：**我一直都很喜歡海外作品，現在也經常閱讀。至於國內作家的作品，有很多人都是認識的同行，我也會看他們的作品。目前日本的文壇發展得十分熱絡，有很多與我同時代的作家，如果我追著看別人的作品，就沒有時間寫作了，所以我是將閱讀這些作品當作老了之後的享受。不過一不小心也會有漏掉的海外作品。我大部分還是閱讀紀實作品，有關歷史和考證的。此外只要手邊有我成為小說家以前就喜歡看的老作品，我也會重讀。最近這些老作品重新翻譯出版，我也會看這些新版本。我還要看電影和打電玩，時間相當不夠用。因此我很可能沒讀過太多暢銷書，不過既然大家都定義為好作品，那麼幾年以後，魅力應該不會有所減退，我不必急著現在就讀。又像是如果我看到一本出色地融合解謎、恐怖、戀愛這些要素的好小說，而自己又正好在寫這一類作品，就會覺得自己寫得非常沒意思，這樣我會暫停閱讀那本書。

**陳：新生代的作家有您欣賞或注意的嗎？**

**宮部**：要說出名字來比較困難。和以前相比，比我們年輕一兩代的人之中有很多好作家，就像是一波波後浪推前浪似的。在我這個年代，女性作家比較強勢，當然現在她們也很強勢。而比我們年輕一些的男性作家則有捲土重來之勢，備受矚目的作家不斷出現。現在日本很受矚目的年輕作家伊坂幸太郎，像他這樣的作家將背負起日本文學今後的命運，可是他似乎還很年輕，才三十來歲吧。另一方面，比起我們年長一代甚至兩代的人，也有人現在才寫小說處女作。作為小說家，我們這些人入行更早，但在人生旅途上他們是前輩。那些五、六十歲的後輩，是我們人生的前輩。人生經驗不同，閱讀量不同，生活體驗不同，他們也寫出很有分量的東西。也許日本的出版界今後將持續這種狀態，即年輕有為的作家和中老年的優秀作家。像是比我年齡大上不少的人，突然寫了一本書，並且成為排行榜之首，也很有意思。例如一本叫《信長之棺》的歷史小說，我忘記作者名字了（編按：加藤廣），對不起，但那是非常精采的作品。總之，我們這代作家，正好被夾在中間，年輕力量不斷出現，而人生經驗比我們豐富的人也出來，對出版界是好消息。但對我們這些被夾在中間的中年組是很有壓力的。這是日本目前最值得注意的文壇現象。我周圍的作家們也這麼覺得。

（您太謙虛了。）

不是謙虛，眞的，現在的日本藝文界眞的十分熱絡。

（伊坂幸太郎已經在台灣有翻譯本了，頗受歡迎。）

我相信台灣一定也有讀者喜歡他的，他有很獨特的文風，是個天才。

**陳：據說您以前曾經是《幻影城》雜誌的讀者俱樂部「怪之會」的會員，當時所閱讀的作品對您後來的創作有影響嗎？**

**宮部**：是的，當時我並不知道《幻影城》這本雜誌是爲我寫導讀的島崎先生成立的。我加入這個「怪之會」讀者俱樂部時，雜誌本身已不在了，那是喜愛雜誌的讀者們大家聯合起來成立的俱樂部。我當時並不熟悉日本國內的推理小說，但在這裡認識的朋友推薦我很多書，我就一一找來讀，那時候我好像二十歲左右吧。如果當時大家沒有向我推薦那麼多作品，我可能就不會閱讀這麼多推理小說。我至今仍然感激在俱樂部認識的朋友。他們之中鮮少有人成爲小說家，但有人現在是評論家，也常有機會與他們見面。

**陳：作家林眞理子曾說您是「松本清張的長女」，可否請您描述一下您心目中的清張？**

**宮部**：他是非常偉大的作家，我很尊敬他，我現在也喜歡讀他的作品。去年我替《文藝春秋》

作了一件工作，就是從松本清張先生大量的短篇小說中，選編成一套短篇小說集（編按：共三冊）。目的是向在清張先生去世後才開始讀他作品的年輕讀者介紹他的短篇作品。這個過程更令我重新感受到清張先生是一位優秀的作家，我做這個工作相當快樂。目前日本又開始一波清張熱，他的作品經常改編爲電視劇。在我進行這項工作時，承蒙林眞理子女士說我是清張的長女，這眞是令人高興又受之有愧的稱呼。我從松本清張先生那裡受益匪淺，有些作品也受他影響。我自覺沒有資格成爲他的長女，但有人這樣說，我感到很高興。

**（敝社接下來也會出版您所編選的清張短篇小說集。）**

是嗎？那就拜託了。其實松本清張先生的短篇作品也非常優秀，有許多出色的作品。即使現在讀，也令我感到十分貼近現在的社會環境。請務必出版，讓台灣讀者一飽眼福。

**藍：請問您開始寫作的契機？**

**宮部**：我很喜歡推理小說，也讀了很多。我認爲喜歡推理小說的人，在看了很多作品以後，自然就會想「我也要寫」。寫了以後，就想給人看，想問對方「你猜到誰是犯人了嗎？」、「嚇了一跳吧」地想知道別人的感受。所以，我開始寫作的契機，就是在大量閱讀以後，自己也想嘗試寫作。和我同年代的作家中，很多人都是在童年時期就想要成爲作家的，而我並不是胸懷大志，懷抱著那種夢想開始寫作的。我沒有想太多，只是感到寫東西很快樂，不知不覺中，我居然就將寫作當成工作了，自己也深感幸運。現在還是會想，這樣眞的可以嗎？我一開始確實只是寫著好玩。以前有個日本傳說，就有這種事情，睡了一夜起來，發現一切都是南柯一夢。是否我在回家後吃飯、睡覺，然後次日清晨醒來，發現自己做了一個成爲了小說家而忙於寫作的夢。我眞的不是刻意進入這個世界，而是因爲幸運，所以現在也常覺得好像在做夢。我甚至覺得現在坐在這裡接受採訪是否也是夢境呢？

**藍：您在剛出道時，幾乎在同時期連續拿到「第26回ALL讀物推理小說新人賞」（《鄰人的犯罪》），「第12回歷史文學賞佳作」（〈鎌鼬〉），「第2回日本推理懸疑小說大賞」（《魔術的耳語》），橫跨了現代物與時代物、日常的謎與非日常的情節設計，這也是您後來寫作的方向，請問是在什麼樣的思考與概念下形成這樣廣泛的取向？您出道至今拿了這麼多獎項，您有什麼感想嗎？這對你的創作生涯有什麼樣的影響？**

**宮部：**我最初開始寫作時，並沒有定下「想寫這種作品」的目標。我只是喜歡看書，我喜歡戀愛小說、時代小說、科幻小說、恐怖小說、奇幻題材，因爲喜歡所以才開始寫著玩。我比較幸運的是，拿了很多獎，這樣一來，就找到了下一個目標。其實，在新人時期，本是不應該將寫作範圍擴充得太廣，那不是好事情。日語有個詞叫「器用貧乏」，即梧鼠技窮，各方面看上去都不錯，那就代表沒有一樣出眾之處，專業作家其實是避諱這種狀況的。我在寫作初期也曾想過，我是否會變成這樣？自己感到不安，周圍的編輯也爲我擔心，說我應該認定一條自己的道路。但我很貪心，什麼都想寫，結果就變成現在這樣，但已沒有什麼擴展的餘地，再下去只有戀愛小說。我依然喜歡閱讀各種類型小說，應該會一如往常什麼都寫。

**藍：您明年就出道二十年了，對於持續創作這麼長的時間，作品數量又這麼龐大，回首過去，您有什麼感想心得嗎？對您來說，寫作時有沒有一些設定的原則或限制？**

**宮部**：二十年眞的猶如彈指一過，彷彿還只是昨天的事情。怎麼不知不覺間我就老了二十歲呢？好在這二十年來很健康，也遇到很多幸福的事，回首過往，我內心充滿感謝。我現在出版了四十三本書，實際上在日本，二十年裡出版四十三本書，實在不算多。日本有很多勤奮的作家，照理說我還應該多寫點，最起碼得多個一、兩本。所幸至今爲止，我都是寫自己想寫的東西，從未發生過出版社方面要求我，按照對方計畫來寫的事情——就是說我沒有勉強過自己寫作。至於我自己想寫的內容，也沒有什麼特殊的限制。不過我有兩點原則，一是不刻意描寫殘酷的場面，如果有必要描寫殘酷場面的話，當然就寫，但如果僅僅爲了讓作品充滿強烈的刺激之後，再說那是犯罪小說，我覺得是沒有必要的。二是我儘量不讓小孩成爲受害者。

**藍：如果不當作家的話，您覺得現在的您是什麼樣子？**

**宮部**：如果有地方僱用我的話，我想大概是在法律事務所工作吧。還有，我有速記的資格，我做過五年左右的速記，而且做得還不錯，還有客戶指名要我去速記呢。所以我覺得如果能一直做速記的話，是很快樂的。日本也有像今天這樣的採訪，去採訪作家，然後旁邊有人做速記，回去後再謄寫成文稿。我想最有可能的工作就是，我現在坐的位置是一位別的作家，我坐在後面一邊錄音一邊速記，回去後謄寫成原稿，我非常喜歡這項工作。我也常對出版社說：「拜託讓我做這個工作吧，我做得很棒的。」但是出版社的人都說，妳有那美國時間，還不如趕緊寫稿。所以我這個要求從來沒有實現過，但我眞的很想做。光寫自己想寫的東西，想寫什麼就寫什麼的話，可能會漸漸鬆懈下來。有時候很想聽別人說話，思考如何將對方的話寫成文章，這件事情本身就是學習。光寫而不學習是很可怕的。今天我的責任編輯也來了，所以我要再向他拜託一次，讓我做這件事。（笑）因爲他以前總是駁回我的要求。

**藍：對於有心創作的人有什麼建議嗎？華文的推理小說女性創作者相當地少，但是推理小說愛好者，卻相對地多，對於想從事推理創作的女性作家，您會建議如何起步？**

**宮部：**推理小說有一定的框架，比如密室殺人、謎團等等，這些技術都是有傳統的。如果要寫，首先還是要多看，看了以後，吸收營養，熟悉了那些框架，再從那些框架中創新。多看、多寫，寫了以後給別人看，但不要給自己的親友和家人看，儘量給同爲寫作的伙伴或愛好者看，這樣才能得到較率直的意見。在聽這些意見的時候，不要生氣，如果別人說，應該寫得更清楚，那麼就朝著這個方向努力。如果能夠成爲專業，那當然是好事，但就算一直是業餘，也是很快樂的。

**陳：聽說宮部小姐二十三歲開始抽菸，這有助於寫作的靈感嗎？現在還抽菸嗎？**

**宮部：**我開始抽菸與寫作並無關係，不過這和我的家人有關，所以不能說得太詳細，我的家人都抽菸的。在日本，過了二十歲就可以抽菸了，不過在我二十三歲開始抽菸的時候，日本女性抽菸者還是很少。所以，我也想不通怎麼會抽菸的。當然我也覺得差不多是戒菸的時候了，抽菸對身體是沒有好處的。不過我在工作室也抽菸，如果突然戒菸，生活規律因此改變，不知道是否會影響到寫作。我周圍比我抽得凶的很多作家都逐漸戒菸了，戒菸以後對方還是繼續做很多工作，所以我也知道我該戒菸，不過還是在抽。話說剛才我們提到的松本清張先生，也是菸不離手的人，他的辦公室目前依照原貌改建爲紀念館。我去參觀過，裡面的地毯和桌子上有很多燒焦的痕跡。

**陳：您介不介意描述一下您的少女時代？您覺得自己是一個怎樣的女孩？**

**宮部：**我小時候身體不是很好，喜歡看書，當時沒有如今這樣多的錄影帶、DVD等娛樂。電影也得等到電視播出。我的父母都很喜歡電影，從小就聽他們談論電影話題，當電視播出電影時，我就很專注地觀看。我不是很喜歡學校，討厭上學。但當時不像現在的社會可以理解孩子「拒絕上學」的想法。我小時候，是一定要去學校的。雖然沒有被欺負過，但我還是覺得學校很無聊，去學校還不如在家看書。但如果大人要我去上學，我還是得老老實實地去。從學校回來以後，就可以看喜歡的書，而且我還和同學互相借書看。總之，我不是一個很出色突出的孩子，是比較乖、平凡的孩子。

**藍：您多半在哪裡寫作？工作室？自家？創作時是手寫稿？還是打字稿？**

**宮部：**我在工作室寫作。我的工作室和住家是分開的，從家裡步行三十分鐘到工作室。基本上我只在工作室寫作，白天十一點到晚上七點。回家以後，就忘記工作，看書、打電玩以及看電影。每週有一天休息，就像上班族一樣規律。寫作時會使用電腦，在早期我就用文字處理機寫作了。我只有在剛出道時用手寫，很快就轉爲打字了。

**藍：我們知道您很喜歡電玩，是有什麼契機嗎？**

**宮部**：之所以開始打電玩，是十三年前我曾一度身體不適，停止寫作半年，而工作減少的狀態則有一年多，但也不能一直在家裡躺著。可是如果看書的話，我就會想，自己怎麼不寫作卻在看書呢？某某工作未能完成，眞是太慚愧了之類的事情。結果就是不能閱讀，無法打從心底放鬆享受讀書。所以我就想有什麼可以轉換心情的呢？問了作家朋友，一個朋友就建議我打電玩看看吧。在那之前我從來沒玩過。因爲生病而休業，身體不好也不能出去旅行，那就在家裡打電玩吧，這就是契機。當時我三十三歲，第一次玩電玩。一開始不會玩，還曾經一個晚上打了兩次電話給朋友，先是問對方遊戲的玩法，又去彙報我玩到哪裡。我那朋友是夜貓子，晚上可是他的工作時間啊。總之我第一次發現電玩這麼好玩，可以讓人全心投入，現在也在玩。

**藍：最近您用了《Dream Buster》中的兩個角色在剛推出不久的大航海時代遊戲當中，那麼遊戲對於您的創作有什麼影響嗎？**

**宮部**：對，這次的《Dream Buster》參與了大航海On Line的活動。寫小說的人都很喜歡看電影，因爲從電影中可以吸收到某些技巧，可以運用來展現某個世界的故事，兩者只是畫面和文字的不同而已，根本上是一樣的，電玩也是如此，只是講述故事的方法不同罷了。因此我就想能否將電玩上的技法運用到小說中呢？有什麼可以借鏡的呢？當然玩的時候我絕不會想到這些，不過事後想起就會發現，啊，有那麼東西多可以學呢。電玩讓我受益匪淺。

**陳：您一天的作息是？平常除了打電玩、閱讀之外還有什麼活動？**

**宮部：**我和父母、兄弟姊妹住得很近，但我是獨居的。所以我要花費很多時間去做身邊的事情，比如假日天氣好的時候，我要晒被子、洗衣服、打掃家裡，還要去購物。其他大多數休息時間還是看書、電玩，這些都是我轉換心情的好辦法，此外我還很喜歡散步，沒有目的地四處散步，不過我活動範圍很小。一般來說做我們這行的，大多數人都喜歡旅行，可是我不喜歡旅行，生活的範圍眞的很小。

**陳：說到散步，您之前曾經出版了《平成徒步日記》一書，能不能請您談一談呢？**

**宮部：**那是我在寫時代小說的時候，突然想到從前的人沒有交通工具，只能靠走路，走一個小時的話能走多遠呢？我很想知道這件事，而且不是靠大腦想像，而是想靠身體記憶。我不討厭走路，眞的很快樂。但第一次寫小說以外的東西對我而言是很困難，不知道該怎麼寫，自己在走的時候當然很快樂，但要如何表達這種樂趣？這是很艱難的工作。後來，有讀者看了這本書以後，來信說他也要去散步，我很高興。我喜歡走路，但不喜歡寫，眞是矛盾。

**陳：那麼您大概都在哪裡散步呢？**

**宮部：**我一般只在東京周邊散步。也許開車經過時不能感受到的事物，可以在步行時發現，這對我是很好的體驗。

**陳：對史帝芬・金來說，寫作是心電感應；對您來說，寫作是什麼？**

**宮部：**我非常喜歡史蒂芬・金。我個人覺得能夠做自己喜歡的工作，而且有許多讀者喜歡我的作品，眞的非常幸運。只是我常想，在腦子裡構思故事只是我的興趣，然後再將它們寫下來，但這就能成爲工作嗎？有時候連自己也感到奇怪。有時會覺得自己只是做喜歡的事情，但這樣就行了嗎？個人會覺得不好意思。不過我想，如果寫了一部作品，得到了讀者肯定，爲了不辜負讀者又會想繼續努力。當然在創作時，心電感應是很重要的，但如果只是等著它的話，當然史蒂芬金是很出色的作家，他可以獲得很多很多的心電感應，但要是我只是等心電感應的到來，可能什麼也寫不出來了。所以我只能努力去想去寫。

**陳：您對台灣的認識與想像是什麼？能夠來台灣見見廣大的讀者嗎？**

**宮部：**謝謝。如果我能克服飛機恐懼症，我眞的很想去。我哥哥現在正爲工作到台灣出差，我跟他提了今天的事情，他說「台灣的東西很好吃，爲什麼不去？不然我僞裝成作者去好了」，我對他說「不可以」，這會影響我的形象。（笑）我哥哥因爲工作常去世界各地，每當他要去台灣之前，總是很高興，稱讚東西好吃、街道美麗。

作者簡介

**藍霄**

一九六七年生，台灣澎湖人，南部某醫學中心主治醫師、推理作家、推理小說迷。著有《錯置體》、《光與影》、《天人菊殺人事件》等長篇小說。

**陳蕙慧**

推理小說迷，曾任「獨步文化」編輯。

宮部美幸

作品集 / 08

Miyabe Miyuki

# 無止境的殺人

**國家圖書館出版品預行編目資料**

無止境的殺人 / 宮部美幸著；王華懋譯. - 二版.- 臺北市：獨步文化：家庭傳媒城邦分公司發行, 民 107.09
面；　公分. --（宮部美幸作品集：08）
譯自：長い長い殺人
ISBN 978-986-96603-7-2（平裝）

861.57　　107012266



原著書名 / 長い長い殺人・原出版者 / 光文社・作者 / 宮部美幸・翻譯 / 王華懋・責任編輯 / 簡敏麗（初版）、陳盈竹（二版）・行銷業務 / 徐慧芬、陳玫潾・編輯總監 / 劉麗眞・事業群總經理 / 謝至平・榮譽社長 / 詹宏志・發行人 / 何飛鵬・出版 / 獨步文化 城邦文化事業股份有限公司 115 台北市南港區昆陽街 16 號 4 樓 電話 / (02) 2500-7696 傳眞 / (02) 2500-1951・發行 / 英屬蓋曼群島商家庭傳媒股份有限公司城邦分公司 115 台北市南港區昆陽街 16 號 8 樓・讀者服務專線 / (02)2500-7718; 2500-7719・服務時間 / 週一至週五：09：30-12：00、13：30-17：00・24小時傳眞服務 / (02)2500-1990; 2500-1991・讀者服務信箱 e-mail / service@readingclub.com.tw・劃撥帳號 / 19863813 書虫股份有限公司・香港發行所 / 城邦（香港）出版集團有限公司 香港九龍土瓜灣土瓜灣道 86 號順聯工業大廈 6 樓 A 室 / (852) 25086231 傳眞 / (852) 25789337 E-mail / hkcite@biznetvigator.com 馬新發行所 / 城邦（馬新）出版集團 Cite (M) Sdn. Bhd. 41, Jalan Radin Anum, Bandar Baru Seri Petaling,57000 Kuala Lumpur, Malaysia. 電話 / (603) 90563833 傳眞 / (603) 90576622・
封面設計 / 蕭旭芳・排版 / 游淑萍・印刷 / 中原造像股份有限公司・2017 年 11 月初版・2024 年 6 月 25 日二版三刷・定價 / 360 元
Printed in Taiwan　ISBN 978-986-96603-7-2

獨步文化
APEX PRESS

| | | | |
|---|---|---|---|
| 廣 | 告 | 回 | 函 |
| 北區郵政管理登記證 | | | |
| 台北廣字第000791號 | | | |
| 郵資已付，免貼郵票 | | | |

115台北市南港區昆陽街 16 號 8 樓

**英屬蓋曼群島商家庭傳媒股份有限公司**

**城邦分公司**

請沿虛線對摺，謝謝！

獨步文化
APEX PRESS

**書號**: 1UA003X **書名**: 無止境的殺人 **編碼**:

# 讀者回函卡

謝謝您購買我們出版的書籍！

請費心填寫此回函卡，我們將不定期寄上城邦集團最新的出版訊息。

姓名：________________________ 性別：□男 □女

生日：西元__________年__________月__________日

地址：________________________________________

聯絡電話：____________________ 傳真：________________

E-mail：________________________________________

學歷：□1.小學 □2.國中 □3.高中 □4.大專 □5.研究所以上

職業：□1.學生 □2.軍公教 □3.服務 □4.金融 □5.製造 □6.資訊

□7.傳播 □8.自由業 □9.農漁牧 □10.家管 □11.退休

□12.其他 ________________________________

您從何種方式得知本書消息？

□1.書店 □2.網路 □3.報紙 □4.雜誌 □5.廣播 □6.電視

□7.親友推薦 □8.其他 ________________________

您通常以何種方式購書？

□1.書店 □2.網路 □3.傳真訂購 □4.郵局劃撥 □5.其他

您喜歡閱讀哪些類別的書籍？

□1.財經商業 □2.自然科學 □3.歷史 □4.法律 □5.文學

□6.休閒旅遊 □7.小說 □8.人物傳記 □9.生活、勵志 □10.其他

對我們的建議：________________________________

________________________________

________________________________

為提供訂購、行銷、客戶管理或其他合於營業登記項目或章程所定業務需要之目的，家庭傳媒集團（即英屬蓋曼群島商家庭傳媒股份有限公司城邦分公司、城邦文化事業股份有限公司、書虫股份有限公司、墨刻出版股份有限公司、城邦原創股份有限公司），於本集團之營運期間及地區內，將以mail、傳真、電話、簡訊、郵寄或其他公告方式利用您提供之資料（資料類別：C001、C002、C003、C011等）。利用對象除本集團外，亦可能包括相關服務的協力機構。如您有依個資法第三條或其他需服務之處，得洽詢本公司服務信箱cite_apexpress@cite.com.tw請求協助。相關資料不提供亦不影響您的權益。

□我已詳讀權利義務之相關條款，並同意遵守。

請於此處用膠水黏貼

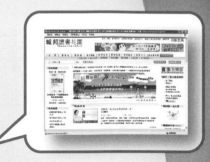